SV

Band 715 der Bibliothek Suhrkamp

Bohumil Hrabal
Schneeglöckchenfeste

Erzählungen

Aus dem Tschechischen
von Petr Šimon

Suhrkamp Verlag

Titel der bei Československý Spisovatel erschienenen
Originalausgabe: *Slavnosti Sněženek.* Prag 1978.

Zweite Auflage 1997

Satz: LibroSatz, Kriftel
Druck: Nomos Verlagsgesellschaft, Baden-Baden
Printed in Germany

Schneeglöckchenfeste

Zuletzt wird man reine Studien
ohne Peripetien und Lösungen schreiben,
die Analyse eines Lebensjahrs,
die Geschichte einer Leidenschaft,
die Biografie einer Gestalt,
dem Leben entnommene
und logisch klassifizierte Einzelheiten.

ÉMILE ZOLA

Baumbrüche im Wald

Ich tippte erst ein paar Minuten auf der Schreibmaschine, als schon jemand das Pförtchen öffnete und vor dem Fenster ein Besucher stand und rief ... Es ist gut, er schreibt! Und während ich zweideutig lächelte, versuchte ich immer an meine Geschichte zu denken, an das grell beleuchtete Brett einer Föhre aus dem Wald von Kersko, auf welchem meine Gestalten einherschritten, und so in Gedanken bei etwas ganz anderem, gab ich dem Besucher abwesend Antworten, schielte immer nach der Schreibmaschine, um nicht den Faden der Geschichte zu verlieren, die mir, wie ich glaubte, noch vor einem Augenblick aus der Maschine geflossen war ... Und während der Besucher rauchte und Kaffee trank und mir begeistert etwas erzählte, wovon ich nichts verstand, dachte ich, wieviel Zeit es bei mir braucht, bis ich den Höhepunkt der Leere erreiche, bis ich die Nullsituation ergründe, mich kläre und alle Bilder und Informationen weit von mir werfe, welche Mühe ich habe, die innere Ruhe zu erlangen, in der sich die Inspiration einstellt und ich in einem Atem alles in die Schreibmaschine hineintippe, was in mir wie aus einem unterirdischen Flüßchen emportaucht, nur damit ich es nachher durchstreiche, bis vom Geschriebenen fast nichts übrigbleibt ... Und je drängender mein Besucher, dessen Namen ich vergessen habe, Nachdruck auf seine Erzählungen legte, desto mehr brach ich zusammen, weil mich meine Geschichte verließ, schon kehrte sie mir den Rücken zu, schon erlosch auch mein grell beleuchtetes Brett, auf dem ich mir meine Gestalten vorführte, das einzige strahlende Brett im dunklen Raum, so daß meine Gestalten in eine Vertiefung stürzten, aus der es mir nicht mehr gelingen wird, sie auf meine Szene heraufzubeschwören ... So verlor sich unter meinen Augen die Geschichte, auf die ich mich fast genauso vorbereitet hatte, wie ein Springfrosch, der seine zweihundertzehn Zentimeter springen will, und mein Besucher sagte mir, schau mal, du hast tagelang nichts zu tun, also kannst du es fertigschreiben, wenn ich nicht mehr da bin, weißt du? Ich sage Ja, und lausche also und höre lauter überraschende Dinge, aber ich denke mir, auch wenn die Nachrichten über die Ereignisse noch so schön sind, nie werden sie meine Geschichte ins Leben zurückrufen, meine Begebenheit, an der ich gerade schrieb, auf die ich mich jahrelang gefreut habe, an der ich schon verzweifelte, doch heute morgen erschien sie mir in voller Frische und nahm mich bei der Hand und führte mich zur Schreibmaschine und bat mich, sie aufzuschreiben, weil sie jetzt volljährig und reif sei, so daß ich sie nicht mehr mit Gewalt behandeln, sondern nur noch gern haben müsse ... Aber was wird es mir schon ausmachen, wenn ich meinem Besucher, und ich habe täglich drei solche Besucher und jeder hält sich für den einzigen, wenn ich ihm ein bißchen von meiner Zeit widme? So behauptete mein Besucher wie alle Besucher vor und nach ihm, daß er gekommen sei, um mich in meiner Einsamkeit zu trösten und mir nicht nur zum Schreiben, sondern auch zum Leben Mut zu geben, und das tun sie alle besonders dann, wenn sie nicht einmal für sich selbst Zeit haben. Manchmal begegnen sich meine Besucher im Pförtchen, grüßen sich höflich, ihre Gestalten gehen in entgegengesetzten Richtungen auseinander, aber im Grunde ist es ein und derselbe Besuch, nach dem ich zusammenbreche. Jetzt kommt es auch vor, daß sich manche Besucher bei mir treffen, herumsitzen, sich im Fragenstellen abwechseln, damit nachher, wenn ein Besucher früher weggeht, er nicht vergißt, mir beim Pförtchen verbittert zu sagen, daß ich heute irgendwie unzugänglich war, daß ich mich ihm nicht gewidmet habe, wie er es verdient hätte . . . Und dann gehen die Besucher weg, entfernen sich über eine sandige Allee durch den Wald und brummen nur so für sich, daß ich früher, als ich noch ein Nichts war, jemand war, dagegen jetzt, wo ich mich für jemanden halte, ich nichts bin . . . Am Anfang sagte ich einige Male zur Verteidigung, Ich bin müde! Und schon schrien sie mich an, wie ich mir erlauben könne, so zu lästern, ich, der im Wald wohnt, ich, der keine Kinder hat, ich, dessen Einnahmen größer als die Ausgaben sind, ich, der morgens nicht zur Arbeit gehen muß, weil ich eine Rente bekomme . . . Aber nicht alle Besucher waren und sind so, es gibt auch Besucher, die mir helfen wollen . . . Einer hat sich entschlossen, jeden Sonntag mit seinem Freund bei mir zu übernachten, der zweite lud mich für drei Tage nach Mähren ein, der dritte wollte mich mit seinem Auto sofort nach Soběslav fahren, damit ich dort vorlese, was ich geschrieben habe, der vierte wollte mich mit einem berühmten Akademiker bekannt machen, der fünfte kam mit einem Rucksack, ich müsse mit ihm sofort nach Turnov kommen, von wo wir zusammen zu Fuß in den Böhmerwald gehen würden . . . Ich sagte allen ja, weil ich sah, daß wenn ich nein sagte, sie mir die Zähne in die Gurgel schlagen und meine Türklinke bespucken würden . . . Und so wusch ich jeden Abend bei der Wasserpumpe Geschirr ab, trocknete mit dem Wischlappen alle Teller und Tassen und Gläser und Bestecke ab und hatte dabei ständig den Eindruck, daß es sehr lange dauern wird, bis ich unter dem riesigen Haufen von Hemden und Hosen und Jacken und Krawatten, die mir meine Besucher dagelassen haben, meine eigenen Kleider finde, die nicht mehr so modern sind, aber nach Maß geschneidert und eine Farbe haben, die ich mag . . . Aber noch mehr als meine Besucher zermürben mich meine Nachbarn mit ihrer Güte. Sie kommen nämlich jeden Tag, wenn die Besucher weggegangen sind, um mir zu sagen, daß sie begreifen, was für ein Schrecken solche Besucher sind. Meine Nachbarn schleichen dann langsam heran, leise, auf den Fußspitzen, schauen besorgt durch das Fenster hinein und freuen sich . . . Es ist gut, er schreibt nicht! rufen sie den anderen Nachbarn zu, die hinter Büschen versteckt sind, und schon drängen sie sich alle zu mir und umarmen mich und sagen, daß wenn ich nicht schreibe, ich nichts tue, aber Nichtstun sei eine Sünde, und besser als zu sündigen wäre es, Rhododendren, rote Haselsträucher, Jasmine und andere Zierbüsche zu pflanzen . . . Und so schenkte mir ein Nachbar einen Spaten, ein anderer zwei Hacken, ein dritter, weil er einen Schubkarren zu viel hatte, einen Schubkarren, ein fünfter einen kleinen Rechen, der sechste ging mit mir in den Wald, um mir zu zeigen, daß unter dem Laub feiner Humus ist, Waldstreu für die Azaleen und Rhododendren, ein weiterer lehrte mich Gemüse anbauen . . . Darum stellte ich , wenn ich mich manchmal in die liebe Sonne legte, den Rechen und den Spaten neben den Liegestuhl, und sobald jemand mit dem Pförtchen knarrte, stand ich schnell auf und behackte die Sträucher, rechte die Weglein, oder schwang mir den Spaten über die Schulter und ging dem Besucher entgegen. Durch die Gartenarbeit verhärteten sich meine Handflächen und Fingerkuppen, ich bekam schwielige

Hände, die so gefühllos und hart wurden, daß ich beim Maschineschreiben Schläge erzeugte, wie wenn ich mit einer Druckermaschine arbeiten oder falsche Kronen prägen würde, meine Schreibmaschine verbreitete einen Lärm, der die Besucher anzog, der ihnen anzeigte, daß ich zu Hause war, und der gleiche Lärm vertrieb die Nachbarn, die dann auf ihrer Parzelle umhergingen und sich freuten, daß ich jetzt an einem Artikel arbeitete, aber sobald ich aufhörte, wußten sie, daß ich frei war, daß ich nichts zu tun hatte und daß der beste Schutz gegen Nichtstun Gartenarbeit war, Arbeit überhaupt ... Und so brachte mir ein Nachbar zum Mittagessen eine Kasserolle mit Rehbraten, der zweite einen Teller mit Apfelstrudel, der dritte Nachbar brachte mir die neue Zeitung, der vierte brachte mir als Geschenk Gemüse aus dem Dorf, der fünfte verpflichtete mich für das Abendessen, der sechste sagte, ich solle mit ihm nach dem Abendessen auf ein Bier in die Dorfkneipe kommen ... Und so hörte ich in dieser Zeit mit dem Schreiben auf, schob meine Geschichten weit weg von mir, sie kamen später leise zurück, aber ich jagte sie wie eine Stiefmutter fort, so daß sie eingeschüchtert nur noch im Traum zu mir zurückkehrten, schon wie Waisenkinder, aber auch diese Texte vertrieb ich mit Schreien aus meinen Träumen, sie möchten erst wiederkommen, wenn der Frost und der Winter da sind, wenn mit der kühlen Stille alles im Wald verstummt und die Menschen zu Hause beim Ofen sitzen werden, weil überall Schnee liegen wird ... In einer Winternacht begann es kalt zu regnen, und der Regen verwandelte sich in Schnee, nassen Schnee, der an den Baumnadeln und Zweiglein klebte und so auf den Ästen und Föhrenkronen einen Schneeüberzug schuf, der im Morgenfrost erstarrte, wodurch auf den Zweigen Bettchen und Oberbetten entstanden, bis die Zweige und dann ganze Föhrenkronen wie Zündhölzer abbrachen und unter gewaltigem Krachen in die kühle Erde einsanken. Ich saß im Bett und lauschte dem Krachen der abbrechenden Äste, lauschte den dröhnenden Schlägen und bangte, wann eine der Föhren, die mein Haus umgaben, ins Schwanken kommen und auf das Dach herabstürzen und durch das Gebälk bis neben mein Bett fallen würde? Und es ging mir ein Licht auf, daß wenn so eine Föhre meine Hütte spalten würde, ich alles so lassen würde, wie es passiert war, weil ich dann wieder schreiben könnte, denn wer würde schon in einem Zimmer sitzen, durch das quer ein Föhrenstamm mit seinen spitzen Zweigen liegt. Und ich rieb mir die Hände und war am Ende einverstanden, ich wünschte mir sogar, daß eine der Föhren durch die Decke hereinbräche, aber die Föhren krachten im ganzen Wald, und keine einzige fiel auf meine Hütte. Als es Tag wurde, ging ich hinaus und sah, was ich in der Nacht gehört hatte. Einige Föhren lagen wie heruntergelassene Eisenbahnschranken quer über meiner Parzelle, in der Luft war der scharfe Duft von Harz und im dicht fallenden Schnee leuchteten die Bruchstellen des Holzes. Dann hörte es auf zu schneien, die Wolken verzogen sich und die Luft hatte eine Farbe wie Zimt, die Sonne strahlte aus dunstigen Wolken hervor. Als ich bei der Straße ankam, geriet ich in helle Freude. In solchen Baumbrüchen wird mich niemand zu besuchen wagen, ich kann mit dem Schreiben beginnen, mich allein einstimmen und in der Stille warten, und so den Höhepunkt der Leere erreichend, mich der Inspiration anvertrauen und die Durchsichtigkeit der Sätze beobachten, die in ihrer Bewegung soweit abgebremst sind, daß ich sie aufschreiben kann ... Aus dem Tor ihrer kleinen Villa kam, die kleine Gestalt in ein Pelzmäntelchen gehüllt, Frau Beník, schloß ab und trippelte mit der Einkaufstasche die Straße entlang, kletterte über die Baumstämme und schritt weiter. Ich sah, wie sich eine über die Betonstraße geneigte Föhre noch mehr neigte und stürzte und dann aus den Ästen feiner gefrorener Schnee hervorbrach, die schöne Frau Beník wartete, bis sich die Wolke setzte, bestieg dann rittlings den Baumstamm, ließ sich hinuntergleiten und setzte ihren Gang fort, als ob nichts passiert wäre, als ob die liebe Sonne schiene, als ob Sommer wäre und sie wie jeden Tag einkaufen und Wasser holen ginge. Jetzt sah ich, daß die ganze Föhrenkrone wie ein Klappmesser abbrach, doch blieb sie auf den Weiden über der Straße hängen, Frau Beník schaute einen Augenblick lang, trat dann arglos unter die schaukelnde Baumkrone und trippelte in der Richtung ihres Einkaufes weiter. Ich wünschte mir, daß auch über meinem Pförtchen eine abgebrochene Föhre hinge, damit allen, die bei mir eintreten mochten, schon beim Hinaufschauen die Lust verginge, mir etwas zu sagen, in dem Augenblick wünschte ich mir die Furcht vor dem Verlassen des Hauses, ich wünschte mir, daß ich nicht hinaus könnte, daß ich dasitzen und den Inspirationen aus meinem Unterbewußtsein lauschen könnte ... Und ich sah Frau Beník über den Baumstamm klettern, der die Straße versperrte, ich sah ihren von einer Pelzkappe umschlossenen Kopf sich entfernen, sah sie zum kleinen Laden abbiegen, wo sie wie jeden Tag Milch und Brot und überhaupt alles, was man so im Haushalt braucht, einkaufen ging ... Und in diesem Augenblick begriff ich, daß so wie die Baumbrüche für Frau Beník eine Kleinigkeit sind, sie für meine Besucher ein Verdienst sein werden, und darum nicht nur alle meine Besucher wiederkommen, sondern auch noch weitere Besucher mitbringen werden, damit alle mit eigenen Augen sehen, wie schwierig es ist, mich zu besuchen. Und in dem Augenblick, als ich dastand und zuschaute, wie Frau Beník im Laden verschwand, da sah ich, daß sie eigentlich eine kolossale Frau war, so viele Jahre lebte sie hier allein, kleidete sich aber immer, als ob sie auf den Wenzelsplatz einkaufen ginge, jedesmal stilvoll gekleidet, so daß es, auch wenn sie nur mit dem Autobus ins Dorf fuhr, aussah, als ob sie mit dem Luxusdampfer erster Klasse führe, immer nach der letzten Mode, immer ganz schick . . . Und erst jetzt, inmitten des Baumbruchs im Wald von Kersko, schätze ich die Geschichte, die mir über Frau Beník erzählt worden ist, richtig ein, wie einmal, als sie um Mitternacht dabei war, den Krimi *Königliches Morden* zu Ende zu lesen, jemand ans riesige Fenster ihrer kleinen, von Weimutskiefern umgebenen Villa klopfte, und als Frau Beník die Augen aufschlug, stand ein blutbefleckter junger Mann hinter dem Glas, klopfte mit blutverschmierten Händen ans Fenster und rief . . . Ein Toter ist da! Darauf öffnete Frau Beník eine Schublade, nahm einen winzigen, kaputten Revolver heraus und ging so in Begleitung des blutbefleckten jungen Mannes zur Straße, und dort lag bei einer Säule wirklich ein zerschlagenes Motorrad und mit dem Kopf in die Säule gerammt ein Jüngling, der mit seinen verschränkten Armen aussah, als ob er schliefe oder trotzte, aber er war wirklich tot. Frau Beník ging ins Haus zurück, rief die Sanitäter und die Polizei an, wickelte dann dem Schwerverletzten einen Verband um den Kopf, und als der Angehörige der Öffentlichen Sicherheit ankam, führte sie ihn selbst zur Unglücksstelle. Dann erst kehrte sie durch den menschenleeren Wald zu ihrem Fenster zurück, das zwischen den Ästen der Weimutskiefern leuchtete, legte den Revolver aufs Tischchen und las *Königliches Morden* von van Din zu Ende ... Ich schaute zum blauen Himmel, auf den ich mir die moritatenähnliche Geschichte projiziert hatte, Harzduft strömte aus den abgestürzten Baumkronen, aus all den Ritzen und Bruchstellen im Holz, ich schämte mich, wie immer, vor Frau Beník, die alles, was ich für ein außerordentliches Ereignis halte, so selbstverständlich, so anonym erledigt, als ob es sich von selbst verstünde ... Und als ich dies alles zu Ende gedacht hatte, sagte ich mir, daß Frau Beník viel weiter ist als ich, daß diese schöne Frau hoch über mir steht, daß ich sie nie in schlechter Laune gesehen habe, daß ich sie nie unordentlich gesehen habe, daß ich nie gehört habe, wie sie ihr eigenes Leben oder das Leben anderer verfluchte, ich hörte sie auch nie jemandem Übles nachreden, ich hörte Frau Beník nie sagen, daß sie ein anderer sein möchte, als wer sie ist, sie wünschte sich nie etwas anderes, als Frau Beník zu sein, die Frau, die sie gerade ist. Und in dem Augenblick wurde mir klar, daß ich mich eigentlich den Menschen gegenüber wie ein Flegel benehme, sie kommen mich gutmütig besuchen und ich zeige ihnen durch Schneiden von Fratzen, daß sie mich belästigen, daß sie mich stören, die Menschen bringen mir gutmütig Nachrichten über eigene und fremde Schicksale, ich aber schaue aus dem Fenster und antworte in einer Art, daß sie aufstehen und nie wiederkommen würden, wenn sie mich kein bißchen lieb hätten ... Aber ich weiß jetzt dank Frau Beník, daß ich gerade dann schreiben will, wenn mich jemand besucht, ich habe in dem Moment die größte Lust zu schreiben, aber eigentlich will ich es nicht, denn wenn ich allein bin, fürchte ich mich sogar vor dem Schreiben, ich weiß, daß ich dann nicht schreiben kann und es nie können werde, und in dem Augenblick, wo ich allein bin und schreiben könnte, da fürchte ich die Einsamkeit und das Schreiben, verlasse das Haus, gehe in den Wald, schreite umher und suche einen Menschen, den ich dann mit riesiger Liebenswürdigkeit zu mir nach Hause führe, um ihm am Schluß des Gesprächs indirekt mitzuteilen, daß er mir eigentlich wertvolle Zeit gestohlen hat, in der ich noch mehr schreiben wollte, als ich mir je erträumen kann. Es wurde mir plötzlich bewußt, daß jeder Besucher für mich wertvoller ist als ich, weil mir jeder eine Botschaft von draußen bringt und ich, um den Menschen mit dem Schreiben etwas sagen zu können, möglichst viele menschliche Schicksale kennen muß. Ich begriff jetzt auch, daß das, was ich mir über die Nullsituation und den Höhepunkt der Leere und die Inspiration einrede, nur leere Worte sind, die verdecken sollen, daß ich mich nicht jederzeit und überall konzentrieren kann, wie ich es früher gekonnt habe, daß ich eigentlich nicht mehr schreiben kann und es auf die Besucher schiebe und mich ihnen gegenüber wie ein Flegel benehme ... Jetzt kam Frau Beník aus dem kleinen Laden heraus, trippelte, die Ellbogen eng am Körper, mit den Einkaufstaschen in den Händen, ihr Leopardenfell leuchtete im weißen Schnee, im Glanz der Nachmittagssonne, die abgebrochene Föhrenkrone zerriß die Rinde, an der sie hing, noch mehr, über Frau Beník verschüttete sich feiner Schnee, und als sie aus dem Schneegestöber hervorkam, stürzte die ganze Baumkrone hinter ihr ab und zersplitterte auf der Betonstraße wie ein

Kronleuchter aus der Oper . . . Ich kletterte über zwei Föhrenstämme, die die Straße versperrten und ging Frau Beník entgegen . . . Sie sagte mir mit einem großen Lächeln . . . Was machen Sie so? Wie geht es Ihnen? Das ist ein schönes Wetter heute, was? Und beim Lächeln platzte sie und schüttelte zwei Reihen weißer Zähne aus . . Und hinter ihr fiel weißer Schnee.

Das Gasthaus zum Bernhard

Immer, wenn ich am Waldrestaurant Forsthaus vorbeikomme, sehe ich auf der kleinen Terrasse vor dem Eingang, dort, wo die Gäste im Sommer auf roten Stühlen an runden roten Tischen sitzen, einen großen weisen Bernhardiner liegen, die Gäste steigen über ihn, und solche, die schon einmal von einem Hund gebissen worden sind, schauen lieber anderswohin und machen ehrfürchtig einen Bogen um den Bernhardiner, und wenn der Bernhardiner im Restaurant läge, würden die ängstlichen Gäste lieber draußen auf den roten Stühlen sitzen, auch wenn es Winter wäre. Dieser Bernhardiner hat zwar nie dagelegen und wird wahrscheinlich nie daliegen, aber mein Bernhardiner wird daliegen, solange ich existiere . . . Es ist schon lange her, seit mein Bruder geheiratet hat, und weil er Spediteur war, fuhr er und lieferte mit dem Lastwagen, was die Leute brauchten, doch es kam eine Zeit, in der er arbeitslos wurde. Und obwohl er auf seine Frau eifersüchtig war, so verrückt vor Eifersucht, daß sie nicht einmal arbeiten durfte, damit niemand außer ihm sie anschauen konnte, bekam er plötzlich den seltsamen Einfall, daß sich ihre schöne Figur in einer Gaststätte ausnützen ließe. Und wenn in einer Gaststätte, dann im Waldrestaurant Forsthaus. Und wenn im Forsthaus, dann sollte aus der Wirtschaft ein wirklicher Betrieb für Chauffeure und Förster, für Nachbarn und Urlauber werden. Zu jener Zeit war die Stelle des Betriebsleiters im Forsthaus frei, und so unternahm mein Bruder alles, um das Restaurant zu bekommen. Am Abend saß er mit seiner Frau Martha zusammen, und stundenlang und nachher noch im Bett dachten sie sich das Bild des wirklichen Forsthauses, des unwirklichen Restaurants aus, und das setzten sie auch noch in ihren Träumen und Träumereien fort. Als es Cousin Heinrich erfuhr, der, welcher es in unserer Familie am weitesten gebracht hat, weil er sich für einen unehelichen Sohn des Grafen Lánský von Růže hielt und ein Schwarzenberger Hütchen mit einem Federbüschel und einem grünen Band trug, kam er sofort, und als ihm mein Bruder den Plan des Restaurants Forsthaus aufzeichnete, zeichnete Heinrich rund um die Tische schwere Bauernstühle ein, an die Wände des Forsthauses Geweihe von Rehböcken und Sikh-Hirschen, die noch vom Fürsten Hohenlohe erlegt waren, dem einige Jahrhunderte lang diese Wälder gehört hatten, und diese Geweihe ergänzte Cousin Heinrich mit Trophäen von Wildebern. Und er entschied, daß Spezialitäten der tschechischen Küche die Gäste anziehen werden, weil auf der Nationalstraße Tafeln aufgestellt werden, auf welchen stehen wird: Noch dreihundert Meter und schon genießen Sie im Forsthaus die Königssuppe, den Gulasch von Oumyslovice, den Rindsbraten in dunklem Bier. Aber auch das war Heinrich zu wenig. Er sagte, ein rechtes Restaurant müsse in der Küche eine Ecke für Stammgäste und für Besucher, die dessen würdig sind, haben. Und so erklärte sich der Cousin bereit, sechs Barock- oder Rokokostühle und einen Sezessionstisch zu kaufen, den immer ein sauberes Tischtuch bedecken würde, und an dem nur Ehrengäste sitzen würden. Die Rokokoecke erregte den Bruder und die Schwägerin so sehr, daß sie jeden Tag mit dem Auto hinfuhren, um zu schauen, wie weit die Maler im Forsthaus mit der Küche und dem Saal waren, sie wünschten sich, daß alles in einer Nacht ausgemalt würde, so schnell, wie sich beide ihr Forsthaus erträumt hatten. Und als sie im Garten des

Forsthauses unter dem Vordach für Musiker einen Berg von Gartenstühlen entdeckten, hinderte sie bald nichts mehr, in der Nacht und dann in den Träumen eine abendliche Gartenwirtschaft zu sehen, alle Tische waren rot angestrichen, alle roten Stühle standen rund um die Tische auf dem grünen Rasen, zwischen den Stämmen der Eichen waren Drähte aufgespannt und an ihnen hingen Lampions, und das Quartett spielte diskrete Melodien und auf dem Parkett tanzte man und der Bruder schenkte Bier aus und der für den Sonntag angestellte Pikkolo servierte Getränke in einem Anzug aus französischem Pikee und die Schwägerin kochte und briet den Gulasch von Oumyslovice und den Rindsbraten in dunklem Bier, und die Gäste ließen sich Kuttelflecksuppe und Königssuppe servieren. Eines Tages kam Cousin Heinrich vor Freude strahlend, er habe nun die sechs Stühle fast für eine Bagatelle gekauft und als er mit dem Bruder nachsehen ging, wie das Ausmalen der Wände und Decken im Forsthaus fortschritt, da sagte der Cousin, daß in der Ecke noch eine Räucherkammer sein werde, wo man Salami und mährische Bratwürste aufwärmen werde und er persönlich werde das am Samstag und Sonntag unter seine Regie nehmen, auch wenn er ein unehelicher Sohn des Barons Lánský von Růže sei. Und der Bruder und die Schwägerin verlebten die glücklichsten Tage ihrer Ehe mit dem Umstellen von Stühlen und Tischen im Forsthaus, um das Restaurant noch schöner und noch angenehmer zu machen. Und so kam es, daß ich, als ich das Waldrestaurant Forsthaus zum ersten Mal sah, sagte, vor einem so schönen Restaurant sollte ein großer Hund liegen, ein Bernhardiner. Und in dem Augenblick wurde es still, Cousin Heinrich beendete die Erzählung, wie, als ihn der Fürst

Thurn und Taxis vom Abendschnellzug abholte und mit der Kutsche auf das Schloß Na Loučeni brachte und der Kutscher vom Bock hinunterstieg, um das Türchen aufzumachen, der Fürst ausrief, Johann, du bist barfuß. Du hast die Schuhe versoffen! Und der Kutscher sagte mit Tränen, er habe sie versoffen, aber um das Ansehen des Fürsten Thurn und Taxis zu retten, habe er sich die Füße mit Schuhcreme geschwärzt ... das erzählte der Cousin zu Ende und ich sagte wieder, vor einem so schönen Waldrestaurant sollte ein gutmütiger Bernhardiner liegen. Und der Bruder schaute den Cousin an und die Schwägerin schaute ihn auch an, dann ging nach einer Weile auch über das Gesicht des Cousins ein Lächeln, er lächelte über eine Vision und am Ende der Vision war ein St. Bernhards-Bernhardiner, der die Stirn vor Güte runzelte, und so wurde er das Tüpfelchen auf dem i für das endgültige Aussehen des Waldrestaurants Forsthaus. Auf der zuständigen Zentralstelle, zu welcher das Waldrestaurant Forsthaus gehörte, hatten sie nichts dagegen, daß sich ein junges Ehepaar um ein Restaurant bewarb, sie sagten, sie wären sogar froh, weil es nur wenige Wirtshausleiter gäbe, welche die Buchhaltung beherrschten. Und so brachte der Cousin die sechs Rokokostühle, der Bruder räumte zu Hause schnell eine Ecke aus, und unter Aufsicht des Cousins Heinrich stellten sie die Stühle so auf, wie sie im Waldrestaurant Forsthaus stehen würden. Und auf den Tisch legten sie dann ein Tischtuch und der Bruder machte einen Wein auf, und die Gläser klirrten, weil niemand länger warten konnte. Und Heinrich saß im Schwarzenberger Hütchen da, ein Bein über das Knie des anderen Beins gelegt, und erzählte ... nach dem Fürst Hohenlohe war Baron Hiross der Eigentümer der Wälder von Kersko, ich war oft sein Gast, ich selber habe im oberen Teil von Kersko, in den sogenannten Hirschohren, einen Mufflon erlegt. Allerdings der Förster Klohna!, fing Cousin Heinrich zu schreien an, was der dem Baron angestellt hat! Wie ihr von den Adeligen wißt, sobald einer ihrer Jagdhunde alt wird, dann gleich weg mit ihm! Und das befahl der Baron eines Tages, und Klohna erschoß den Jagdhund. Aber der Hund war so schön, daß der Förster Appetit bekam, und ihm die Haut abzog. Und nachdem er den Kopf abgeschnitten und mit der Haut vergraben hatte, da kam der Gastwirt vom fürstlichen Restaurant Eichelburg, von dort, wo das Sägewerk ist, wo der Wald von Kersko endet, wo früher ein Kurbad war, in dem Mozart gebadet hat, und der Gastwirt sagt, was hängt denn da? Und der Förster sagt, ein Mufflon. Und so lud der Gastwirt den Mufflon auf, und im fürstlichen Jagdrestaurant bestellte der Baron ein prunkvolles Abendessen, als Vorspeise: Salpikoni, Schildkrötensuppe, aber nie schmeckte mir der Lungenbraten so gut wie diesmal, sagte Cousin Heinrich und der Bruder und die Schwägerin schauten in die Ecke des Forsthauses und freuten sich auf die schönen Reden, die der Cousin den Stamm- und Ehrengästen zum Besten geben wird ... Cousin Heinrich erzählte aber weiter, als der Baron die Rechnung von sechzigtausend zahlte, da wollten alle wissen, was das für ein Lungenbraten gewesen sei? und der Gastwirt sagte, es sei ein Mufflon gewesen ... Und dann wurden wir halbtot nach Hause gefahren, weil es in adeligen Kreisen Gewohnheit ist, Champagner und Cognac bis zur Bewußtlosigkeit zu trinken, und Baron Hiross setzte sich auf den Pritschenwagen und stürmte ins Forsthaus, und gleich zum Förster Klohna, Sie haben Wilddiebe im Revier, wissen Sie, was wir auf der Tafel hatten! Einen Mufflon! Ich erschieße Sie! wetterte der Baron Hiross ... er riß ein wertvolles Jagdgewehr von der Wand, entsicherte den Verschluß, und so mußte Klohna in die Knie, er sei ein treuer Hüter des Waldes, und das, was sie auf der Tafel gegessen hätten, sei kein Mufflon gewesen, sondern der Jagdhund des Barons ... Und Baron Hiross sagte verzeihend, so wie der Fürst Thurn und Taxis dem Kutscher die versoffenen Dienststiefel verziehen hat, Also habe ich eigentlich meinen eigenen Hund als Mufflon gegessen, den ich zweimal bezahlt habe ... Einmal las der Cousin die Zeitung und der Bruder und die Schwägerin putzten mit einem Poliermittel die Stuhllehnen und brachten sie zum Glänzen, und plötzlich jauchzte Cousin Heinrich auf, Kinder, schon ist er da. Hört! Ich verkaufe einen Bernhardiner nur in gute Hände. Preis nach Vereinbarung. Gell. Er richtete sich auf, zog die am Rücken von einem Schrotkorn durchschossenen Hirschlederhandschuhe an, und sagte, Und ich gehe jetzt den Bernhardiner holen. Wenn schon eine Ecke wartet, dann wird auch ein Bernhardiner warten. Am nächsten Tag kam Cousin Heinrich zurück. Aus dem Fenster gesehen schien es, daß der Cousin eine kleine Kuh mit sich führte, aber als er näher kam, da bekam der Bruder den Eindruck, daß Heinrich ein großes Kalb führte, ein Stierchen. Aber es war ein Bernhardiner. Für sechshundert Kronen und von einem Schriftsteller! rief Heinrich begeistert, und er heißt Nels! Der Schriftsteller heißt Gell! Und wirklich, Nels war ein schöner Bernhardiner, und um den Hals hatte er eine Wäscheleine und gleich legte sich der Hund auf den Zement und kühlte sich so, als ob er übte, wie er vor dem Restaurant Forsthaus liegen wird. Und Cousin

Heinrich, ein Bein quer über das andere, das Schwarzenberger Hütchen auf dem Kopf, erzählte im Rokokostuhl, wie ihn der Schriftsteller Gell empfangen hatte, und warum er ihn verkaufen wollte, nämlich darum, weil Nels seine junge Frau viel mehr als ihn liebte, und sobald der Schriftsteller nur die Hand auf sie legte, warf ihn der Bernhardiner schon auf den Boden und knurrte ihm ins Gesicht, so daß der Hund zum Zerstörer ihres Glücks wurde. Und so kam der Tag, an dem der Bruder und die Schwägerin zur zuständigen Zentralstelle gingen, um das Patent für die Wirtschaft Forsthaus im Wald von Kersko zu bekommen. Aber der zuständige Leiter sagte ihnen, daß, leider, der alte Wirt im Forsthaus bleibe, weil er es sich anders überlegt habe, und nun würde er eben bleiben ... Und der schöne, mit Lampions beleuchtete Garten, das strahlende Restaurant mit den Lindenholztischen und Bauernstühlen, die Ecke mit Barocksesseln für Stammgäste, das alles erlosch, als ob ein böser Zauberer diesen schönen Traum mitsamt dem Bernhardiner auf einem Anhänger fortgezogen hätte, dem Bernhardiner, der mit den Stühlen zusammen der einzige lebendige Beweis dafür blieb, daß es keine Träumerei gewesen war, sondern ein bestimmter Ausschnitt aus dem wunderbaren Kreis, von dem aus man mit ein bißchen Phantasie die ganze Kreislinie beschreiben kann. So mußte der Bruder wieder als Taxichauffeur ans Steuer zurückkehren, aber er träumte immer noch davon, daß den Betriebsleiter des Restaurants Forsthaus ein Herzschlag treffen oder ein Auto ihn ein wenig überfahren könnte ... Doch der Wirt freute sich seiner Gesundheit, er wäre zwar gern weggegangen, aber das Bewußtsein, daß sich ein anderer um dieses Wirtshaus bewarb, verlieh ihm Kraft und Ausdauer. Cousin Heinrich kam nur noch einmal vorbei. Der Bruder meldete Nels zur Hundeschau nach Velká Chuchle an. Und Heinrich sagte, daß er es sein werde, der Nels auf dem Pferderennplatz vorführt. Und so stand er an dem Tag im Schwarzenberger Hütchen dort, das Lederband mit Nels fest um sein Handgelenk gewickelt, weil, wie der Schriftsteller Gell geschrieben hatte, Nels nicht nur außerordentlich kräftig war, sondern auch bissig. Die Musik spielte auf dem Rennplatz in Chuchle und die Hunde bellten, dann kamen Bernhardiner an die Reihe, und da senkte Nels plötzlich die Stirn, und es gefiel ihm, Gegenstände in weiter Ferne anzuschauen, wie er es aus dem Leben seiner Vorfahren gewöhnt war, auf verschneiten Bergen zu sitzen und Ausschau zu halten, wo sich etwas in den erhabenen Hochgebirgen regt . . . und dort am Ende des Rennplatzes stiegen der Schriftsteller Gell und seine junge Frau aus dem Autobus, und Nels erblickte die Frau, und die junge Frau rief über einen ganzen Kilometer, Nelsi! Und Nels sah, daß es seine junge Frau war, die er liebte, er zog an und begann zu laufen, um so schnell wie möglich dort zu sein, Cousin Heinrich hatte das lederne Band so fest ums Gelenk gewickelt, daß er zuerst mitlief, dann aber, als Nels einen noch stärkeren Anlauf nahm, flog der Cousin wie eine Fahne durch die Luft, und Nels rannte an zwanzig Tischlein vorbei, an denen mehr als hundert beeidete Kenner von Hunderassen und Stammbäumen, Kenner der Vorzüge und Fehler von Hunden saßen . . . und Cousin Heinrich, wie er so an einer Hand beim Gelenk gezogen über die Tische flog, brachte es fertig, das Schwarzenberger Hütchen zu lüften und die Kommission der Hundewettbewerbe zu begrüßen . . . aber die Kommissäre waren entsetzt über die Erscheinung, und der Vorsitzende aller Vorsitzenden sagte bestürzt, nachdem Cousin Heinrich, vom Bernhardiner Nels gezogen, an ihm vorbeigeflogen war, Schrecklich! Erst Vormittag, und schon betrunken . . . Und Nels legte sich unterdessen auf den Rücken und bot seiner Frau die Blöße an, seine schwächste Stelle, und Cousin Heinrich nahm den Schwarzenberger Hut ab und stellte sich vor, Heinrich Kocian, unehelicher Sohn des Grafen Lánský von Růže . . . und er putzte seine von Gras und Staub beschmutzte Jacke ab. Die junge Frau kniete nieder und schmiegte sich an den Kopf des Bernhardiners und zwei Freunde verschmolzen in dieser mystischen Union. Der Schriftsteller Gell sagte, Nels wiegt jetzt sicher neunzig Kilo. Er hat Sie sicher hundert Meter durch die Luft gezogen . . . und Cousin Heinrich sagte, Was gezogen? Ich habe es ihm befohlen! Und Nels winselte und schaute seine ehemalige Frau an und gab mit der Pfote das Zeichen, daß sie ihn nochmals und wieder umarmen soll . . . Aber das alles ist schon längst vergangen, das alles hat mitsamt Nels die Zeit fortgewehrt, doch wann immer ich am Forsthaus, dem Restaurant im Wald von Kersko vorbeigehe, sehe ich auf der Brüstung einen großen Bernhardiner liegen und schauen und die Gäste willkommen heißen und seine Stirn runzeln, während im verlassenen und verwilderten Garten des Restaurants eine Musikkapelle leise spielt, im Gras die mit weißen Tischtüchern bedeckten Tische aufgestellt sind, auf den roten Stühlen Gäste sitzen und leise sprechen, am Bier nippen und sich Rindsbraten in dunklem Bier und Gulasch von Oumyslovice servieren lassen . . .

Herr Metek

Wenn es in den Waldeinsamkeiten Herbst und Winter wird, wenn die Sonne nicht einmal um sich zu zeigen aufgeht, nicht einmal wie ein Muster ohne Preisschild, wenn es morgens um halb acht noch dunkel ist und am Nachmittag um Viertel nach vier schon dämmert, legt sich eine melancholische Stimmung über die Waldeinsamkeiten, und die nasse Erde ist ohne Laub und Hoffnung. Ich saß in der Dunkelheit beim Fenster und schaute ins Dunkle hinaus, und wußte nicht, was tun, ob unter einen Zug springen, den man an solchen Abenden jenseits des Flusses irgendwo in der Weite hört, oder mich erhängen, wie es mir Mařenka prophezeit hat, eine Wahrsagerin, die es mir auf der Damentoilette des Hotels Fürstenhof aus den Karten gelesen hat. Und als der Docht meiner Lampe seine müden Augenlider herunterzog, bog von der Hauptstraße ein Motorrad zu meinem Tor ab, hielt an, und durch das Pförtchen trat ein finsterer Mann ein, und als ich im Zimmerchen und im Hof Licht machte, erblickte ich Herrn Metek in einem Lederanzug. Herr Metek strahlte und lachte, und aus seinen dichten Augenbrauen und dem langen Backenbart leuchteten zwei Augen, die den Stolz über sich selbst nicht zurückhalten konnten, eine gewaltige Zufriedenheit, die so stark mit der entlaubten Landschaft konstrastierte, deren Wege und Pfade, Beete und Waldlichtungen, Gräben und Waldwiesen und Einfriedungen und Eichenbaumschulen mit Blättern beklebt waren. Und Herr Metek gab mir ein Zeichen, ich solle mit ihm kommen, damit auch ich mich mit irgendeinem Glück beschmutze, mit etwas Faszinierendem, das draußen vor dem Tor war. Als ich im schrägen

Lichtkegel der Laterne die Quelle seiner Begeisterung erblickte, dachte ich zuerst, daß im Anhänger des Motorrads ein Schaukelpferd mit den Beinen nach oben liege. Aber es war kein Pferd, es war ein totes erstarrtes Schaf, das Fell war abgezogen, und aus dem aufgeschnittenen Bauch ragten die Lungenflügel und die Leber wie ein Tüchlein in der Sakkotasche eines Dandy aus Brumlov. Was ist das, sagte ich. Eine Pracht, freute sich Herr Metek, ein prächtiger Kauf, ich tauschte es gegen einen kleinen Motor und fünfzig Kronen ein. Er freute sich. Und ich, was habe ich damit zu tun, sagte ich. Was, sagte Herr Metek, Sie helfen mir, die Portionen zu machen, man sagte mir, daß Sie Beuschel auf Wildbretart machen können, und wir werden Schnitzel und eine Keule zubereiten, und den Rest lassen wir dann in der Lake und machen Bratwürstchen . . . freute sich Herr Metek. Obwohl es kalt war und er so violett wie die Schafsleber aussah, leuchtete das erhabene Ziel siegesbewußt in seinem Gesicht, weil ihn die Vorstellung wärmte, das Schaf so günstig gekauft zu haben. Ich sagte, Bon, Herr Metek, ich ziehe meinen Pelzmantel an und komme mit Ihnen, haben Sie zu Hause einen Trog oder einen großen Kübel oder einen Wasserzuber? Aber Herr Metek schüttelte den Kopf, er habe nichts dergleichen. Ich sagte, dann nehmen wir meinen Zuber, Herr Metek, und das wär's dann, ja? Und Herr Metek lachte und zeigte die Zähne, und die Zähne steigerten das Fletschen seines Glücks, von dem er überflutet war, in dem er badete und grunzte. Schauen Sie, sagte er nach einer Weile, nennen Sie mich nicht Herr Metek, nennen Sie mich lieber Mischa, ja? Ich sagte, aber alle hier im Wald nennen Sie Herr Metek . . ., und ich lief in die winzige Küche, zog mein Pelzmäntelchen an und nahm die Taschenlampe mit. Als ich in den kühlen Abend hinaustrat, sagte Herr Metek zu mir, aber Metek, das ist mein Spitzname, so nennt man bei uns den Methodius, darum sollen Sie mich Mischa nennen. Ich sagte, also, Herr Mischa, Sie waren noch nicht bei mir? Und Herr Metek sagte, nein, noch nie, und ich schritt durch das Kieferngehölz. Jetzt, als wir hinter dem Haus waren, warf die Laterne von den Kanten der Hütte scharfe Schatten direkt in den Himmel und erhöhte die Tiefe des Schattens, in dem wir den Zuber aus dem Bächlein holen gingen. Auf dem Weg beleuchtete ich mit der Taschenlampe die hundertjährigen Kiefern, denen ein türkisgrüner Duft entströmte. Herr Metek, sagte ich, haben Sie Thymian? Haben Sie Neugewürz und Pfeffer und Lorbeerblätter? Habe ich nicht, sagte Herr Metek und schaute mit großer Aufmerksamkeit auf die schlanken, mehr als zehn Meter hohen Stämme und die rhythmisch aufgefächerten Äste der Baumkronen. Sakra, sagte er anerkennend, das ist eine Menge schönes Holz! Das wären Pfosten, das wären Bretter, es ist ja gesundes, schon ausgereiftes Holz, wollen Sie es nicht fällen? Ich sagte, ja, das ist so, Herr Mischa, jede dieser Föhren hat ihren Namen, das da ist die Fesche Toni, diese da heißt zu Ehren ihrer Schwester aus dem Wald in Chobota die Anmutige Pepi, das da ist die Schöne Johanna, und diese da ist die schönste, sehen Sie, wie genau ihre Sprosse in der Krone verzweigt sind? Das ist das Fenster der Kathedrale von Chartres, darum heißt sie Unsere schöne Dame, Notre Dame, und diese dem Gesicht nach, sehen Sie? Das ist die Heilige Agatha mit zwei abgebrochenen Fingern . . . Sehen Sie, Herr Metek, wenn ich hierherkomme, das habe ich von den Lehrerinnen, von denen ich diese Waldparzelle gekauft habe, sie hatten die Föhren auch benannt, und wenn sie hierherkamen, dann verneigten sie sich zuerst nach slawischer Art tief vor den Föhren, bis zur Taille, und darum auch ich, von Föhre zu Föhre . . . sagte ich und wir traten auf eine kleine Wiese hinaus, die sich gegen ein Bächlein senkte, das unsichtbar war, aber murmelte, als ob es sich gerade die Zähne geputzt hätte und jetzt in verschiedenen Tonarten gurgelte. Sakra, wunderte sich Herr Metek, und was ist das da? Er nahm mir die Taschenlampe weg und beleuchtete einen hohen doppelten Weidenbaum, na das ist eine Pracht, sagte er begeistert und leuchtete sorgfältig den ganzen Baum ab, der auf allen Zweigen und Zweiglein schon ganz mit einer neuen gelben Rinde überzogen war. Mařenka prophezeite mir . . . sagte ich. Und Herr Metek zeigte mit der Taschenlampe, mit der er die Schatten der Zweige zum Schaukeln brachte, was könnte sie Ihnen schon prophezeit haben? Wieder blickte er mit der Taschenlampe umher, und dann, als er sich zum Bächlein neigte und lange zuschaute, wie das saubere Wasser der Rinne die Roll- und Quarzsteinchen umdrehte und durch den Strom in verborgenen Tang und unter Gräser schwemmte, da sagte Herr Metek bedacht, Sakra, Ihnen wird das Sterben schwerfallen . . . Ich begriff, daß Herr Metek an meiner Stelle etwas Schönes gesagt hatte, und ich begriff, daß in Wirklichkeit, wenn einer ein schönes Fräulein hat, oder einen schönen Wald und ein noch schöneres Bächlein mit lebendigem Wasser, daß dieser Mensch, jeder Mensch ungern sterben würde, eben einzig und allein wegen dieser Schönheit. Also, sagte Herr Metek, da ist der Zuber, nehmen wir ihn mit? Und wir versuchten, den Zuber von der Erde loszureißen, aber das Holz des Bodens war angefroren. Schließlich zogen wir mit allen Kräften, die Beine knickten uns in den Knien ein und wir rissen den Zuber mit Erde und braunen Blättern heraus. Wir trugen das Gefäß in den Anhänger und ich sagte, haben Sie auch Fleischermesser? Herr Metek sagte, er habe keine. Dann nehme ich meine Messer und Hackbeile mit, sie stammen von Militärbajonetten. Und dann startete er das Motorrad. Ich saß neben dem Kopf des toten Schafs und hielt den Zuber, der sich mit der Kante voll Erde und gefrorenen Blättern in das tote Schaf einrieb, und ich hielt das Gefäß so, daß es mit dem Reif nicht die Leber und die Lunge berührte. Herr Metek steuerte das Motorrad, dem Geräusch nach war es eine gefederte Jawa, jetzt bog er von der Hauptstraße in eine Seitenallee ein. Herr Metek wich den Lachen von Grundwasser aus, weil hier eine Senke liegt, der niedrigste Ort Böhmens, hier ist der niedrigste Punkt der Landschaft, darum fließt hier das Wasser zusammen, und nach einem Spatenstich strömt schon ein saures Wässerchen heraus, so daß jede Hütte und jedes Gebäude auf Wasser steht, und wie durch einen Docht, der das Petroleum aus der Petroleumlampe saugt, steigt das Wasser durch die Wände empor. Wissen Sie, sagte Herr Metek, und verlangsamte die Fahrt und faßte sich mit einer Hand an die Taille, wissen Sie, was mein Baum ist? Ich sagte, die Föhre. Nee, meckerte Herr Metek. Dann also die Sahlweide oder die Trauerweide, riet ich. Nee, sagte Herr Metek, und fügte schnell mit Befriedigung bei, die Espe, weil sie jetzt schon blüht, sie blüht schon Anfang Januar, weil sie der erste und allerliebste Bote des Frühlings ist. Und er drehte die Lenkstange und trat auf die Bremse und sprang hinab, trat ins Licht der Scheinwefer, zog einen Schlüssel aus der Tasche, küßte ihn und öffnete dann das Pförtchen und bückte sich und zog die Fallklinke des Tors hinauf und machte es stolz auf. Als er wieder auf das Motorrad sprang, sagte er, das Tor habe ich selber gemacht, in nur hundertfünfundsechzig Normstunden. Gut, was? Er drehte sich um und seine weißen Zähne und sein Lächeln strahlten in der Dunkelheit wie die Ziffern eines phosphoreszierenden Weckers. Ich sagte, die Espe, aber an ihr hat sich Judas erhängt, der Jesus verraten hat, und Durynk hat sich an ihr erhängt, der, um sich Gunst zu erwerben, ein Fürstenknäblein ermordete . . . Aber, Herr Metek, Sie haben Hammelfleisch gern? Und Herr Metek spuckte aus und sagte, ich kann das Schaffleisch nicht einmal riechen . . . Ich sagte, Also wozu haben Sie es sich erhandelt? Und Herr Metek sprang vom Motorrad, drehte die Lichter aus, die erloschen, und sagte mit einer derartigen Wonne, daß sich seine Stimme überschlug, begreifen Sie! Wie soll ich es nicht kaufen, wenn es so ein vorteilhafter Kauf ist! Das liegt mir, schöne Sachen billig zu kaufen, vielleicht auch mit einem Fehler, aber wie soll ich es nicht kaufen, wenn es so billig ist . . . Und er ging und drückte den Lichtschalter in der Mauer des Hauses, an welches sich mit einem schrägen Dach eine Werkstatt anschloß, und an die Werkstatt schloß sich mit einem schrägen Dach ein kleiner Schuppen an, und auf den Schuppen folgte ein Holzkämmerchen mit einem schrägen Dach, und an das Holzkämmerchen, das mit dem Dach in nasser Erde aufhörte, schloß sich ein Vordach an, aus welchem unheilverkündendende Rohre emporragten, wie die Gewehrläufe einer Stalinorgel, die Läufe von Gebirgskanonen und Geschützen; und über all dem brauste symphonisch der Wald von Föhren, die nicht aus dem Grundwasser heraus konnten. Ihr Leben lang standen diese Bäume bis an die

Knöchel in saurem Wasser, das hier langsam aus den übrigen, höher gelegenen Mooren und Tümpeln und rostigen Gewässern mineralischer Quellen zusammenfloß. Und der ganze Haustrakt, der im Sommer im barmherzigen Laubwerk von hochgewachsenen Himbeersträuchern und kleinen Espen und Birken verborgen ist, der ganze Trakt war jetzt beleuchtet, wie ein Zirkus in der Nacht, wie ein erleuchtetes Karussell, wie ein Panoptikum eine halbe Stunde vor der Abendvorstellung. Auf dem freien Gelände stand eine riesige Maschine, eine Zwanzigzentnermaschine, so etwas wie eine Drehbank. Und Herr Metek beobachtete mein Staunen, Das ist etwas, wie? Es fehlen dem nur Schwungrad und Motor, aber wie soll ich es nicht kaufen, wenn es so billig ist . . . und er zog ein Notizbuch hervor und schaute und hob seinen vor Glück rasselnden Kopf. Wenn ich in diese Maschine da hundertdreißig Normstunden stecke, dann werde ich Bretter schneiden können, aber nicht nur Bretter, sondern ganze Balken! Und das Geld kommt nicht nur einfach, sondern zehnfach zurück . . . Und ich zog den Zuber an mich und bereute, mich auf so ein Abenteuer mit einem Schaf eingelassen zu haben, aber als ich mich erinnerte, daß ich sonst zu Hause sitzen und mich der Melancholie der stehengebliebenen Zeit hingeben würde, befahl ich, Herr Mischa, bringen Sie mir eine Reisbürste! Und Herr Metek ging ins Haus und brachte siegesbewußt einen kleinen Trog aus Bakelit zur Pumpe, in dem nicht zehn, sondern fünfzig Reisbürsten waren. Ich nahm eine und rieb mit der Reisbürste im Strom des sauren Wassers den Zuber und sah, wie die Borstenbüschel der Bürste abbröckelten, aber als ich die nächste Bürste nahm, jubelte Herr Metek, wie soll ich sie nicht kaufen! Eine Reisbürste hat fünfzig

Heller gekostet . . . wissen Sie, was für ein Kauf das ist? Ich sagte, das ist ja ausgezeichnet, aber bringen Sie einen Tisch, damit wir auf ihm das Schaf auseinanderbrechen! Und Herr Metek ging ins Haus, ich stand im Licht von Laternen und irgendwelchen Scheinwerfern, die zu den schwarzen Föhren hinaufleuchteten, ich rieb den Zuber und ersetzte schon die vierte Bürste durch eine neue . . . Herr Metek brachte den Tisch, stellte ihn dicht vor die Mauer, die nur aus Ziegelsteinen bestand, nirgends war eine Spur von Verputz. Diese Sommerparzelle sah wie irgendeine schreckliche Werkstatt eines armen Klempners, Schlossers aus, der sich am Schluß wegen all dem, was er sah, wegen all dem, wovon er umgeben war, erhängt hat. Und dann nahmen wir das Schaf, legten es auf den Tisch, ich brachte die Messer und entfernte die trockenen Blätter und das Laub. Ich befahl, Herr Mischa, bringen Sie ein Beil, ja? Und Herr Metek ging ein Beil suchen und immerzu jauchzte seine Stimme und rechnete Normstunden aus, die er multiplizierte, und er jubelte dann über dem zweifach mit Jauchzen unterstrichenen Resultat der totalen Normstunden, die irgendein mir unbekanntes freudenvolles Ziel darstellten, den Höhepunkt der Bemühungen, für die Herr Metek lebte, die ihm sicher den Schlaf raubten, und ich bangte, was alles an Überraschungen dieses Haus und die Werkstätten und die kleinen Schuppen enthalten möchten . . . Und aus dem kleinen Schuppen jauchzte Herr Metek, Chachaaa! Mir rät man, was ich tun soll, wo ich ein professioneller Planer bin! Mir! Und Ratschläge geben! Er lachte, bis er sich verschluckte, und fegte und jagte mit der Hand die empörenden Ratschläge weg, und als er mir das Beil reichte, sagte er, Beile habe ich dort dreißig liegen, aber wie soll ich sie nicht kaufen, wenn jedes Stück drei Kronen kostet ... und daß sie feingebrannt sind? Dann darf ich mit ihnen nicht so schmettern ... aber das ist ein Kauf, wie? Und ich schnitt den Bauch auf und wie aus einer Pendeluhr nahm ich das schöne fleischige Uhrwerk der Schafseingeweide heraus und legte auf dem Tisch das Bröschen aus, die Halskrause glänzte wie Fingerringe aus Chalzedon, die Leber lag da und erschlaffte in der wunderschön violetten Farbe eines Kardinalshuts und die Lungen waren im Licht der Neonlampen so zart rosafarben wie die Schäfchenwölkchen, die nach dem Sonnenuntergang den Regen ankündigen. Das leicht gefrorene Bauchfett formte wunderschöne weiße Wölkchen, die auf blauen Himmeln schweben, Wölkchen auf winterlichem Himmel, Wolken voll Schneefall und Matsch, krauses Fett wie Maulwurfshügel auf einer Wiese, wie das menschliche Hirn voll von Falten und Ritzen ... Wir werden daraus morgen einen Gulasch auf Wildbretart machen, das Zünglein als Zutat ... und ich spaltete den Kopf, ergriff das Zünglein und schnitt es heraus und nur mit Schrecken schob ich den Gedanken fort, wie sie die Zunge, die lebendige Zunge des Arztes Jesenius auf dem Marktplatz herausgeschnitten hatten, ein Gedanke, der nicht verschwand, sondern, in irgendeine drohende Wolke verkleidet, blieb ... Ich sagte wie eine Beschwörungsformel, bringen Sie irgendeinen Kübel für das Beuschel ... Herr Mischa, und am Schluß verdicken wir den Gulasch, den Paprikasch, mit Hirn! Ich klopfte zuerst auf die eine Hälfte und dann auf die andere und die Gedanken fielen heraus, die letzten Gedanken, das letzte Bild eines Mannes mit einem Messer, der dem Schäfchen die Gurgel durchgeschnitten hat ... Und Herr Metek brachte, beinahe fiel er dabei um, einen

Arm voll ineinandergepaßter Gefäße, stellte sie auf, die Gefäße ringelten sich und es waren mehr als zwanzig Stück . . . Toll, wie? Und das soll ich nicht kaufen! Das Stück für drei Kronen und sonst kostet so ein Topf dreißig Kronen! Was macht es schon, daß der Boden abgesprungen ist! Das war ein Kauf, wie? Und mir wollen sie Ratschläge erteilen, mir, dem professionellen Planer . . . Ich warf die Eingeweide zärtlich in den Topf mit dem leicht abgesprungenen Boden und dann hielt Herr Metek das Schaf an den Beinen und ich drängte mich mit dem Messer zu den Hüften vor, entwurzelte die Keulen, brach sie wie eine Türe aus den Angeln und trennte dann mit dem Messer leicht beide Schulterstücke ab, dann ertastete ich mit dem Messer den letzten Halswirbel, und nach einem leichten Schlag mit dem Beil fiel auch der Hals ab. Das ist der größte Leckerbissen; ich schüttelte den blutigen Nacken, aber Herr Metek verzog sein Gesicht zu einer teuflischen Fratze. Und dann zog ich die Rippen heraus und zerbrach sie und legte den schönen Lungenbraten und den Rücken auf den Tisch. Und fertig, sagte ich, jetzt ziehe ich nur noch das Fett ab, das Schäfchen war schrecklich dick. Werden Sie das Fett ausschmelzen, oder es für die Meisen aufhängen? Für die Meisen, sagte Herr Metek und ich lauschte, was für ein schönes Geräusch das nur so mit dem Finger abgerissene Fett von sich gab, ein trockenes Geräusch, wie wenn Sie durch den frischen trockenen Schnee eines verschütteten, frostigen Eichengehölzes, eines Eichenwaldes gehen, wenn Ihre Fußtapfen trocken schwirren und die Schuhe auf den vom Schnee verschütteten Eichenblättern knirschen . . . Kommen Sie sich ein bißchen ausruhen, sagte Herr Metek, wir machen es nachher fertig . . . Er setzte wieder ein Lächeln auf, das so selbstsicher war, so selbstgefällig wegen all dem, wovon er nie genug bekommen konnte, er lächelte über irgendeine große Schönheit, über den Aggregatzustand irgendeiner gefährlichen Schönheit, die er mit mir teilen möchte ... Und er öffnete die Türe und meine Hände glänzten vom Fett. Die Finger hatte ich auseinandergespreizt und Herr Metek führte mich von einem Haufen Sachen zum anderen wie ein Führer durch ein Geisterschloß, und er erzählte und seine Stimme klirrte vor Begeisterung, aus der ich schloß, daß Herr Metek nicht nur für sich selbst, sondern für die ganze Welt ein Vorbild sei, weil Herr Metek auf der ganzen Welt keinen so schönen und vorbildlichen Menschen getroffen hatte, wie er es war, der professionelle Planer. Also da sind die dreißig Fahrräder, bitte, es fehlen die Lenkstangen und Bremsen, aber wie soll ich sie nicht kaufen, wenn das Stück nur hundertachtzig Kronen kostet ..., und schauen Sie hier, da hängen, und ich gebe Ihnen gleich eine, sechsunddreißig mit Bienchen bedruckte Westen, sie sind zwar nicht mehr Mode, aber sie werden wieder in Mode kommen ... Es fehlen die Knöpfe und Knopflöcher, weil sich der Schneider, der sie machte, so besoffen hat, aber wie sollte ich sie nicht kaufen, wenn mich eine Weste auf sechs Kronen und fünfzig Heller kam ... Oder da? Was ist in diesen Schränkchen, in diesen Kistchen? Theodoliten! ... drei, sie sind schon alt, aber wie soll ich sie nicht kaufen, wenn einer nur achtzig Kronen kostet, und wenn Sie ihn kaufen möchten, dann kostet er mehr als achthundert, wissen Sie, mir verkauft nicht jeder billig, aber ich beschwatze die Leute! Es fehlt zwar eine Linse, aber von denen habe ich ein volles Kistchen gekauft, das ganze Kistchen für hundertzwanzig Kronen ... Linsen für alles mögliche, ich bin für mein ganzes Leben mit Linsen eingedeckt . . . Aber jetzt kommen Sie mit mir in den Schuppen, den Hauptteil meines Magazins, sagte Herr Metek, als ich mit der Hand andeutete, daß wir das günstig gekaufte Schäfchen fertig zubereiten sollten . . . Und er öffnete den Schuppen und beleuchtete ihn mit sechs Birnen, und da hingen wieder Sachen von der Decke wie in einer Räucherwarenhandlung. Von der Decke herab hingen Schuhe, Militärpelzstiefel, und Herr Metek ging herum und streichelte die Oberflächen der Stiefel und jauchzte, also da habe ich mich selbst übertroffen, ein Schuh hat mich fünf Kronen gekostet, ich habe sie beschwatzt, ich ertränkte ihre Einwände im Ansturm meines Willens, bis ihm auch der Chef der Vetera erlag . . . Ich sagte, aber wie ich sehe, sind es alles linke Schuhe . . . Ja, das ist klar, Herr Metek schlug seine Hände zusammen, es müssen linke sein, sonst hätte ich sie gar nicht so billig kaufen können! Aber schauen Sie! Und zum Beweis zog er seine Schuhe aus, und zog die zwei linken Stiefel an, die Pelzstiefel, und ging so herum, als ob er hinkte, wie ein Auto, das schlecht eingestellte Scheinwerfer hat, aber es gefiel ihm. Und wie warm sie geben, als ob Sie in warmem Wasser ständen! Das ist darum, weil sie gefilzt sind, ja wissen Sie, das ist nicht für den Feldlauf, aber für die Werkstatt, für das Stehen an einem Werktisch, bei irgendeiner Arbeit, und wenn Sie stehen, dann ist es gleich, ob Sie die Beine links oder rechts haben, denn was ist das Wichtigste? Daß es warm ist . . . Da, nehmen Sie ein Paar von mir . . . Und schon ging er wieder um einen Stapel merkwürdiger Hüte herum, aber gleich erklärte er, also das sind Wassereimer! Sie rinnen ein wenig, aber hier habe ich von der Militärverwaltung günstig Pflaster gekauft, also da haben Sie einen Militäreimer aus Leinen und eine Rolle Leukoplast ... Ein Eimer hat mich neunzig Heller gekostet, das ist geschenkt ..., und er führte mich vor vier Grammophone und jubelte, sie haben keine Federn, aber wie soll ich sie nicht kaufen, wenn mich ein Grammophon sechzig Kronen kostet! Ich werde die Federn besorgen und in einigen Normstunden ..., und was verdiene ich? Tausende, glatte Tausender! Ein Grammophon habe ich schon repariert. Und Herr Metek setzte die Nadel auf und ließ eine Schallplatte mit einer Komposition für Geige und Symphonie-Orchester spielen, so schön und eindringlich, daß ich staunte und mit verzücktem Auge in die Richtung des Bogens und der Bewegungen des Geigers schaute, der mich verzauberte, und viel mehr noch Herrn Metek, welcher Tränen weinte, nicht über seine eigene Rührung, sondern darüber, daß auch ich zu Tränen gerührt war. Ich sagte, nachdem die Platte zu spielen aufgehört hatte: Wie heißt das Stück, Herr Mischa, ist das nicht irgendein charakteristisches Intermezzo? Heißt es nicht *Die Mühle im schwarzen Wald?* oder *Das Silberne Farnkraut?* Aber Herr Metek schüttelte glücklich seinen Kopf und nahm die Schallplatte, auf welche ihm eine Träne tropfte, reichte sie mir, und ich ließ meine Tränen dazu tropfen. Als ich mit den Augen aus den Tränen hervorblinzelte, las ich, *The Fascination* ... Und ich wiederholte laut, The Fascination ...? Und Herr Metek sagte, The Fascination ... und ich sagte, und daß die Schallplatte nur bis zur Hälfte spielte? Und Herr Metek begann zu strahlen, sie ist defekt, aber wie soll ich nicht dreißig davon zu zwei Kronen das Stück kaufen, wenn ich auch die weiteren dreißig defekt kaufen konnte, aber die spielen wieder von der Mitte an bis zum Schluß und würden Sie sich nicht freuen! Das alles ist The Fascination, so daß ich bis ans Ende meines Lebens mit The Fascination versorgt bin, weil ich kein anderes Lied mehr hören und kennenlernen will, das ist mein Lied, eine Lebensgeschichte, meine Geschichte . . . The Fascination, so daß sie über meinem Sarg, bevor sie ihn in die Erde versenken, was spielen werden? Ich sagte, The Fascination . . . Als wir hinaustraten, um das Schäfchen im Zuber einzusalzen, damit man aus ihm Bratwürstchen machen kann, wenn man fünf Kilo Schweineschulter und zwei Kilo junges Rindfleisch für Brät dazu kauft . . . als ich mich über den Zuber beugte, ganz betroffen von dem, was ich sah, richtete ich mich auf und sagte, Herr Mischa, wissen Sie, daß auch Ihnen das Sterben schwerfallen wird? . . . Später mied ich den ganzen Frühling und Anfang Sommer die Allee, aber einmal überkam mich die Sehnsucht, Herrn Metek wiederzusehen, und so bog ich in die Allee ein, wollte eigentlich gar nicht, aber ich wurde von den süßen Fäden der Geige, die sich über dem tuschelnden, alle kleinen Schuppen und Holzkammern und Anbauten barmherzig überdeckenden Laub ausbreiteten, aufgewickelt, wie man mit einer Hubwinde oder einer Kette den Eimer aus dem Brunnen zieht, und so ging ich der Melodie nach, die weder *Die Mühle im schwarzen Wald*, noch das charakteristische Intermezzo *Das Silberne Farnkraut* war, sondern *The Fascination*, die durch das Laub strömte wie Wasser durch ein Wurfnetz. Und ich stand beim Pförtchen und war wieder von Herrn Metek betroffen, der vor einem dreibeinigen Gerät stand. Die Beine des Geräts waren im gleichen Winkel wie die von Herrn Metek gespreizt und Herr Metek hatte ein Auge an diesem Gerät, mit dem er einen rotweißen Stock beobachtete.

Jetzt trat er lächelnd zur Seite und stellte den Stock ein Stückchen weiter und wieder schaute er mit einer riesigen Wonne durch den Theodoliten, das Gerät, das er so günstig mit einem Kistchen Linsen gekauft hat, Linsen, von denen Herr Metek bis ans Ende seines Lebens, oder bis zum Beginn des Todes, genug besaß. Und aus dem Grammophon ergoß sich wieder The Fascination . . . und ich hörte, wie von der Nachbarparzelle das Gejammer eines vom Schicksal gemarterten Menschen erklang. Aber Herr Metek faßte das Gejammer des Nachbarn, der The Fascination bestimmt schon zum tausendsten Mal hörte, falsch auf . . . Herr Metek ging zur Hecke und rief ins Gebüsch, Toll, wie? The Fascination! Gespielt von Helmut Zacharias persönlich! Und als er zurückkam, stellte ich mich schnell so, als ob ich mir den Schuh binden würde, damit mich Herr Metek nicht erblickte, aber er kam mir freundlich entgegen, und auch das Hündchen lief herbei, und Herr Metek reichte mir die rote Stange und ich ging mit ihr hin und her, weil sich Herr Metek in den Kopf gesetzt hat, seine ganze Waldparzelle zu nivellieren. Und dabei erzählte er mir begeistert, daß er gerade eine Pistole zum Töten von vierundzwanzig Schweinen mit einem Schuß erfunden habe, und einen kleinen endlosen Teich wie ein Perpetuum mobile, so daß auf den Parzellen jede Familie in rund herum strömendem Wasser Forellen züchten könne, und während mir Herr Metek das alles erzählte, sang er mir dazu vor, räusperte sich und sang, und dann sagte er zu mir, so habe ich mir mit einem Anschaffungsdarlehen ein Tonbandgerät gekauft, und am Abend singe ich, damit ich nicht brachliege, was mir einfällt, hören Sie nur, auch das, was ich sage, singe ich schon, ich komponiere täglich ein Lied, na sagen Sie, ist das nicht prächtig?

Und er sang und ging im Wäldchen umher und nahm kleine dünne Baumstämme zwischen die Finger . . . Sehen Sie, da sind also im Ganzen hundert Bäumchen eßbarer Vogelbeeren ausgesät, diese Vogelbeerbäume werden mir in fünf Jahren einen Ertrag von fünftausend Kronen einbringen, Jahr für Jahr . . . Und das da sind schwarze Johannisbeeren, die bringen in fünf Jahren auch fünftausend ein . . . Ich sagte, aber auf die Vogelbeeren darf von oben kein Wasser tropfen, sie stehen alle unter den Kronen der Föhren . . . Und Herr Metek sang, mir wollen Sie Ratschläge erteilen, mir, dem professionellen Planer? Alles wird von ultravioletten Strahlen beleuchtet, welche mir die Sonne ersetzen werden, die Sonne . . . Gut, sagte ich, aber warum nivellieren Sie hier mit dem Theodoliten? Herr Metek legte die zweite Hälfte von *The Fascination* auf, gespielt von Helmut Zacharias persönlich, und wieder war es, als ob er diese Nadel jemandem hinter der dichten Hecke ins Hirn gebohrt hätte, denn sobald das Grammophon zu spielen begann, stöhnte dort jemand im dichten Laub auf und gab ein Gekreisch von sich, als ob ihm die Grammophonnadel eine tiefe Rille in den Kopf graben würde. Herr Metek nahm mich bei der Schulter, und aus den Augen sprühte ihm der goldene Staub der Begeisterung. Er zeigte auf die mit dem Theodoliten abgesteckte Fläche und sang, hier wird ein Tanzparkett stehen . . . Lampions . . . gedämpfte Musik . . . und am Abend . . . Helmut Zacharias! Ich sagte, Herr Mischa, Sie tanzen so gern? Und Herr Metek schüttelte den Kopf . . . Ich habe nie getanzt, wissen Sie, ich baue das Tanzparkett, um mir selbst zu beweisen, daß ich noch etwas kann, mich treibt es immer, etwas Schönes zu schaffen, und sehen Sie? gleichzeitig jage ich noch einen Ball hier durch dieses

Rohr und bringe so einem verlaufenen Hündchen bei, durch dieses Rohr hin und her zu laufen, ich dressiere es ständig, denn wenn ich selbst dauernd übe, warum sollte ich dann nicht auch mit einem verlaufenen Hündchen üben? Freilich bricht mir dieser Zacharias das Herz . . . sagte er und wurde ernster. Dann ging er ein wenig zur Seite und schaute in den Theodoliten, ich sah, daß dem Gerät die Linsen fehlten, aber Herr Metek zog die Schräubchen an, als ob die Linsen dort wären, und ich ging, von ihm aufgefordert, mit dem schönen rotgestreiften Stöckchen vergeblich im Wald umher, stellte es dorthin, wohin Herr Metek mit einer Handbewegung zeigte. Ich mußte mit dieser Stange hierhin und wieder dorthin gehen, dann einen Schritt dahin und wieder einen Schritt zurück, damit er, endlich zufrieden, mit einem gewaltigen Stolz Anmerkungen in sein Notizbuch schrieb, und er strahlte wie die Sonne, die aus überraschten Wolken hervorkommt . . . Und an den Füßen hatte er zwei linke Schuhe, Pelzstiefel, wie er sie auch mir im Winter geschenkt hatte, aber ich konnte in ihnen zu Hause nicht gehen, nicht weil ich nicht gewollt hätte, ich bemühte mich, aber weil ich beim Gehen auf den Boden schaue, zog mir der linke Pelzstiefel auch das rechte Bein nach links, so daß ich falsch zu gehen begann und ich begann umzufallen und mich selbst mit den eigenen Beinen umzustoßen und mir ein Bein zu stellen. Aber Herr Metek ging in den Schuhen prächtig herum, er trug auch die von Bienchen übersäte goldene Weste ohne Knopflöcher und Knöpfe, gegürtet mit einem goldenen Strick, einer Schnur, wie man an ihr in der Kirche vor Beginn der Messe zieht. Ich hielt weiter das rotgestreifte Stöckchen, die Trassierstange, und auf einmal wurde mir klar, daß

Herr Metek Mischa in Wirklichkeit ein mutiger Mann war, der, um über die Sinnlosigkeit nicht nur seines, sondern überhaupt des ganzen Lebens nicht nachdenken zu müssen, so wie die Sommerblätter auf den Waldparzellen seine Häuschen und Schuppen und sein Durcheinander barmherzig verbargen, mit jedem vorteilhaften Kauf den Blick auf sich selbst verdeckte, den Blick in sein eigenes Gesicht, den Blick, vor dem am Schluß jeder Mensch erschrickt und sich entsetzt, dem er aber schon nicht mehr entfliehen kann. Aber so soll es wahrscheinlich sein . . .

Im Gärtchen

Herr Karl lag in seinem Gärtchen am Waldrand, an ihm vorbei floß ein Bächlein, kleine Weidenbäumchen, Reihen von Gichtbeer- und Stachelbeersträuchern, ein verlassenes Bienenhaus säumten es. Er lag auf der Seite da, und sein großer Bauch ruhte wie ein Faß neben ihm, einen Arm hatte er als Kissen unter dem Kopf, mit dem anderen Arm riß er Unkraut im Petersilienbeet aus. Als er meinen Blick auffing, zeigte er auf den kaputten Zaun und das Törchen und sagte . . . Durch dieses Törchen geht langsam mein nicht nur von Arbeit erfülltes Leben davon . . . es war auch von der Liebe für gutes Essen erfüllt, ich aß immer gern feine Sachen . . . und viel! Sagte er mit Befriedigung und jätete zufrieden weiter, wenn er eine Reihe fertig gejätet hatte, umfaßte er seinen riesigen Bauch, schob ihn ein Stücklein weiter, streckte sich neben ihm aus und fuhr im Jäten und im Gespräch fort . . . Jesus, ich habe auch heute noch so schöne Hungeranfälle . . . mit was für einer riesigen Lust esse ich auch heute noch eine ganze Stange turistischen Salami, den Salami, den ich im Ventilator auf dem Klosett reifen lasse, aber ich lasse den Salami nie zu Ende reifen, weil ich ihn in der gleichen Nacht auffresse, wo ich diese Stange zum Reifen gekauft habe. Nur einmal aß ich meinen Salami zu Ende gereift. Ich ließ während des Protektorats eine Stange ungarischen Salami reifen, und da komme ich so nach Hause, und schaue, im Keller unserer Prager Wohnung hat der Hausmeister ein großes Stück Salami in den Schraubstock eingeklemmt und schneidet mit der Eisensäge kleine Stücke ab. An der Farbe erkannte ich sofort, daß dort ungarische Salami geschnitten wird, also gleich hinunter, und das Wasser läuft mir schon im Maul zusammen, wieviel für den Salami, und er verlangte zweitausend, also gab ich sie ihm. Aber der Salami war wirklich so hart, daß man ihn nur mit einer Eisensäge zerschneiden konnte, also gab ich ihm noch zweihundert Kronen dazu, und er zerschnitt ihn mit der Säge in Scheibchen und ich vergaß mich und brachte es fertig, die Scheibchen, so wie er sie schnitt, zu fressen, bis ich am Schluß auch noch das Schnürchen fraß . . . sagte Herr Karl und erhob wieder seinen riesigen Bauch und hielt ihn mit Mühe hoch und schmiß ihn hin und kugelte sich auf die andere Seite und wälzte die Wirbelsäule hinter dem Bauch her, warf die Hände hinüber, und legte wieder einen riesigen Muskel so dick wie mein Bein unter den Kopf, und mit der freien Hand jätete er langsam und mit Aufmerksamkeit im Petersilienbeet, und setzte das Gespräch fort, das leise und verträumte Gespräch . . . Erst eine Woche später ging mir ein Licht auf! Und sofort in die Speisekammer, und gleich danach würgte ich meine Frau und dann das Dienstmädchen, und das sagte unter Tränen, als sie aufräumten, hätte dort so ein Salami voll Schimmel und Verderbnis gehangen und sie hätten ihn darum in die Mülltonne im Hof geworfen; so habe ich den ungarischen Salami zweimal bezahlt . . . noch ein Glück, daß ich heute nicht mehr solche Hungeranfälle habe, noch ein Glück . . . weißt du aber, Freund, daß das, was ich sage, nicht wahr ist, ich lasse jede Woche, bevor ich nach Kersko fahre, Salami reifen, der im Ventilator gereifte Salami hat einen besonderen Beigeschmack, durch den Zug kommt warme Luft von der Zentralheizung, und ich muß den Salami einmal zu Ende reifen lassen, und das ist für mich eine große moralische Leistung, den Salami zu Ende reifen zu lassen, aber einmal werde ich mich selbst besiegen, ich werde den Salami zu Ende reifen lassen, einmal werde ich ihn für euch bis hierher bringen, damit ihr kostet, was für ein Leckerbissen so ein vierzehn Tage lang gereifter Salami ist, so wie ich ihn in Mähren gegessen habe . . . aber ich werde ihn erst dann bringen, wenn ich nicht mehr solche Hungeranfälle, so einen Appetit habe . . . da werde ich nur für euch eine Stange Salami für fünfunddreißig Kronen kaufen, ich werde sie nur für euch in den Ventilator der Zentralheizung hängen, weißt du, ich habe so ein Türchen auf dem Klosett, ein Türchen wie in eine Bauernräucherkammer, und dort lasse ich ihn reifen, aber sobald ich mich hinlege, und dann bin ich schon vollgefressen, ich kaufe nämlich, wenn ich von der Arbeit komme, eine ganze Stunde ein, trage eine volle Tasche, und kaufe zehn Deka von diesem Salami und zehn von jenem und fünfzehn Deka schlesische Preßwurst und zwanzig Deka gewöhnliche Preßwurst und ein bißchen Mayonnaise und eingelegte Heringe, das ist mein Leben, wenn ich so etwas im Schaufenster sehe, da habe ich schon einen riesigen Appetit und werde so schwach, daß ich gleich in den Laden muß und dort bestelle ich zuerst Tellerportionen, aber nachher, wenn ich noch allerlei Käse eingekauft habe, dann gehe ich nach Hause, aber ich gehe nicht, sondern ich laufe, und zu Hause fressen wir alles auf, wir sitzen vor dem Fernsehapparat, und ich greife so und greife, bis nichts mehr auf dem Tisch ist, also habe ich alles aufgefressen, sage ich, und wir gehen schlafen, und ich wache gegen Mitternacht auf und mir ist, als würde vor mir ein goldener Salami von der Decke herunterhängen, der Salami, der im Schacht auf dem Klosett im Durchzug hängt, der Salami strahlt und funkelt wie Krönungskleinodien, und ich bedecke mir die Augen, aber der Salami lockt mich so stark durch seine Schönheit, daß ich mir sage, du läßt ihn für deine Kameraden reifen, du läßt ihn für Kameraden reifen, aber plötzlich stehe ich auf und sage, Scheiße!, und ich gehe auf das Klosett, schneide die Hälfte ab, und fange an zu fressen, bis ich den Salami im Bett aufgefressen habe, und meine Frau sagt im Schlaf, mach die Bettwäsche nicht fettig ... und sie schläft weiter, ich schlafe auch ein, aber eine Stunde später erscheint mir wieder der Salami, der, der den ganzen Tag zum Reifen gehangen ist, und ich halte es nicht aus und stehe auf, lege mich dann wieder hin, beginne mich langsam zu besiegen, jetzt nur noch ein Weilchen und schon habe ich die riesige Lust den Salami zu fressen überwunden, und schließlich, wenn ich glaube, gesiegt zu haben, seufze ich tief auf und meine Frau erhebt sich und sagt, Karl, quäle dich nicht und friß den Salami ... und jeden Tag, jede Nacht warte ich auf diesen Augenblick, und fresse den Rest des Salamis auf und schlafe dann wie ein Murmeltier ... Herr Karl jätete liegend sorgfältig im Petersilienbeet weiter, die Sonne schwang sich über den Kiefern empor und übergoß das Gärtchen mit der Vormittagshitze und dem Glühen eines Julinachmittags ... Denken Sie nur, sagte Herr Karl zärtlich, es ist mir schon passiert, daß ich noch einen Salami dazu kaufte, ich ließ auch schon zwei Salamis reifen, aber einen fraß ich jedesmal während der Nacht auf, ohne ihn fertig reifen zu lassen, aber der zweite hing schon zweimal vierzehn Tage lang, er mußte schon fertig gereift sein, das war der Salami für meine Freunde, damit ihr probiert, was das ist, so ein gewöhnlicher turistischer Salami, der wie ungarischer Salami schmeckt, und ich habe ihn auch schon zweimal mit dem

Auto hierherbringen wollen, aber ich kam bis hinter Počernice und dort erschien mir wieder der Salami, er hing vor dem Kühler an einem goldenen Schnürchen vom Himmel herab, der von mir gereifte Salami, und ich mußte hinter Počernice anhalten und Scheiße! schreien. Und meine Frau mußte sagen, Karl, quäle dich nicht, oder du baust einen Unfall ... und ich hob die Haube und nahm ein Messer und setzte mich in den Straßengraben, in jenen ekelhaften Straßengraben hinter dem Schlachthof von Počernice, in den Müll und die rostigen Töpfe, und mit einem riesigen Appetit fraß ich den gereiften Salami, und erst dann konnte ich schön fahren, ohne Augenflimmern, und so nahm ich mir wieder die ganze Woche vor, daß ich den zweiten gereiften Salami nur für euch hierher bringen werde, und ich kam sogar weiter, ich hatte schon fast gesiegt, aber bei Mochov überkam mich so ein Hunger und ich wurde schwach und der Appetit war so riesig, daß ich wieder Visionen bekam, wieder hing vor dem Kühler der gereifte Salami an einem goldenen Schnürchen vom Himmel herab, und wieder sagte meine Frau, als ich auf der Straße im Zickzack zu fahren begann, Karl, quäle dich nicht! Und ich hielt an und rannte mit dem Salami in den Graben und fraß den gereiften Salami, den ich vierzehn Tage lang nur für meine Freunde hatte reifen lassen ... aber wenn ich den Salami noch einmal aufgefressen habe, wenn ich mit dem gereiften Salami bis nach Semice gekommen bin und ihn dort ohne Brot aufgefressen habe, wenn ich mich demnach so langsam und allmählich besiegt habe, dann bringe ich den Salami für euch bis hierher, weil es von Semice nach Kersko nur ein Stückchen ist, wenn ich dann komme, dann kann ich allerdings nicht für mich bürgen, wenn ich ihn bringe, dann fange ich schon beim Wald, beim Pfarrweg zu hupen an, und ihr müßt alles stehen lassen und schnell zu mir kommen, weil ich dafür nicht bürgen kann, daß ich, wenn ich den vierzehn Tage gereiften Salami hervorziehe, mich nicht plötzlich auf ihn stürze und ihn auf der Stelle, bevor ihr ihn mir weggenommen habt, auffresse, weil ich zwar keine Hungeranfälle mehr wie früher habe, aber Gelüste habe ich immer noch und die sind vielleicht gefährlicher als der wirkliche Hunger . . . sagte Herr Karl und erhob sich, kniete nieder und legte seinen riesigen Bauch auf das Knie und richtete sich auf. Und von hinten sah Herr Karl schlank aus, so stolz und aufrecht trug er den riesigen, unglaublich großen Bauch vor sich her und seine Gestalt von hundertdreißig Kilo schritt, bekleidet mit Klothturnhosen, für die man drei Meter Kloth brauchte, davon, und er schritt über das Bächlein, der Steg senkte sich unter ihm und Herr Karl drehte sich um und sagte freudig, So, und jetzt gehe ich, bevor ich mit dem Jäten der Rüben beginne, fresse ich einen ganzen turistischen Salami, den ich zum Reifen bereitgelegt habe, und den ich gestern in Semice kaufte . . . Ich sagte, warum sollten Sie sich auch, Herr Karl, quälen . . . Und Herr Karl entfernte sich zufrieden durch das Grün unter den Obstbäumen und dann an den Stämmen der Goldkiefern vorbei, in sein Häuschen mit den grünen Fensterläden . . . Jetzt erst, nachdem Herr Karl in den Klothturnhosen verschwunden war, wurde mir bewußt, daß Herr Karl so schöne und dichte und gekräuselte Haare hat, wie die Neger, ein gekräuseltes Drähtchen neben dem anderen umgibt seinen Kopf wie ein gekräuselter Helm. Eigentlich ist Herr Karl mit seinen Hungeranfällen und Gelüsten ein schöner Mann, und also ein König des Lebens.

Die Kaninchen im Flügel

Ich mache mir über mich selbst keine großen Illusionen, sagte der Herr Notar und setzte seinen Gang fort, der aber so seltsam war, daß er Mitleid erregte. Als ob er vor Jahren von einer Tram überfahren und seinem Schicksal überlassen worden wäre, damit der Körper sich selbst in die Hand nähme, damit er sich so auffinge, wie er an fast jedem Glied zerbrochen worden war. Er hatte sogar einen derart eingedrückten Kopf, daß er, um den Weg zu sehen, ganz anderswohin schauen mußte. Dabei machte er einen riesigen Pendelausschlag nach rechts und dann wieder nach links, als ob er auf kurzen Stelzen ginge, beide Hände hatte er in Form einer Wiede zusammengekrümmt, so daß, wenn er gerade ein Kübelchen mit Mineralwasser aus der St. Josephsquelle trug, das Kübelchen wie eine Fuhrmannslaterne klingelte und er fast alles, was er geschöpft hatte, auf dem Nachhauseweg wieder verschüttete. Er lebte allein und es war ein Wunder, daß er seine Toilette machen konnte, er brauchte fast zwei Stunden, bis er angekleidet war, und sah ein, daß es besser gewesen wäre, sich am Montag anzukleiden und dann angekleidet zu bleiben, weil, hatte er sich einmal angekleidet, dann mußte er sich schon wieder langsam entkleiden, um schlafen zu gehen. Wenn er Wasser schöpfte, mußte er, bevor er von der Straße zur Quelle abbog, komplizierte Manöver vornehmen, als ob Sie ein Auto wenden würden, dessen Räder alle blockiert sind. Er trat einige Male zurück und wieder vor, und wieder zurück, bis er die Richtung hatte, und dann war das Wichtigste, den Weg zur Quelle zu finden, seine Augen sahen wahrscheinlich nur in einer Richtung, als ob er nur durch eine winzige Öffnung einer schwarzen Maske schaute, so daß er die kleine Quelle erst erblickte, nachdem er zehnmal, zwanzigmal den richtigen Lichtstrahl eingefangen hatte, den er dann auf das schnarrende Wasser richtete. Und er war dick und schwitzte und sein Gesicht hatte den Ausdruck einer großen Qual. Und dennoch lebte er allein, wollte niemanden, bewohnte allein eine kleine Villa, und sicherlich hatte er Geld, aber er nahm niemanden zu sich, so allein quälte er sich, und fand sogar einen Genuß in dem Leiden, eine Art Siegesgenuß, und es war auch ein großer Sieg, wenn er bis in den Konsumladen kam, um Milch und Butter einzukaufen. Es war eine sportliche Leistung, sich dorthin zu schleppen, wohin er gehen wollte oder mußte, es war ein großer moralischer Sieg, und der Herr Notar verheimlichte dies nicht, er bewunderte sich selbst und man kann sagen, daß er sich schon bei den Vorbereitungen zu einem solchen Ausgang freute, daß er sich sogar irgendwelche Verbesserungen der Strecke vorstellte, besonders wenn die Sonne schien. Während sich die anderen an der Sonne erfreuten, war die Sonne für den alten Notar der Nagel zum Sarg, weil er durch die Blendung fast nicht sah und ständig die Augen bedecken mußte, damit er nicht in die Mulde, in den Straßengraben abkam. So hielt er jedesmal an, hob die Tasche oder das Kübelchen hoch über seinen Kopf, es war ein schrecklicher Anblick, dieses Kübelchen und unter seinem Schatten das immer erstaunte Gesicht, welches den Ort suchte, von wo der dünne Strahl erklang, die einzige gerade Lichtlinie, die aus seinem Gesicht strömte, weil der alte Notar nur auf einem Auge sah. Dann allerdings die Freude, wenn er feststellte, daß er sah, daß er plötzlich, wie in tiefer Nacht mit dem dünnen Lichtstrahl der Taschenlampe, den Weg beleuchtet hatte, er schlug die Richtung ein, und konnte wieder einige Dutzend Meter gehen, bevor er, obwohl die Sonne schien, in tiefe Finsternis geriet. Und niemals wünschte sich der alte Notar, daß ihm jemand half, daß ihn jemand am Ärmel nahm und seine Hilfe anbot, dann stand er da und keuchte voller Abscheu und zog eine Miene, daß jeder lieber wegging, weiterging, als daß er in das scheinbar abwesende, fast schwachsinnig scheinende Gesicht blickte, in welchem sich der erstaunte Schrecken und die Wonne über das Schicksal spiegelten, von dem er betroffen war, aber er gab nicht auf, gab nicht auf. Nicht anders ging der Herr Notar Gras holen, er hob das Körbchen gegen die Sonne, damit er, das Auge mit einer großen Fläche zudeckend, das Gras sehen konnte. Und er kniete auch so nieder, das war kein Knien, sondern ein Zusammenbrechen, als ob ihn gerade ein Schuldspruch getroffen hätte, so, wie Raskolnikow niederfiel, um die Erde zu umarmen und von ihr Vergebung zu empfangen. So fiel der alte Herr Notar auf die Knie, ertastete das Gras, riß mit beiden Händen zornig Grasbüschel weg, drehte dann wieder den Kopf, bis der Faden seiner Sehkraft das Körbchen erblickte, und er legte so lange Gras ins Körbchen, bis er davon soviel abgerissen hatte, wie nötig war. Und wieder fiel er, während er sich erhob, mehrmals nieder, wie ein Mensch, den nachts ein Auto überfahren und so in den Straßengraben geworfen hat, daß es nur eine einzige Lage gibt, aus der er auf ein Knie und dann auf beide Beine aufstehen kann. Sie sind der einzige Mensch, der auf der ganzen Linie gesiegt hat, sagte ich einmal zu ihm, nachdem ich mich an seinem unnachgiebigen Willen und seinem Wunsch aufzustehen satt gesehen hatte. Begriffsstutzig drehte er sich nach mir um, in der Richtung der

Stimme, lange mußte er den Kopf wie ein kompliziertes wissenschaftliches Gerät drehen, und ich sah, daß sein Blick so gerade wie ein Draht war und genauso kalt. Ich mache mir keine Illusion über die Menschen, sagte er und begab sich dann mit dem Körbchen Gras auf den Nachhauseweg, wie eine dahinschreitende Mondmaschine. Gestern hoben die Elektriker in der Allee einen Graben aus und legten ein Kabel. Ich sah, wie der alte Notar wie gewohnt daherkam, ich sah, wie er arglos ins Leere trat, und bevor das Bein den Grund und die Ziegelsteine, die das schwarze Kabel bedeckten, erreichte, rollte die ganze Gestalt in den Graben und fiel mit dem Gesicht aufs Körbchen. Erst nach einem Weilchen kroch er heraus und schleppte sich und klirrte wie eine Maschine, die Ausschuß produziert. Nur wußte der alte Notar das Seine, er wußte, sobald er nur einmal nicht aufstand, nur einmal schwachsinnig wurde, wäre es mit ihm zu Ende, dann würden sie ihn wie irgendeine unbrauchbare Maschine irgendwohin zum Lagern abschleppen, zum Abfall und den abgesägten Ästen und den stinkenden Konservendosen hinter dem Dorf. Darum schritt er weiter und kehrte nach Hause zurück, und schätzte an mir am meisten, daß ich ihm nicht geholfen hatte. Ich danke Ihnen, sagte er anerkennend. Und er ertastete die Säule aus Ziegelsteinen, dann das Pförtchen und betrat das bis zum Boden mit Ästen junger Fichtenbäumchen umsäumte Weglein, und als er so dahinschritt, sah ich, wie ihn die Äste streichelten, wie sie ihn abfegten, sie zerkratzten sein Gesicht, aber der alte Herr liebkoste das Fichtengebüsch, seinen Duft, seine jungen hellgrünen Jahressprosse, die den grünen Fingern soeben zerrissener Handschuhe glichen. Kann ich mit Ihnen kommen? sagte ich. Kommen Sie, damit Sie sehen, daß ich mir über die Menschen keine Illusionen mache . . ., und dann ging der Greis um das Haus herum, und dort erschrak ich. In der Mitte des Hofs stand ein Flügel, ein schwarzer Flügel der Marke Petrof, er war ein wenig geneigt und es entströmte ihm eine seltsame Musik, hie und da ein Klimpern der Saiten, und dann ein langes Gequieke, bei dem einem das Blut erstarrte, und ich erinnerte mich, daß dieses Gequieke immer ertönte, wenn ich nachts nach Hause ging und immer dachte, es sei das nächtliche Stöhnen und Singen der Eulen und Käuze und das Gejammer der Unken . . . Jetzt hörte ich aber, daß das Weinen diesem Flügel entströmte, vervielfacht durch ein Getrampel und Schläge auf die Saiten. Bei der alten Föhre stand ein Kaninchenstall, in den Boxen wärmten sich die Weibchen, und es waren so stille, so friedliche Kaninchen, als ob sie aus Sonnenlicht und einem Stückchen Gras das Behagen eines wolkenlosen Sommernachmittags spönnen. Ich sagte, Herr Notar, als ich in Amerika war, da bekam ich für einen Dollar ein kolossales Ereignis zu sehen. Ein Helikopter stieg mit so einem Flügel über einem Spielfeld fünfhundert Meter hoch, und eine Trommel wirbelte, und dann ließ der Helikopter das Piano fallen und es ertönte ein Schlag und eine Musik, die fast zehn Minuten nachklang, dann richteten sich die Saiten und Stifte aus dem Inneren des Flügels auf, die Klaviatur fiel auseinander, so daß sowohl ich als auch die fünftausend Zuschauer entsetzt waren . . . Und aus dem Flügel ertönte ein langes Gequieke, dem der alte Herr mit Wonne lauschte. Was ist das? sagte ich. Und der Greis hob den schwarzen Deckel und ich sah, daß der Flügel voll von erwachsenen Kaninchen war, Dutzenden von Kaninchen zum Schlachten, daß aber die stärkeren Kaninchen, die Männchen, die schwächeren Kaninchen schon ausgebissen hatten, ich sah, wie entsetzt die schwächeren und wie stolz die siegreichen waren. Genauso sind die Menschen, sagte der alte Notar, und fügte bei, aber diese da, die heute gesiegt haben, die kommen auch noch dran, einer beißt den anderen aus, so daß nur einer unkastriert bleiben wird ... Und wenn sie sich kastriert haben, dann komme ich und schlachte sie, weil das Fleisch solcher Kaninchen viel zarter ist ... Sagen Sie mir allerdings, womit und wie sollen sich die Kaninchen unterhalten? Und er fügte hinzu, den Flügel habe ich für fünfzig Kronen gekauft, er wurde ins Lager Zum Heiligen Adalbert gebracht ... und er schloß mit einem Schlag den Deckel des Flügels. Ich sagte, Herr Notar, das ist schön, aber ich habe die Geschichte noch lieber, wie bei uns einer immer in den Park ging und ein Geigenfutteral bei sich trug, die Kinder liefen zusammen und sagten, Herr, spielen Sie uns vor ... und der Mann öffnete das Futteral, und sagte, Pepi, mein Kaninchen, wird grasen ... und als das Kaninchen sich satt geweidet hatte, sprang es wieder ins Futteral und der Mann trug es nach Hause, weil er, seit er sich das Kaninchen zum Schlachten gekauft hatte, es nicht schlachten konnte ... Der Beginn des Verfalls, sagte der Herr Notar und fügte bei, auf Wiedersehen, und wenn Sie jetzt draußen sind, dann schließen Sie das Pförtchen hinter sich, ja? Und er klopfte auf den Deckel der Marke Petrof. Beim Pförtchen drehte ich mich um, ich spürte, wie mich eine glänzende Stricknadel in den Rücken stach ... Beim schwarzen Flügel stand der alte Notar, von oben von der grellen Sonne besprengt, mit dem Körbchen beschattete er sein Gesicht und so verdreht, sandte er gegen mich den tötenden Strahl seines Auges aus, der durch mich hindurchging und auf den weißen Backstein der kleinen Säule ein so grelles Licht warf, wie wenn ich mich mit einer hingehaltenen Linse in den Handrücken brennen oder darauf warten würde, daß sich der wollene Ärmel entzündet. So eine Kraft hatte dieser dünne Draht der merkwürdigen Augenflüssigkeit, die der elende, aber siegreiche Notar aussandte. Ich rief, wer sind Sie? Und der Greis stotterte, verneigte sich vor mir. Ich bin ein Mensch, der vergessen hat zu sterben. Und die Sonne schien auf den Kaninchenstall, der sich hinter ihm erhob, dort wärmten sich die Weibchen und vor sich hatten sie jetzt ihre Jungen, stolze Weibchen, die sich freuten, daß ihre Kinder, wenn sie erwachsen waren und falls sie Glück hatten, auch in den Flügel der Marke Petrof gelangen würden . . !

Warten auf Brot

Gegen Mittag wird an jedem Werktag Brot gebracht, duftendes Brot von Sokoleč, es ist gutes Brot, früher war es noch besser, sagen die Leute, als noch so ein winziger Bäcker dort war, der gern trank, aber er konnte viel besseres Brot backen als alle anderen Bäcker in der Umgebung von Kersko. Der winzige Bäcker schaute jedesmal, bevor er den Teig anmachte, vor der Bäckerei den Himmel an, und je nach dem Wetter dosierte er die Hefe, wenn das Wetter trüb war, dann gab er weniger Hefe hinein, wenn schönes Wetter war, so wie heute, dann wieder mehr, und dann rührte er den Brotteig an, grub selber kleine Stücke von Buchenholzkohle aus und schob dann das Brot in den Ofen, schaute immer darauf, daß es gut durchgebacken war, so daß die Menschen von Kersko dieses Geschenk des Himmels wirklich genossen, weil man dieses Brot auch noch eine Woche später essen konnte, manche Leute sagten sogar, daß das Brot von Sokoleč nach einer Woche noch viel besser sei als frisch. Heute hatte der Lieferwagen Verspätung. Wir saßen auf einem Bänkchen vor dem kleinen Laden, die Föhren rauschten und die blühenden Oliven dufteten, vom Tennisplatz hörte man die Aufschläge der kleinen Bälle und das Dröhnen der Tennisschläger. Der Herr Major saß neben mir und erzählte mit jubelnder Stimme ... Ich drückte Niki Lauda die Daumen und er gewann auch die Formel I, schau, ich stelle mir vor, daß so ein Niki ein Dichter ist wie auch die anderen Rennfahrer Dichter sind, die sich vor jedem Rennen in Meditation versenken, und sobald sie vom Fähnchen abgewinkt werden, dann ist es, als ob sie sich von der Welt verabschiedeten, und dann fahren sie nur noch an die Grenze der möglichen Geschwindigkeit und . . . Pavlík, weißt du, dieser Kamerad von dir, der im Rollstuhl fährt, der sagt, daß die Augen aller Rennfahrer der Formel I ganz nahe beieinander liegen, wie Öffnungen von Jagdgewehren, Augen, die nur den Raum vor sich zum abgesteckten Ziel verfolgen, auf einem Weg, auf dem Zufall der zweite Name des Wunders ist, und so wie die Dichter tippen sie mit den Pneus ihr Gedichtlein, geschrieben mit der Geschwindigkeit einer dem Gedanken nachjagenden Schreibmaschine . . . sagte der Herr Major, und vor dem kleinen Laden hielt ein Fahrrad an und der Herr Major sagte . . . guten Tag, Herr Trnka, und er fuhr fort . . . Weißt du, diese ganz nahe beieinanderliegenden Augen hatte auch Manuel Fangio, ebenso wie Vítězslav Nezval, die Augen ganz nahe bei der Nasenwurzel, wie einen Zwicker, oder wie Schmetterlingsflügel, solche Augen hat aber auch Jack Brabham und hatte auch František Halas, Augen so eng beieinander, wie sie Jim Clark und John Surtees und Denny Hulme haben, und mein Sohn sagte mir, daß auch Jackie Stewart und Emerson Fittipaldi die gleichen Augen haben, solche, wie sie Jochen Rindt hatte und wie sie auch mein Junge da hat, der Sieger dieses Jahres, Niki Lauda, dessen Augen so eng beieinander liegen, daß sie ein einziges Auge bilden, einen doppelten Scheinwerfer, mit dessen forschendem Lichtkegel sich der Rennfahrer seine Piste beleuchtet . . . Ach, wie gern ich alle diese Jungen habe, deren Augen ganz nahe zusammen sind!, seufzte der Herr Major und lächelte und kostete die kühnen, beieinanderliegenden Menschenaugen aus. In dem Augenblick kam der Maler Herr Junek Brot holen und der Herr Major sagte, guten Tag, Herr Junek! Und Frau Vlašťovková, unsere Chefin, kam in einem weißen Kittel aus dem Laden heraus, immer bei guter Laune, und rief, aber das ist gut, Herr Junek, daß Sie kommen, schauen Sie, meine Tochter wird heiraten, sagen Sie, haben Sie zu Hause nicht irgendein mißlungenes Bild? Doch Herr Junek regte sich auf ... Aber ich habe keine mißlungenen Bilder! Die Chefin jedoch, braun wie eine Zigeunerin, sagte, schauen Sie nur nach, ich meine so ein Bild, das Sie fortwerfen möchten, so ... Und Herr Junek zürnte ... Aber was glauben Sie von mir? Ich, der ein Abecebuch gemacht hat, zehn Jahre lernen die Kinder nach meinem Abecebuch, also ich mache keine mißlungenen Bilder oder sogar Bilder zum Fortwerfen! Und er ließ sich auf das Bänkchen fallen, verschränkte die Arme und schloß die Augen. Die Chefin ging in den Laden und der Herr Major sagte ... Herr Junek, wissen Sie, welche die schönste Blume in unserer Gegend ist? Und der Maler Herr Junek riet, die Sibirische Schwertlilie, das Schellkraut, das Maiglöckchen, die Kornblume, die Nachtnelke, die Kuckuckslichtnelke ..., aber dann gab er auf, weil der Herr Major, geschärft für jeden Blumennamen, den Kopf schüttelte, und als es still war, sagte er ..., die schönste Blume ist die Kartoffel, die ist noch schöner als die Orchidee, die Kartoffel ist für mich die schönste aller Blumen. Wissen Sie, bevor ich sie im März einpflanze, betaste ich im Keller die aufgeblühten Knospen, ach, wie zart und zerbrechlich diese Knospen sind, ein Keim stützt den anderen, und alle haben die schöne Farbe von dünnem Milchglas. Und wenn sich die Erde öffnet, dann fühlt sich der Lehm in den Fingern wie gemahlener Kaffee an, also ist die Zeit gekommen, und ich scharre allein mit diesen Händen Furchen für die aufgekeimten Kartoffeln aus, und setze eine Kartoffel nach der anderen in die Erde, grabe sie dann zärtlich ein, und wenn ich nur eine einzige Knospe abbreche, dann knackt es mir im Kopf, so sehr liebe und hätschle ich die Kartoffeln, wenn sie aufgekeimt sind . . . Und dann warte ich, nach vierzehn Tagen halte ich es aber nicht mehr aus, ich gehe ins Gärtchen, knie nieder und schiebe vorsichtig die Erde weg und das ist eine Freude, wenn ich die Knospen spüre, die sich schon ans Licht drängen, durch die Erde ans Licht, um zu sehen! Und dann warte ich wieder, und so in einem Monat, da halte ich es nicht mehr aus, und wissen Sie, was das für eine Freude ist, wenn ich auf den Beeten die ersten Blättchen ertaste? Wie kleine Kinderohren sind diese ersten Blätter, ganz zerbrechlich, wie eine kleine Kindernase . . . und weil ich auf diese Schönheit so neugierig bin, dränge ich mich mit den Fingern ganz leicht in die Erde vor, wie die Hände des Geburtshelfers zum Kind, um zu ertasten, was mit den Kartoffeln los ist, aus denen noch keine Blättchen hervorgesprossen sind . . ., und das ist eine Freude, wenn ich spüre, daß die Blättchen knapp unter der Erdoberfläche sind, ich grabe sie wieder zu und dann kommen Regenfälle, und die Kartoffeln sind schon mehr als zehn Zentimeter aus der Erde gewachsen und ich behacke sie, aber nicht mit der Hacke, sondern mit diesen Händen da, tief in der Erde umfasse ich jede Kartoffel mit den Händen, leicht und mit Gefühl, um nicht das Blattwerk zu beschädigen, ich schwelge, wenn die Stiele und Blätter meine Hände berühren, und ich spüre, daß die Kartoffeln das gleiche fühlen . . ., und so behacke ich sie zweimal, dreimal mit den Händen . . ., und ich taste über ihre Spitzen und eines Tages spüre ich so eine Art Knöllchen, eine Art Ohrringlein, und dann gehen plötzlich Grüppchen von

Blüten auf, und dann ist die Kartoffel auf ihrem Höhepunkt, und im Nu kommt die Zeit, wo die Kartoffeln zu welken beginnen, der Regen stößt die Stiele um und der Wind . . ., und ich weiß, daß diese gewöhnliche Blüte, diese nützliche Blüte die schönste aller Blumen ist . . . Ich züchte jetzt Saskie- und frühe Gertjekartoffeln, da kann ich mich dann nicht mehr zurückhalten, und ich grabe mit den Händen in der Erde, scharre sie weg, und finde tastend die Knollen, die kleinen Saskie- und Gertjekartoffeln haben immer vier große Knollen, vier kleinere, und vier ganz winzige Kartoffeln . . . Und dann kommt die Zeit, wo die Kartoffeln aus der Erde heraus müssen, es ist Ende Juni, oder Anfang Juli und ich grabe die Kartoffeln mit diesen Händen aus, das ist mein Fest, jede Kartoffel lege ich in ein Körbchen, als ob es ein wertvoller Pfirsich wäre, oder ein prächtiger Apfel . . ., und gleich koche ich mir die frühen Saskie- und Gertjekartoffeln, bestreue sie mit Quark, und esse sie feierlich, wie ein Priester die Hostie ißt, weil die Kartoffel, so eine von mir gezüchtete und mit meinen Händen geweihte, mit Knospen geschmückte Kartoffel das schönste Werk auf der Welt ist . . . Sagte der Herr Major, und die Ladenchefin trat in die Sonne hinaus und brachte einen Majolikateller mit einem Engelchen drauf, einem pausbäckigen Knäblein, ein Tellerchen, das aber in zwei Hälften zerbrochen war. Herr Junek, Meister, sagte sie, wenn Sie also kein mißlungenes Bild für mich haben, dann bitte ich Sie, könnten Sie mir nicht dieses zerbrochene Engelchen reparieren, den Popo zusammenkleben? Und sie hielt die flache zerbrochene Schüssel Herrn Junek vor die Augen, aber dem Herrn Junek wurde es schwarz vor den Augen und er schrie auf und wich zurück . . . Ich habe Ihnen doch gesagt, daß ich keine mißlungenen Bilder mache! und zudem klebe ich keine zerschlagenen Engelchenpopos zusammen. Aber die Chefin beharrte, Herr Junek, was macht es Ihnen schon aus, Sie haben doch auch Bildhauerei gelernt, das haben Sie doch gesagt! Und Herr Junek schrie und sprang auf und stampfte ... Gesagt schon, aber Bildhauerei ist eine Kunst, und nicht das Reparieren von Engelchenpopos! Und schließlich habe ich ein Abecebuch für Kinder gemacht ..., und das da kann ich nicht, ich kann nur das, was ich kann ...! Die Chefin ging enttäuscht in den Laden zurück, aber der Herr Major rief sie und sagte, Frau Vlašťovková, ich werde morgen Uhu-Klebstoff bringen, ich werde es für Sie zusammenkleben, geben Sie mir den Teller zum Befühlen ..., und die Chefin brachte den zerschlagenen Teller. Der Herr Major betastete ihn und sagte ... das ist gut, es paßt, nichts, kein Stück fehlt, aber das Engelchen hat ausgestochene Augen ... Die Chefin sagte leise ... Herr Major, die hat meine jüngere Tochter ausgestochen, Sie wissen ja, die Kinder ... Und der Herr Major sagte ... Auch die Äuglein bringe ich für Sie in Ordnung ... Und von der Betonstraße bog ein gelber Lastwagen ab, hielt an, der Chauffeur sprang heraus und öffnete ein Türchen und der Duft von Brot überflutete die kleine Waldlichtung, auf welcher der kleine Konsumladen stand, alle, die auf frisches Brot gewartet hatten, reihten sich in die Schlange ein, der Chauffeur brachte Körbe mit Brot und der Duft zog hinter ihm her und wehte wie eine Fahne. Der Herr Major drehte sich zu mir um, wir saßen noch immer auf dem Bänkchen, wir eilten nirgendshin, wie ich sah, lagen die Augen des Herrn Major ganz nahe beieinander, wie die Augen von Emerson Fitipaldi, wie die von Niki

Lauda, wie die von Jochen Rindt, Augen wie Saskie- und Gertjekartoffeln. Die Chefin brachte den ersten Brotlaib und legte ihn dem Herrn Major in die Tasche, der Herr Major zahlte, nahm dann das weiße Stöckchen und mit ihm klopfend stieg er die Treppe hinunter, dann drehte er sich um und sagte ... Bogdan, gehst du am Nachmittag baden? Ich gehe, sagte ich. Herr Major freute sich ... Dann komme ich auch, also am Nachmittag bei der Elbe, unterhalb der Koblasas! und fröhlich brach er auf, klopfte mit dem Stöckchen auf den Straßenrand, berührte mit ihm die Stiele der Königskerzen und Weidenbäumchen, streifte die kleinen Randsteine, jedesmal brachte ihm das Geräusch des Stocks augenblicklich Nachricht über alles, was ihm entgegenkam, was drohte, damit er ausweichen konnte. So verschwand er langsam hinter den Weiden und Föhren, von exakten und unsichtbaren Fäden zu seinem Haus in der Allee Nummer zwei aufgewickelt ... Ein Bürger, der sich erst dieses Jahr in Kersko angekauft hat, sagte mitfühlend ... Der Arme, daß ihn niemand führt? Herr Trnka, erst jetzt bemerkte ich, daß Herr Trnka in der Tasche auf der Lenkstange ein kleines Hündchen hatte, streichelte den kleinen Cockerspaniel auf dem Köpfchen, steckte das Brot in die zweite Tasche und sagte ... Der geht sicherer durch den Wald als solche, die sehen, er sieht sogar fern, er sieht dort zwar nichts, aber was er hört, dazu stellt er sich Bilder vor. Wenn Sie ihn sehen würden, wie er Holz hackt, dann würden Sie meinen, daß er sieht, aber er sieht anders, er hat so ein Gefühl in den Fingern, und überhaupt ist er so gefühlvoll, daß ich fürchte, an ihm mit dem Fahrrad vorbeizufahren, weil es mir schon einmal passiert ist, daß ich schlecht gelaunt war, und als ich am Major vorbeifuhr, drehte er sich um und sagte ... Also wohin, Herr Trnka? Und Langeweile kennt er überhaupt nicht. Er hat Fremdsprachen am Radio gelernt und hört alle Nachrichten, er hat gelernt, Harmonika zu spielen und kennt alle Lieder, die Ihnen in den Sinn kommen. Und sein Gärtchen ist in besserer Ordnung als meines . . . Der Nachbar, der erst dieses Jahr in Kersko eingezogen ist, fragte . . . Ist er denn schon von klein auf so? Herr Trnka streichelte das Hündchen in der Tasche auf der Lenkstange und sagte . . . Nein, irgendwie explodierte in einem Bergwerk vorzeitig eine Ladung und dabei passierte es dem Herrn Major, wissen Sie? Und er sagte zärtlich zum Hündchen . . . Keine Angst, wir fahren jetzt . . . Und er trat auf das vorbereitete Pedal und fuhr auf die Betonstraße hinaus. Ich ging dann in den Laden, um das Brot zu holen, vor mir stand Herr Junek, das Brot hatte er schon in der Tasche und zahlte mit einer Hundertkronennote. Die Chefin sagte . . . Aber Herr Junek, ich habe kein Kleingeld, wissen Sie, das Brot kostet fünf sechzig, dann wäge ich Ihnen da ein Stück Salami ab . . ., so, da haben wir sechsunddreißig Kronen, das macht einundvierzig sechzig, jetzt nehmen Sie ein Fläschchen Rum, das macht sechsundfünfzig Kronen, da haben wir im ganzen siebenundneunzig Kronen sechzig, und dann tun wir noch eine kleine Haarbürste dazu und für zwanzig Heller Hefe und das gibt genau einen Hunderter . . . Und sie nahm die Hundertkronennote, legte dem verblüfften Herrn Junek den Einkauf in die Tasche und der Maler Herr Junek fuhr auf dem Fahrrad los, aber erst auf der Weggabelung bei den Štulíks ging es ihm auf, er hielt an und drehte sich mit gespreizten Beinen um und fuhr wieder zum Laden zurück und bemerkte nicht, daß beim Kragstein Menschen standen und auf den Autobus warteten, und der Maler Herr Junek schrie ihnen in die Augen . . . Aber Himmel, was werde ich mit dem Salami in dieser Hitze machen, ich habe keinen Kühlschrank! Und was mit dem Rum? Und was werde ich, der nicht kochen kann, mit der Hefe machen? Himmel! Und Haarbürsten habe ich zu Hause vier Stück! Und das auch noch, habe ich denn zu Hause irgendwelche mißlungenen Bilder? Was erlauben Sie sich? Und ich, der ein Abecebuch gemacht hat, aus dem die Kinder bis heute lernen, ich soll zerbrochene Engelchenpopos reparieren! Himmel! Und die Menschen, die auf den Autobus warteten, standen da, schauten einer den anderen an und jeder dachte vom anderen, er habe alles, was Herr Junek da schrie, verschuldet.

Ein Kindertag

Noch am Tag vor dem Kindertag setzten wir uns in den Kopf, daß unser Programm nicht nur reichhaltig, sondern auch durch die Vorbereitungen und während der Vorbereitungen reizend sein werde. Wir, alle Kleingärtner, setzten uns in den Kopf, daß der Kindertag der festliche Überbau unseres alltäglichen Lebens sein werde, und wir flehten einer den anderen an, uns alle ständig zu überprüfen und so alle Tätigkeiten des gefeierten Kindertags gegenseitig zu mappieren, des Kindertags, der schon an die Türe pochte. Ich bat und ließ sie schwören, daß sie alle Elemente einbeziehen würden, solange noch Zeit dazu war, und ich sagte, daß dafür nicht nur Phantasie nötig sei, sondern auch Liebe und Glaube und Verantwortung. Ich bat die Freunde, alles zu mappieren und das Harmonogramm in Einklang mit den übrigen Parametern zu bringen. Ich sagte, achtet besonders darauf, Freunde, daß sich die Aktionen des Kindertags richtig verteilen, sich also nicht gegenseitig ersticken, und achtet besonders darauf, daß das Festkomitee des Kindertags engen Kontakt zum Kassierer hat, weil die Kassierer Zifferspione sind, und die sind unsere Komplizen. Ich bat sie, wenn die Zeit da sei, in Richtung des Kindertags aufzuflammen, ich sagte, daß ich es wärmstens begrüßen würde, wenn der Morgen mit von einer Schallplatte tönenden Fanfaren der berühmten Prager Posaunenbläser anbräche, obwohl es schöner wäre, wenn sie bei der Josephsquelle oben auf den Föhren bliesen, aber manchmal ist weniger mehr, sagte ich, und das alles wird von unserem Kinderensemble ergänzt, und das Entzückendste wird sein, wenn durch den Wald von Kersko – wie auf der letzten Sitzung des Komitees für eine würdevolle Feier des Kindertags abgestimmt worden war – wenn durch den Wald Fanfarenbläser in bunten Trachten spazieren und den Jugendkapellen begegnen werden, die zur Genüge dartun, daß sich der Kindertag in Kersko in die allgemeine Richtung der Jugend eingereiht hat. Ich sagte, die Mitglieder des Komitees sollten zur Kenntnis nehmen, daß sich nach der Mittagszeit Müdigkeit einstellt, die gewisse Überanstrengung, die eine Siesta erfordert, und daß es daher gut wäre, einen Betrieb aufzumachen, ein buntes Allerlei von großer Phantasie, und das könnte ein Autorennen der lokalen Fans sein, ein Rennen auf dem Viereck der Alleen Nummer vier und zwei . . . selbstverständlich stellte der Vorsitzende des Komitees für eine würdevolle Feier des Kindertags gebührend fest, daß der Höhepunkt der Kinderumzug sein würde, der wie gewohnt von den Štulíks käme, ein Kinderumzug, dem alles Offizielle fehlen würde, so improvisiert, wie ein solcher Umzug sein soll. Mit dem Umzug wird der Kindertag losgehen und scheuen wir uns nicht festzuhalten, sagte ich, daß der Kindertag die beste und entzückendste Feier der Kinderpsyche sein wird, darum sollen den Kindern allegorische Wagen folgen, eine Aktion soll die andere ablösen, vom Morgenweckruf an über die Umzüge und die Ziehung der Klassenlotterie soll das Komitee des Kindertags alles richtig und kunstvoll zu einem Ring verflechten, zu einem Erntekranz, der die melische Mitte bilden wird . . . Meine Herren, sagte ich, der Autobus fährt jetzt, und nur wer eine Fahrkarte hat, wird mitfahren, meine Herren, denken Sie an die Parameter, weil der feierliche Kindertag bereits an unsere Türe klopft, und nur noch ein Tag bis zu dem berühmten Kindertag bleibt . . .

Der berühmte Kindertag begann wie alle anderen Sonntage im Frühling und Sommer. Jeder Kleingärtner behackte am Morgen sein Gemüse und begoß die Blumen, widmete sich dann seinem Hobby und so ertönte in Kersko von überall her der jubelnde Klang von Kreissägen, der allen, deren Zahnfleisch leicht entzündet war, in Erinnerung rief, daß sie so bald wie möglich zum Zahnarzt gehen sollten. Aus allen Alleen hörte man die Sägen, die schrillen Geräusche der kanadischen und schwedischen Motorsägen der Marken Pioneer und Husqvarna wurden vom Geräusch der Supersäge der Kleingärtner ergänzt, welche zwei Männer tragen mußten, und die, wenn man sie an einen Baumstamm anlegte, mit einem kreischenden Ton dröhnte, der zweimal so stark war wie der einer gewöhnlichen Husqvarna. Und weil sich jeder Urlauber bei der Arbeit verlassen fühlte, hatte er ein voll aufgedrehtes Radio oder Tonbandgerät neben sich, und so war der Kindertag den ganzen Vormittag von schönen kreischenden Klängen durchtränkt, denen sich im Hintergrund die Nachrichten beimischten, so daß der ganze Wald von Kersko mit Musik und Stimmen und Nachrichten und Kommentaren angefüllt war, die eine schöne Tapete bildeten, welche jeder hörte, aber nicht mehr wahrnahm. Aus den offenen Fenstern des Restaurants strömten den ganzen Vormittag, Nachmittag und Abend die Klänge des dröhnenden Rekorders, der die beliebten Jazzlieder mit einer solchen Lautstärke wiederholte, daß die Blätter der Birken im Umkreis von einem Kilometer flatterten, obwohl es windstill war. Die Geräusche der Radios und Tonbandgeräte und des Orchestrions und der Sägen und Schmirgelmaschinen und Drechselbänke bildeten über dem Wald von Kersko ein unsichtbares, aber hörbares Zelt, dem niemand entfliehen konnte, weil jeder, der auf seiner Parzelle arbeitete, an der unsichtbaren Kette der Sonntagsarbeit lag. Wir kamen bei der Josephsquelle zusammen, warteten, ob auch die kämen, die es versprochen hatten. Aber niemand kam, und so zählten wir uns zusammen, nachdem wir die Berichte der Kinder und Gattinnen angehört hatten, daß sich der Papa entschuldigen lasse, weil ihm schlecht geworden sei, und rechneten aus, daß wir drei waren. Also nahmen wir einen Karren und holten Kisten mit Bier und Wein und Likören, lagerten die Getränke im kühlen Häuschen über der Quelle, und wir waren jetzt ruhig, weil es hier bei der Mineralquelle schön kühl war, und wer durstig war, der sollte auf seine Rechnung kommen. Da ertönten schon über dem Wald von Kersko, wie an jedem schönen Sonntag, kreischende nervenzerreißende Geräusche von Motorrädern. Es waren Gruppen von Halbwüchsigen, die durch den Wald hin und her fuhren. Sie fuhren auf vollen Touren in die Kurven und durch das Schleudern sprühten Sandgeysire von den Pneus, so daß derjenige, der nicht gerade noch in das Brombeergestrüpp abspringen konnte, von feinem Sand überschüttet wurde, so einem Dünensand, der vor langer Zeit von irgendwoher aus Libyen hierhergeweht worden ist . . . Und so kamen diejenigen, die zur Seite gesprungen waren, nur mit Mühe aus den langen Brombeerranken los, manche mußten sogar so bleiben, wie sie vom Brombeergestrüpp festgehalten wurden, sie mußten eine Schere holen lassen, um sich aus der stacheligen Gefangenschaft befreien zu können. Aber schon vor Mittag erklang ein dröhnendes Geräusch, das von Rennautos zu kommen schien, es waren jedoch keine Einsitzer, sondern gewöhnliche Škodawagen, deren Auspuffe nach der Formel Habart so frisiert waren, daß sie schöne Geräusche von sich gaben, bei denen das Blut erstarrte. Zudem kaufte sich die Mehrheit der jungen Leute für ihr Auto eine seltsame Sirene, welche die Luft mit einem wunderschönen hohen dli dli dli dli dli li li li li durchschnitt, so daß diesen ganzen Kindertag lang, wie an jedem Sonntag, die Geräusche im Wald von Kersko eine konkrete symphonische Musik bildeten, gegen die es den einzigen Schutz gab, das eigene Radio oder Tonbandgerät einzuschalten und sich so mit Musik nach eigenem Wunsch zu ummauern. So daß wir erschraken, als plötzlich alle Geräusche verstummten ... Wir sprangen auf und starrten, und hatten die Vision, daß sich jemand bei den Sägen und Kreissägen die Finger oder die Hand abgeschnitten hatte, oder daß an einem anderen Ort jemand dalag, den Kopf von der rotierenden Schneide zerschnitten ... Aber das war nur ein kurzer Augenblick, nur für einen kurzen Augenblick stürzte das große Zelt der Geräusche und der Musik ein, nur für einen kurzen Augenblick machten die Urlauber alle zusammen einen Seitensprung, um etwas zu trinken oder zu essen ... aber die Stille war so groß und majestätisch, daß sie allen Schrecken einflößte. Unterdessen nagelten wir bei der Josephsquelle Bretter zusammen, und so entstand ein Podium für die Musiker. Dann durchschnitten wir Papiersäcke von fünf Kilo Mehl und ich schrieb mit einem in Teer getauchten Holzpflock: Kindertag, Kindertreffen um zwei Uhr bei den Štulíks, am Abend Lagerfeuer, Bier, Wein, Liköre, Würste. Und zwei Rentner, Mitglieder des Komitees für eine würdevolle Feier des Kindertags, schon in Feuerwehruniformen gekleidet, hefteten das Plakat mit Reißnägeln an die Türe des Häuschens bei der Quelle.

Dann setzten sie sich, und trotz des schönen Wetters quälten sich die beiden Feuerwehrmänner mit der Vorstellung, ob der Wald in Brand geraten würde, wenn am Abend das Lagerfeuer brannte? In dem Augenblick erreichten die Geräusche und Töne und Stimmen eine solche Lautstärke, daß die Geräusche sämtlicher Alleen des Waldes von Kersko einen gigantischen Brunnen bildeten, eine riesige Fontäne der von allen Seiten strömenden Gewässer und Geysire aus Musik und Geräuschen und Stimmen, die sich über der Josephsquelle vereinigten, von wo sie über die Nadeln der Föhren und die Birken- und Eichenbaumblätter zu Boden fielen, um von dort von neuem als schwungvolle Splitter gegen den blauen Himmel getrieben zu werden, der für einen schönen Kindertag garantierte. Und da Klänge und Farben in Düften Entsprechungen haben, langten jetzt über der Josephsquelle die Düfte von Jauche aus einigen gegenüberliegenden Düngergruben an, weil einige Urlauber wie an jedem Sonntag, auch heute am Kindertag, nicht weil sie dies etwa gewollt hätten, sondern weil sie mußten, die überfließenden Latrinen hinausfuhren und mit einer Schaufel und einem Kübelchen die Fäkalien über ihre Parzelle verschütteten, damit keine einzige Pinte verloren ging. So vereinigten sich in der Hitze alle Klänge und Farben und Düfte zu einem kunstvollen und melischen Kranz, und niemand von uns nahm daran Anstoß, im Gegenteil, wir fanden, daß alles in Ordnung sei, daß alles so sei, wie es sein sollte, weil Urlaubszeit war und anders als durch Arbeit niemand zur Ruhe kam, von der er sich erst am Montag bei der Arbeit erholte, mancher erst am Dienstag. Am Nachmittag begann der berühmte Kindertag wie jedesmal. Herr Svoboda fuhr auf einem Pionier bei den

Štulíks vor, sein großer Bauch lag auf dem Rahmen des Motorrads, und weil die Hitze groß war, hatte er nur Shorts an. Die entblößte Brust seines hundertdreißig Kilo schweren Körpers war dicht behaart, und auf seinem Kopf saß ein Tropenhelm und eine grüne Brille. Und nachdem sich eine Schar von ungefähr acht Kindern versammelt hatte, gab Herr Svoboda dem Festumzug das Zeichen, und weil die Kinder langsam gingen, fuhr Herr Svoboda vor ihnen, stieß sich mit den Füßen vom Boden ab und rief zu den Urlaubern, die in Badehosen und mit Bademänteln über dem Arm durch die Wälder und über Wiesen zum Fluß eilten, daß sie am Abend kommen sollten, daß es lustig zugehen werde. Als die Kinder bei der Josephsquelle ankamen, schichteten die Feuerwehrmänner auf dem Volleyballfeld alte Äste für ein Feuer auf, und sie waren beide bleich und fahl, sie fürchteten, daß schon allein die Vorstellung des Feuers genügen könnte, um den von der Hitze ausgedörrten Wald zu entzünden. Und ich stand auf der Betonstraße und schaute in die Weite, bis auf die Hauptstraße, von wo die Musiker kommen könnten, die jetzt nicht nur aufspielen, sondern auch die Kinder und die allegorischen Wagen des Festumzugs begleiten sollten. Die Tennisspieler kamen am Nachmittag nicht, weil im Fernsehen der Davis Pokal ausgestrahlt wurde, und so rannten die Kinder durch den Wald, spielten Verstecken und Trommel, oder zeichneten mit kleineren und größeren Holzstücken in den feinen Sand, und auf der Straße und durch die Alleen strömten Gruppen von Urlaubern in Badehosen zum Wasser. So verging die Zeit angenehm, Herr Svoboda bereitete zehn Kilo Würste vor, schnitt sie an, damit sie im Feuer leichter zu duftenden Igeln zerplatzten, einige Motor- und Kreissägen nahmen die Arbeit des Vormittags wieder auf, durch die Alleen rasten wieder mit großem Geschrei Motorräder, deren Pneus in den Kurven ein Gejubel ausstießen und eine Lust am Schleudern bekundeten, die frisch geölten Autos brausten mit den nach Habart frisierten Auspuffen und die Hupen der westlichen Marken quiekten Alarmsignale wie rasende Sanitätsautos oder Wolgas, die zu irgendeinem Unfall eilen, und so gab Herr Svoboda, als er erfuhr, daß der zweite Single des Davis Pokals auf fünf Sätze verlängert worden war, ein Zeichen, und zündete feierlich das Feuer an . . ., und die Kinder waren begeistert. Die Kinderaugen schauten zu, wie das Feuer prasselte und wie es unaufhörlich stieg und brennende Zweiglein und alte Blätter bis in die Baumkronen hinauftrug, aber in gleichem Ausmaß, in dem die Kinder begeistert waren, bebten die zwei Feuerwehrmänner und vergingen vor Angst, daß sich von den Funken und brennenden Zweiglein und Blättern die harzigen Äste der Föhren entzünden würden. Sie füllten Kübelchen mit Mineralwasser und stellten sie rund um das Feuer auf, zehn Kübelchen für den Fall, daß der Wald Feuer fangen würde, obwohl sie gut wußten, daß sich ein solches Feuer nicht mehr löschen läßt, daß das Feuer durch das Glühen der brennenden Äste weit übergreift . . . Es dämmerte schon, zwischen den Bäumen und Stämmen sah man das Feuer und die dunklen Silhouetten der Kinder, die auf zugeschnittenen Stecken Würste brieten. Ich stand immer noch auf der Betonstraße und schaute zur Nationalstraße, alle Autolichter flößten mir Hoffnung ein, daß die Musiker endlich kämen. Vom Fluß kamen sonnenverbrannte Urlauber zurück, sie schrien, daß sie zu Abend essen wollten, daß sie nur deswegen da wären . . . Und so kamen die Besucher des Kindertags bereits in der Dunkelheit an; zwischen den Bäumen huschten Menschen in schönen Kleidern, er war wunderschön, dieser Kindertag, als durch das dunkle Wäldchen weiße Hosen oder weiße Blusen spazierten, und der Rest im Halbdunkel verschwand, das vom Feuerschein noch verstärkt wurde, der, umgeben von Kindern, vergrößerte Gestalten auf die Stämme der goldenen Föhren warf... Als ich dann mit den Feuerwehrmännern beim Feuer stand und alle Hoffnung aufgab – übrigens erwartete oder brauchte niemand mehr die Musiker –, als ich so ins Feuer schaute, sah ich, wie gut uns dieser Kindertag gelungen war, ich sah, wie alle anderen Besucher auch, daß auf dem ganzen Gelände und zwischen den Bäumen gebräunte Menschen standen, die von der Arbeit mit Sägen und Jauche, die von der Rackerei so erfrischt waren, daß sie sich alle jung vorkamen... Sie schauten ins Feuer, schlürften Bier und Wein aus kleinen und großen Gläsern, Grüppchen entstanden, alle sprachen lebhaft, als ob sie im Nationaltheater in der Pause herumständen, alle waren so fröhlich zeremoniell, als ob sie das ganze Jahr auf diesen Augenblick gewartet hätten, um zusammenzukommen, sich die schönsten Kleider vorzuführen, unser Kindertag war eigentlich eine Modenschau, eine riesige Show, eine Gartenparty im Garten einer Botschaft, und während alle Urlauber in ihren Overalls und Joppen tagsüber jämmerlich ausgesehen hatten, waren sie jetzt, nachdem sie sich geschmückt hatten, schön... und ich sah, daß unser Kindertag eigentlich ein Tag der Erwachsenen war, damit sie sich einmal im Jahr ungezwungen unterhalten und ihre Freuden und Leiden aussprechen konnten. Sie spazierten galant zwischen den Föhren und schauten durch die Löcher in den

Kronen der stillen Bäume zu den Sternen, die über Kersko in Faustgröße scheinen. Einen Augenblick lang verstummten die Stimmen und Geräusche, so daß man nur die Musik des prasselnden Feuers vernahm, eine große Stille senkte ihr Zelt über den Wald und alle schauten in das Feuer, das leuchtete und Geräusche aussandte und einen Duft ausstrahlte, der dem Tod des Holzes entsprang ... In dem Augenblick erhob sich ein leichter westlicher Wind, die Kronen der Föhren verbogen sich und beruhigten sich langsam wieder. Aber ein neuer Windstoß stöhnte im Gezweige auf und einige trockene Äste stürzten ab. Dann erhob sich ein warmer Wind und brachte das Tannenreisig zum Rauschen und warf es durcheinander, alle Urlauber wandten sich in die Richtung, aus der es wehte, sogen die Luft ein, und jeder wußte, daß ein Gewitter kommen würde, ein Sommergewitter, daß es regnen, gießen und donnern würde. Ich dachte, diese Luft, die nach dem nahenden Gewitter duftete, müsse die Feuerwehrmänner erfreuen, aber die vergingen noch mehr vor Angst, denn wenn so ein Föhrenwald brennt, dann erhöht der Regen nur noch die Brennbarkeit der von Harz und Pech getränkten Zweige und Baumstämme ... Von neuem erhob sich ein Windstoß, brach jedoch schlagartig ab, damit die Föhren nach dem mächtigen Ausschwenken der widerspenstigen Kronen die Haltung wiedergewannen, aber die Sterne verschwanden bereits und in der Ferne donnerte es, und hinter dem Wald öffnete sich ein mit Gold und Perlen bestickter orangefarbener Himmel. Aber da rannten schon die Mütter hinter ihren Kindern her, und als es wieder aufblitzte, war im aschfahlen Licht eine panische Flucht vom Kindertag in Richtung der Weekendhäuschen, der Heime zu sehen. Und dann begann es fein zu regnen, so ein unschuldiger Regen, der plötzlich in einen heftig tobenden, abwechselnd von Blitzen beleuchteten Platzregen überging. Die Urlauber, die fälschlich geglaubt hatten, daß der kleine Regen bald vorübergehen werde, traten unter die Baumstämme zurück . . . und in dem Augenblick erschien ein Paar vom schiefen Platzregen schraffierter Scheinwerfer, ein Auto bog zum Podium ein und sechs Musiker stiegen mit Messinginstrumenten aus, mit Trompeten, die bei jedem Blitzen aufleuchteten . . . Zurück! rief Herr Svoboda, zurück, es wird nicht gespielt! Aber der Kapellmeister drängte sich auf das Podium, setzte sich mit dem Baßflügelhorn hin, seine Musiker setzten sich auch und begannen schallende Märsche zu spielen, es goß in Strömen, die Urlauber traten unter das Vordach des Häuschens, und Herr Svoboda rief . . . Sobald sie fünf Stücke gespielt haben, müssen wir sie bezahlen, als hätten sie den ganzen Abend gespielt . . . Die Rechnung wird kein Ende nehmen, die Rechnung wird kein Ende nehmen! . . . Und der Platzregen und der Wolkenbruch waren so heftig, daß es schien, als ob der See von Mineralwasser, der unter unserem Wald liegt, über unsere Köpfe gestiegen wäre und auf den ganzen Wald und auf unseren berühmten Kindertag niederfiele, zu dessen Ehren die durchnäßten Musiker spielten, um die Stimmung zu heben, die hier den ganzen Tag geherrscht hatte. Das Feuer verlosch langsam, aber die zwei Feuerwehrmänner standen neben den Kübelchen und quälten sich weiter mit der Frage, was tun, wenn sich von dem Feuer der Wald und dann die ganze Gegend entzünden? Sie standen bereits knöcheltief im Wasser, weil hundertmal mehr Wasser niederfiel, als die Erde aufzunehmen vermochte . . . und von den Tennisplätzen strömten rote Gewässer und überschwemmten das Feuer, aus dem Wald schwemmte eine Wasserflut Nadelreisig, beim Feuer standen die Feuerwehrmänner schon bis zu den Knien im Wasser und quälten sich mit der Vorstellung, was tun, wenn sich der Wald entzündet? Und der Kapellmeister stand auf, schüttelte das Wasser aus dem Baßflügelhorn und auch die anderen Musiker erhoben sich, liefen zum Auto, gossen das Wasser aus den Flügelhörnern und Fagotten durch die offenen Fensterchen hinaus, und der Kapellmeister sagte zu Herrn Svoboda, wir werden die Rechnung schicken, Sie zahlen per Einzahlungsschein, ja? Und er sprang ins Auto und sie fuhren los, und in der Dunkelheit funkelten dunkel ihre Instrumente, ein Auto voll von Instrumenten aus Messingblech . . . Die zwei Feuerwehrmänner leerten immer noch Wasser aus den Kübelchen, obgleich es ihnen bis zu den Knien und dann bis zur Taille reichte . . . aber was, wenn sich von dem Feuer irgendwo der Wald entzündete? So schwemmten das Gewitter und der Wolkenbruch den schönen Kindertag fort, den Tag zu Ehren der großen und kleinen Kinder. Jetzt aber existieren solche Tage nur noch in der Erinnerung. Jetzt heißt das Fest die Kirmes von Kersko, auf der Kirmes klappt alles, die Kluft zwischen dem Plan und seiner Verwirklichung ist verschwunden, die Kleingärtner haben zehn einheitlich bemalte Buden und kleine Läden angefertigt, in denen Würste vom Grill verkauft werden, Bier und Wein, Tombolalose, Souvenirs, kleine Henkeltöpfe und Gläser zur Erinnerung, in den Buden verkaufen sie Süßigkeiten und Torten und Lebkuchenherzen mit der Inschrift Gruß von der Kirmes, auf Bestellung sogar in Pardubice selbst hergestellte Lebkuchen, es kommen auch Lastwagen und

verkaufen frisches und gewaschenes Gemüse und Bananen und Aprikosen. Auf der Kirmes von Kersko gibt es auch zwei Gifthütten, es gibt hier auch schon ein riesiges Podium, wo eine Beatgruppe aus Sadská spielt, auf der Kirmes von Kersko gibt es auch ein kleines Karussell und grüne und blaue Schaukeln für Kinder, die Kirmes von Kersko hat sogar einen Conferencier, Honza Kraslů, der die Mikrophonschnur hinter sich herzieht und sie den Urlaubern an den Mund hält, es gibt hier sogar eine kulturelle Einlage, auf die sich alle freuen, weil Aleš Ulm persönlich seine Lieder singt.
So lockt die Kirmes von Kersko Hunderte von Menschen an, schon am frühen Nachmittag spazieren und scherzen und lachen hier die Gruppen schöner Mädchen in Jeans, Gruppen von Motorrad-Jünglingen, die selbstbewußt mit ihren Helmen umherspazieren, und am Abend sind noch mehr Menschen da als je zuvor, von allen Seiten strömen Gruppen von schön gekleideten Menschen herbei, die Mehrheit von ihnen kennt sich gar nicht mehr, weil die Plakate in der ganzen Gegend ausgehängt wurden . . . Und ich gehe auch auf der Kirmes von Kersko von Bude zu Bude, schaue, beobachte, wie in unserer Gegend so viele schöne Mädchen geboren werden, ich spaziere und erinnere mich dabei immer mehr an den einen Kindertag . . .

Das Wunder des Hätschelkinds

Herr Franz saß inmitten des blühenden Gartens auf einem Bänkchen und betrachtete mit Wonne die blühenden Apfelbäume, und als er sah, daß ich ihn durch den Drahtzaun anschaute, streckte er sich und sagte, ist das nicht eine Pracht, was? Schauen Sie nur die kleinen rosa Blüten über mir, und wie sie auf mich herabschneien. Das ist das Wunder des Hätschelkinds ... Herr Franz stand auf und stellte sich unter die fallenden Blättchen der Apfelblüten. Und das hier ist der Grünapfel, von dem tut man am besten einige Äpfelchen zum Kraut ins Faß ... sprach er und seine riesige Gestalt im Overall und auf Füßen, die in Gummistiefeln steckten, wiegte sich von einem geblümten Apfelbaumsonnenschirm zum anderen, und während er dahinschritt, streichelte er die Stämme, als ob es lebendige Mädchenkörper wären, so wie der Arbeiter sein Werk streichelt, wenn er das Verkacheln des Badezimmers beendet hat, auch er würdigt seine Arbeit mit einem feinen Streicheln. Es wäre so schön hier, sagte Herr Franz und kam zum Zaun und tauchte seine Finger in die Drähte wie der alte König David, als er die Harfe zupfte und seinen schönen Psalm begleitete ... Es wäre noch schöner hier, wenn mich die Überschwemmung von Schafböcken nicht heimgesucht hätte. Ich liquidiere die Schafe schon das dritte Jahr, aber im Frühling habe ich immer sechs mehr. Mein Schafbock Bombo und mein ältestes Schaf Soldatenweib schauen sich an und sind schon mit allen Konsequenzen verliebt ... Na, sehen Sie? Das hier sind Blättchen von den Blüten des Sommerastrachans, die Blüte ist so schön rosa, wie die winzigen Fingernägel von kleinen Kindern, aber die Schafe lassen mich nicht schlafen. Voriges Jahr hat man mir geraten, dem Schafbock mit einem Draht ein Stück Schiene auf die Stirn zu binden, um ihn zu zähmen, ein Stück einer mehr als fünfzig Kilo schweren Schiene, damit er sich nicht verlieben kann ... nur kennen Sie da die Natur des Schafbocks nicht! Die ganze Nacht schlug er im Stall mit der Schiene auf den mit Eisen beschlagenen Futtertrog, die ganze Nacht und die darauf folgende haben wir nicht geschlafen, immer war es, als ob aus dem Stall eine Glocke tönte, bim bam, bim bam läutete er mit der Schiene, und ich sagte, beruhigt euch Kinder, beruhige dich, treue Gattin, die Kräfte müssen ihn verlassen, Bombo muß umfallen, schwach werden ... Aber das hier ist ein glänzender Himbeerapfel in voller Blüte, das raubt einem den Atem, sehen Sie? ... sprach der Riese Herr Franz und hielt den Mund hin, und wie er so dahinschritt, berührten kleine sanfte Blüten seine fleischigen Lippen, und er sog ihren Duft ein, und die Hüllen der Blüten berührend, nahm er mit Wonne die von der Sonne durchwärmten Zweiglein und Blüten wahr ... Und wissen Sie, heulte er jammervoll auf, und zupfte wieder am Drahtzaun ... in der dritten Woche, als man das Klingeln der Schiene kaum noch hörte, liebte er trotz der Schiene alle Schafe, selbst das kleine, und ich Narr hatte geglaubt, daß die Zeit seiner Liebe vorbei sei ... Zwei Monate später hatten die Schafe Bäuche wie Pauken, und ich tötete zwei Schäfchen, aber es wurden mir sechs neue geboren, statt die Herde zu dezimieren, war sie mir also angewachsen ... Und so gab mir der Gevatter Vorlíček den Rat, aber ist das nicht eine Pracht, schauen Sie! Er hielt wie ein Wachtelhund an, die Pfoten zwischen den Drähten und die Beine so eingezogen, wie ihn die Begeisterung getroffen hat ... das hier ist das Wunder des

Hätschelkinds Nummer zwei, den habe ich selber gepfropft, na schauen Sie, wie lieblich die Natur ist, wie voller Lieblichkeit die Flora ist! ... Die Schafböcke sind es allerdings auch, Gevatter Vorlíček hat mir geraten, Bombo, meinem Schafbock, einen kleinen Pneu über den Kopf und die Vorderpfoten anzuziehen, er meinte, daß diese Vorrichtung seine Verliebtheit lähmen wird, daß der Schafbock keine Liebeserklärungen wird machen können und ich so den Ansturm der Schafböcklein und Lämmchen aufhalten werde ... Es war schrecklich, den Schafbock anzuschauen, er mußte auf drei Beinen laufen, fiel immer hin, bis er mir leid tat, na und sehen Sie, drei Monate später hatte ich sechs Schäfchen mehr, der vom Pneu gelähmte Schafbock Bombo hatte trotzdem alle Schafe geliebt, so daß ich davon bald verrückt werde, ich will das Leben genießen, ich will die Schafe dezimieren, und habe schon wieder einundzwanzig Stück, und es nimmt einfach kein Ende ... jammerte Herr Franz, der Riese, und zupfte mit den Fingern wie auf einer Harfe abwechselnd die Drähte des Zauns, die Blättchen von den Blüten fielen auf seine robuste Gestalt und sein fleischiges Gesicht wurde von den vielen Konfettis aus Blütenblättchen überschüttet ... und Herr Franz beschwichtigte die Blüten, na also, na also, was ist denn ... und er schüttelte die blühende Gunst des Mais von seinem Gesicht ab ... und schaute auf sein Haus im Wald, um das herum lauter Föhren standen, aber inmitten der Lichtung erhob sich ein blühender Garten, man sah, wie gut gedüngt der üppige Rasen war, wie gut gebaut die Apfelbaumstämme waren, aber Herr Franz litt und quälte sich weiter ... Wie schön wäre es hier, wenn es hier keine Hornissen und Wespen gäbe, sehen Sie? zeigte er, und erst jetzt bemerkte ich, daß auf jedem Baumstamm zwei leere Milchflaschen wie auf den Lenkstangen der Velorennfahrer befestigt waren, und Herr Franz erklärte ... Ich kann die Wespen nicht einmal sehen, in jedem Glas ist ein wenig Bier ... und quält euch, quält euch ... ihr quält mich, Wespen, und jetzt seid ihr selbst die Gequälten! schrie er, und ich sah, daß in jeder Flasche auf dem Grund Hände voll toter Wespen und Hornissen lagen. Herr Franz hielt plötzlich inne und war geblendet, er schaute über den Garten hinaus, hinweg über Milchflaschen mit ertrinkenden Wespen ... er legte einen Finger auf seine fleischige Lippe und sprach in Ekstase ... Jetzt habe ich es, jetzt habe ich es! Keine Schienen, keine Pneus für den Schafbock, ich muß bei den Schafen beginnen ... ich werde ihnen Höschen nähen ... ich werde den Schafen so eine Art Höschen nähen! aus Säcken, aus doppelten Säcken, Leinwandhöschen ... sprach er geblendet, und während eine Brise zu wehen anfing, stand Herr Franz im Gestöber der Blütenblättchen, als ob er an der Dusche gezogen hätte, so stand er im Overall und in verdreckten Gummistiefeln unter der dichten Dusche, und aus dem Haus ertönte ein volles jubelndes Frauengeschrei ... Sakrament, du verfluchter Bub, hast schon wieder die Hose vollgeschissen! Und eine starke junge Frau lief vor das Haus und schüttelte den Bub, zerrte die Hose von ihm und tauchte sie gleich in den Wasserbottich ... und Herr Franz stöhnte leise, wie schön wäre es hier, wenn dieses mein Enkelchen nicht jeden Augenblick in die Hose scheißen würde, wenn es nicht dauernd Brühe in die Trainingshose machen würde, wie schön wäre es hier, wenn meine Schafböcke nicht lieben würden, wie schön wäre es hier, wenn nicht diese entsetzlichen Wespen wären ... Und die junge Frau rief zu Herrn Franz, Alter, was gaffst du? Pack dich und geh auf die Weide, damit du nicht wieder in der Dunkelheit zurückkommst ... hörst du! Ihre Stimme durchschnitt die Waldluft wie eine Flagge und die Stimme war genauso schön wie die junge Frau, die stark und kraushaarig war, volle, gerötete Wangen und geringelte Haare hatte, die über ihren Augen Kreise zogen, eine Stimme, die aber ein Stimmchen neben der Stimme war, die jetzt aus dem Vorflur ertönte und tobte wie der Sturm in den Föhren und Kiefern, Jaryno! schnitt die Stimme in die Luft ... und auf die Vorschwelle trat jetzt Frau Franz, eine Riesin und Besitzerin der Stimme: Wo bist du? donnerte die Stimme weiter ... Hier, sprach Herr Franz heiser ... Was quatschst du dort, warum gehst du nicht auf die Weide ...! Die Stimme klirrte und war erzürnt, dabei aber liebenswürdig, so daß ich mir sagte, wahrscheinlich müssen sich die Menschen in dieser Waldeinsamkeit so anschreien, weil sie sich mit dem Geschrei beweisen, daß sie da sind, daß sie sich gern haben ... Ich bin doch erst einen Augenblick hier, ich schwelge ... sagte Herr Franz und stützte die Stirn auf den Baumstamm von Hätschelkinds Wunder. Was, schrie Frau Franz von der Vorschwelle, du bist eine halbe Stunde weg! Herr Franz wehrte sich, eine viertel Stunde ... Aber die Tochter und die Gattin des Herrn Franz brüllten mit einer Riesenlust ... eine halbe Stunde bist du weg! Und Herr Franz schlug mit der Stirn leicht gegen den Stamm des Apfelbaums und flüsterte, ich bin doch erst ein Weilchen hier ... Ach, es wäre so schön hier, wenn nicht die Schafböcke wären, wenn nicht die Wespen wären, wenn nicht dauernd das Geschrei wäre ... und er schritt davon, winkte mit der Hand und die zwei Frauen schrien auf der

Hausschwelle, bis sich die Föhrenstämme bogen und die Zweige in den Kronen krachten ... Eine halbe Stunde bist du weg ...! Und die Frau verschwand, erschien mit einem Wecker auf der Schwelle und zeigte auf das Zifferblatt des österreichischen Weckers, der jetzt zu rasseln begann, so daß Frau Franz mit dem Wecker kämpfen mußte, als ob es ein Tier wäre, als ob es ein in den Fingern gefangener, sich sträubender Raubvogel wäre. Und beide Frauen umringten Herrn Franz und schrien mit Freude, also was, der Wecker lügt! Sprich! Sprich! Und Herr Franz lehnte sich mit dem Kopf an die Hauswand aus Birkenholz, schlug mit der Stirn sanft gegen den Verputz, der sich ablöste und an seiner feuchten Stirn klebte, und er war dabei aufzugeben ... und die Frauen brüllten vor Lachen, und seine Frau trat eine Stufe tiefer, und als sie sich leicht vorbeugte, entlief der Schwerpunkt ihrer Brüste unter die unterste Stufe und sie konnte sich mit knapper Not an einer Truhe mit trockenen Petunien, mit allerliebsten Petunien, festhalten ...
Einmal schritt ich langsam den Zaun entlang und bemerkte gar nicht, daß Herr Franz mit den Fingern in den Saiten des Zauns herumstöberte wie der elende König David, und er erzählte mir ... Hier wäre es so schön, die Erde ist so reich, schauen Sie, vom Sommerglasapfel wird es bestimmt zwei Schaffe geben, über den Sommerastrachan spreche ich gar nicht, mit dem füttere ich schon die Schafe, aber von den einundzwanzig Schafen werden gewiß sechs weitere zu Müttern ... und ich wollte die Schafe vor drei Jahren auf zwölf reduzieren und jetzt werde ich an die dreißig haben ... Aber wenn es viele Äpfel gibt, jammerte er, dann gibt es auch viele Wespen, schauen Sie nur! die Flaschen sind immer voll, ich gieße

jeden zweiten Tag Bier nach und die Biester lassen sich um keinen Preis dezimieren, so wenig wie die Schafe ... jammerte er und zupfte und seine Gummistiefel schritten im Rhythmus des Psalms gemach den Zaun entlang. Jaryno, klagte Herr Franz ... da bricht alles über dich herein, was du nicht willst, wächst so an, wie die Herde und die Wespen ... und hier, schauen Sie, erinnern Sie sich ... heiterte sich Herr Franz auf, hier das Wunder des Hätschelkinds? Ein solcher Baum wird fünf Schaffe Äpfel geben ... aber dieser da, den ich auf einen alten Stamm gepfropft habe, hat ein schönes Äpfelchen, sehen Sie, wie es mir zulacht, wie mein Enkelchen, wie das Wänglein eines hübschen Mädchens ... sehen Sie, das ist meine einzige Freude ... aber was denn? ... was sehe ich da? Und er brachte eine Leiter und lehnte sie an den alten Baumstamm und kletterte ins Laubwerk und rief, im Wunder des Hätschelkinds ist eine Wespe! Es ist eine Wespe dort! entsetzte sich Herr Franz und seine Stiefel glitten schnell auf der Leiter hinunter ... Und dann verschwand Herr Franz und nach einem Weilchen brachte er eine große Schere, lächelte still, und stieg dann erfüllt von Haß und Bosheit in das Astwerk hinauf, öffnete die Schere und lauerte, bis die Wespe aus dem Apfel kroch ... und als die Wespe aus dem süßen Fruchtfleisch rückwärts hervorkam, drückte Herr Franz die Schere zusammen und schnitt die Wespe durch, schaute mich siegreich an und erleichterte sein Herz. Das Biest, hat es dafür bekommen, daß sie mich so gequält hat, und jetzt ist sie selber die Gequälte ... sagte er mit Wohlgefallen, aber aus dem Apfel tauchte eine wild gewordene zweite Wespe auf, als ob sie mit der Wiedergutmachung der Rache aller Wespen verbündet wäre, und griff die Wange von Herrn

Franz an, welcher die Schere in der Luft hielt, die Schere blitzte wie ein Paar Sensen im Glanz der sommerlichen Sonne auf, und Herr Franz warf die Hände auseinander, erhob sie zum Himmel, die Schere zögerte einen Augenblick und stürzte dann durch ihr Gewicht auf den Rasen und bohrte sich bis zum Griff in die lockere Erde hinein ... und Herr Franz fuhr die Leiter entlang auf den Rasen und lag auf dem Rücken, stützte sich mit einem Arm und betastete den unter dem Auge anwachsenden blauen Fleck, die Anschwellung vom Giftstachel der Wespe ... Und von der Schwelle ertönte die tyrannische Frauenstimme, Jaryno! und die Stimme zürnte und nährte sich selbst mit irgendeinem schönen Groll, der gleichzeitig die Freude am Rufen war, Freude an einer so schönen Stimme, am Besitz einer solchen Stimmreserve ... und wieder ertönte die Stimme noch stärker, bis die Äpfel auf den Stielen zitterten und durch die Kraft der Stimme hinunterfielen ... Jaryno, wo bist du? Na warte! schrie die Stimme und verschwand, und nach einer Weile blitzte auf der Schwelle der österreichische Wecker in der Sonne auf und die Frau lief in den Lustgarten hinaus und der Wecker rasselte in ihren Fingern, und die Frau kniete sich auf das Grün des Rasens und schrie, Jaryno, du schläfst hier! Steh auf ... aber Herr Franz lag da, jetzt stützte er sich mit einem Arm im jungen nassen Gras, der Wecker rasselte, Herr Franz wollte etwas sagen, aber der Wecker übertönte ihn mit dem Gerassel ... und nachdem er fertig gerasselt hatte, beugte sich Frau Franz und sagte, Oh je! Eine Wespe hat ihn gestochen ... die Ambulanz, die Ambulanz! Rief sie und griff sich an die geröteten Backen und Herr Franz lag wie umgehauen da, schrecklich bleich ... und dann kam der Nachbar mit dem Auto und rannte auch herbei und kniete unter dem Wunder des Hätschelkinds und stellte eine weiße Hausapotheke mit einem leuchtenden roten Kreuz auf den Boden . . . Und es kam auch eine Schönheit mit Haarlocken über den schönen Augen und schrie, was hast du, Alter, gemacht? Und sie schüttelte Herrn Franz, stellte ihn auf die Beine, wie ein Kindlein hob sie den zentnerschweren Vater hoch, aber sobald sie ihn auf die Gummistiefel gestellt hatte, rutschte Herr Franz wieder zurück, als ob er keine Knochen hätte, auch kein Fleisch, sondern nur einen blauen Overall auf Holzstelzen . . . Als sie ihn ins Auto luden, bat er mit der Bewegung einer sterbenden Hand um Ruhe und sprach, Lebt wohl, meine Tauben, lebt wohl, meine Schafböcke, lebt wohl, meine Schäfchen, leb wohl, meine Sudetenrenette, leb wohl, du mein Wunder des Hätschelkinds . . . Und Frau Franz hielt den österreichischen Wecker und schrie, obwohl sie leise sprach, du unverschämter Mensch, und ich . . .? Und ich? Und Herr Franz korrigierte sich, und lebt wohl, meine Tauben, leb wohl, mein Wunder, leb wohl, meine treue Frau . . . Na eben, brüllte Frau Franz liebevoll . . . Der Alte erträgt das Wespengift nicht, das ist es, wissen Sie, schrie sie und Herr Franz legte sich im Auto auf den Hintersitz und warf die Arme auseinander und schaute nur noch mit einem Auge zur Decke des Škodawagens und flüsterte, Wie schön wäre es hier, wenn nicht ich da wäre . . .

Herr Kakra

Am weitesten hat es in unserer Waldgegend Herr Kakra gebracht. Die Leute hielten ihn für den Sohn irgendeines Pfarrers und davon ist ihm auch etwas geblieben: am Sonntag und an hohen Feiertagen trat er in der Dorfkirche von Velenka die Bälge, und er trug stolz die alttestamentliche Demut und Schlichtheit der christlichen Lehre in sich. Darum konnte er mit Tieren und Kindern sprechen, darum besaß er aber auch nichts außer dem, was er anhatte oder was bei ihm an Haken hing, die auf dem Dachboden, wo er bei jedem Wetter schlief, am Kamin befestigt waren ... Er nahm nie etwas, was ihm nicht jemand schenkte, und wenn es nötig war, hütete er Kinder, hütete trächtige Zuchtsauen und Kühe oder Ställe überhaupt, für den Fall, daß sich nachts das Vieh losband. Aber in einer Anstellung hielt er es nicht lange aus, da bemächtigte sich seiner nach vierzehn Tagen die Sehnsucht zu reisen, und er liebte es, beinahe sein ganzes wachsames Leben auf Straßen zu verbringen, wenn ein Auto anhielt, um ihn mitzunehmen, lehnte Herr Kakra dankend ab und sagte, daß jedes Auto den Beinen schadet, daß er sowieso keine Eile hat. Er pflegte zu sagen, daß alle Wege sowieso nicht nirgendshin führen, daß er sich in dem Maß, in dem er sich auf einem Weg entfernt, wieder irgendeinem Ort nähert, damit sich der Weg, wenn er dort angekommen ist, wieder vor ihm aufrollt und er von neuem losgehen und dorthin gehen muß, wohin ihn die Augen führen, von Dorf zu Dorf ... so schritt Herr Kakra immer rüstig durch die Alleen, Wege und Straßen von Kersko, und genoß jeden Schritt seiner schweren Schuhe. Wenn Herr Kakra ging, dann schritt er mit dem ganzen Körper, bewegte abwechselnd die Arme, und immer sah es aus, als ob er irgendwohin eilen würde, aber das war darum, weil seine Lunge, sein Herz und sein Magen so vollkommen funktionierten, daß er jeden, der mit ihm ging, ermüdete, nur sich selbst nicht. So begegnete ich ihm manchmal zwischen Hradišt'ko und Semice, zwischen Velenka und Kersko, immer strahlte sein bärtiges Gesicht vor Glück, es war von den tiefen Falten eines lächelnden Kathedralenengels durchzogen, vom Lächeln einer Versammlung seliger Himmelsengel auf dem Tympanon des Portals. So kreuzte Herr Kakra durch die Waldlandschaft von Kersko, und weil er den ganzen Tag unterwegs war, tauchte er immer wieder auf, jeden Augenblick konnte er plötzlich neben einem schreiten, einmal sah man ihn in weiter Ferne, wie er mit seinem unnachahmlichen Gang eine Allee überquerte, dann erschien er wieder auf einer Wegkreuzung. Seine Wege hatten aber ihren Sinn. Herr Kakra suchte schon länger als ein Vierteljahrhundert alle Kinos in der Gegend auf, und zu wissen, was in welchem Kino gespielt wurde, war auch eines der Ziele seiner Wanderungen. Und weil er ein gutes Gedächtnis hatte, kannte er alle Schauspieler, aber weil er jeden Film einige Male gesehen hat, kannte er auch den Inhalt, und wenn er so durch die Straßen schritt, dann durchlebte er jedesmal irgendeinen großen Film, projizierte sich von neuem ein Bild nach dem anderen, wiederholte und sagte alle Filme auf, die er im Kopf hatte . . . Ich gesellte mich zu Herrn Kakra und er prüfte mich gerne . . . Wissen Sie auch, fragte er erfreut, wer den kleinen Lord Fauntleroy gespielt hat? Ich sagte, Herr Kakra, das weiß ich nicht . . . Das konnte ich mir denken, sagte Herr Kakra und schritt weiter und kreiste mit den

Schultern, und bewegte abwechselnd die Arme, als ob er auffliegen möchte . . . Also den alten Herrn spielte Aubrey Smith, und den kleinen Lord Freddie Bartholomew . . . und wissen Sie, wer den besten Freund des Kleinen Lords gespielt hat? Mickey Rooney persönlich, der Schuhputzer . . . aha! Und wissen Sie, wer den Kleinen Lord im Stummfilm gespielt hat? Das können Sie nicht wissen, den spielte Mary Pickford, Gattin von Douglas Fairbanks . . . Und mit gleicher Begeisterung erzählte mir Herr Kakra die Hauptrollen und den Inhalt von Aktion im Nordatlantik mit Humphrey Bogart und Raymond Massey, er erinnerte sich sogar an das Schiff, auf dem sich Sea Witch am Schluß mit Kriegsmaterial dem sowjetischen Hafen unter Schutzbegleitung sowjetischer Flugzeuge nähert, Herr Kakra schilderte es mir, und gleich danach fuhr er mit Dünnes Eis mit Sonja Henie und Tyrone Power weiter, und darauf stellte er mir die Frage, wer im Großen Diktator neben Charles Chaplin gespielt hat, den zweiten Diktator aus Bakterie . . . aber den spielte doch Jack Oakie, das muß jedes kleine Kind wissen, und wer spielte dort die Hanna? Paulette Goddard! . . . Dann erzählte er mir wieder Topper geht auf Reisen mit Roland Young und Die Abenteuer des Mark Twain mit Frederick March, und über der Geschichte von Das zweite Gesicht mit Charles Boyer und Edward Robinson und Barbara Stanwyck brach er fast in Tränen aus . . . und dann prüfte und quälte er mich mit Kitty, mit Ginger Rogers und Du warst niemals berückender, einem Film mit Fred Astaire und Rita Hayworth, er analysierte für mich Greta Garbo und Melvyn Douglas im Film Die Frau mit den zwei Gesichtern, und von neuem ergriff ihn die Geschichte Paganinis, des berühmtesten Violinisten im Film Der verzauberte Violinbogen mit Stewart Granger in der Hauptrolle ... Ich kam wieder zu mir und rief, und die weibliche Hauptrolle spielte Phyllis Calvert! Und Herr Kakra sagte, richtig, aber wer spielte dort den Fürsten de Vermond? Sie wissen es nicht, aber jedes kleine Kind weiß es, den spielte Henry Edwards persönlich ... Ich sagte, um auch etwas zu sagen, aber Herr Kakra, Sie sind immer auf Reisen wie Alexander der Große, den auch die Sehnsucht erfaßt hatte, zu sehen, was sich hinter dem Horizont befindet ... Aber mein Herr, tadelte mich Herr Kakra, ich bitte Sie ... ist es Ihnen zu wenig, daß dieser Alexander nicht nur beinahe seine ganze Familie, sondern auch seine Freunde hingemetzelt hat ... das alles wegen der Sehnsucht, zu sehen, was sich hinter dem Horizont befindet? Das habe ich, mein Herr, bereits hinter mir, auch mich hat die Sehnsucht erfaßt, zu sehen, was sich hinter dem Horizont der Menschenwege befindet, aber nur auf Kosten dieser Beine, ich bin auch von der Sehnsucht erfaßt, zu kämpfen, aber nur noch ich allein gegen mich selbst, ich bin auch von der Sehnsucht erfaßt, zu leben, aber nur auf meine eigenen Kosten und ich nehme nur, was mir jemand gibt, und will nicht mehr als ein Essen oder die Kleider eines Verstorbenen und dafür grabe ich den Leuten ihre Gärtchen um und mähe ihre kleine Wiese, ich bin jetzt auch von der Sehnsucht erfaßt, zu morden, und alles zu töten, was in mir noch schlecht ist, aber am stärksten hat mich die Sehnsucht erfaßt, das Böse zu verringern, von dem es auf der Welt mehr als genug gibt, und darum schade ich niemandem, und wenn, dann nur mir selbst, scheren Sie sich zum Kuckuck mit Ihrem Alexander ..., er war so hilflos, als er mit der Lungenentzündung im Sterben lag, nicht einmal der Homer half ihm, den ihm sein Lehrer

Aristoteles geschenkt hatte ... Na wissen Sie, über mich sagen die Leute, daß ich verrückt bin, aber ich habe es im Kopf menschlich in Ordnung ... also leben Sie wohl, ich gehe jetzt, mich hat die Sehnsucht erfaßt, Frau Jaroušková zu besuchen und ihr Holz zu hacken ... Und Herr Kakra lächelte, es war ein glückliches Lächeln unter der dichten Pelzmütze seiner kurzgeschnittenen Haare, die ihm bis zu seiner ersten Stirnfalte reichten, ein seliger, glücklicher Mensch, würde der eine sagen, der andere würde sagen, ein armer Teufel, ein Tropf, ein Narr, aber Herr Kakra lächelte, weil er manchmal auch wegen sich selbst in Tränen ausbrach, wegen der Welt, wegen der Vergeblichkeit aller Wege, durch die er sich schleppte, weil Herr Kakra umherirrte, keine Ruhe fand und auf den Wegen vor sich selbst floh, damit er immer vom Weg überlistet wird, weil er sich auf den Wegen zwar entfernte, aber je mehr er sich von sich selbst entfernte, desto näher kam er sich wieder, so daß, wenn er dorthin kam, von wo er ausgegangen war, er wieder sich selbst fand, mit dem zusammen er schlafen gehen mußte ... Die Leute, bei denen er schlief, erzählten, daß er sich zuerst im Stall wasche, dann die Zündhölzer und das Messer aufs Fenster lege, und dann erst die Leiter ertaste und ins Heu hinaufsteige, wo er die Kleider und die Schuhe ausziehe, er ziehe sie besonders dann aus, wenn es draußen friert, damit ihm die Füße nicht erfrieren ... und er vergrabe sich im Heu beim warmen Kamin und erzähle sich die Geschichte des Films Draufgänger mit Clark Gable und Spencer Tracy und Claudette Colbert und Hedy Lamarr, die mochte er am liebsten, Hedy Lamarr, mit der schlief er jede Nacht, weil er sich in ihrem ersten Film Ekstase, wo sie nackt in einem Teich im Wald badet, in sie verliebt hatte ...

Wie auf den Wegen, so erschien Herr Kakra auch in den Gasthäusern. Wenn er eintrat, brachte er in seinem Mantel, dem langen Hubertusmantel eines Verstorbenen, einen stechenden Stall- und Heugeruch ins Lokal, und manchmal trug er auch den Duft von Fichten und Föhren, den Duft der Wiesen, des Regens und des Schnees in die verrauchten Räume hinein. Aber jedesmal brachte er ein rotes und verwittertes Gesicht, unrasiert und voller Lächeln, einem Lachen jenseits der Ereignisse und Dinge. Den Hubertusmantel hatte Herr Kakra, und damit rühmte er sich, vom verstorbenen Förster Šlauf, der, sobald er ein Gewehr erblickte, sobald er eine Flinte sah, so lange bettelte, bis er schießen durfte, so gern schoß dieser Förster auf Tiere, Tontauben oder Zielscheiben. Und Herr Kakra erzählte gern, wie bei der letzten Fasanenjagd des Försters Šlauf mit jedem Schuß ein Fasan zu Boden ging, und jedesmal knickte Herr Šlauf die Flinte und blies ein wenig Rauch hinaus, das war so eine Gewohnheit von ihm, und nachdem er wieder geschossen hatte, und die Flinte knickte und dabei mehr Atem als sonst holte, da blies er, als er durch den Lauf blies, gleichzeitig seine Seele hinaus, und fiel, vom Schlag getroffen, tot um . . . Und Herr Kakra bestellte in jedem Wirtshaus Bier und Kuttelflecksuppe, manchmal aß er zwei Suppen, wenn jemand für ihn bezahlte, aß er auch drei Kuttelflecksuppen, und dann dampfte es aus ihm, weil Herr Kakra seinen Hubertusmantel vom Förster Šlauf nie auszog, er saß ganz erhitzt von den Suppen, vom Bier und Schnaps da, im Sommer, wenn Wespen und Hornissen unter der Decke des Lokals kreisten, fing Herr Kakra die Wespen und Hornissen für ein Bier mit der Hand, zermalmte sie blitzschnell und warf sie in die Aschenbecher, und dann setzte sich Herr Kakra und lächelte, manchmal, wenn die Gesellschaft schon in Stimmung war und Herr Kakra auch, nahm er ein Glas Bier, stellte den Stuhl in eine Ecke und verteilte mit dem Bier Segen und verneigte sich nach und nach vor allen Ecken des Lokals. Herr Kakra hätte eigentlich schreiben sollen, aber Herr Kakra schrieb nie auch nur ein einziges Wörtchen, er lebte alles, was er tat, und brauchte es nicht noch einmal zu schreiben, abzuschreiben. Und so war alles, was er machte, worüber er sprach, ungewöhnlich, und ist doch geschehen und entstammte der Ordnung der menschlichen Dinge. Herr Kakra hat mich mit den Historien aller Wirtshäuser bekannt gemacht und ich finde einige erzählenswert bis unglaublich. Am liebsten mochte ich Herrn Kakras Erzählung über einen Wirt in Hradišt'ko, der im Winter nur in der Küche heizte, und im Lokal war es so kalt, daß wer ein Bier trinken kam, sich ein weißes Tischtuch um die Schultern legte, und so saßen die Gäste im Winter in weiße Tischtücher gehüllt wie irgendwelche Freimaurer da. Und um sich ein bißchen zu wärmen, stellten sie Aschenbecher vor sich auf die Tische, zündeten in ihnen Papierchen und Zündhölzer und Zeitungen an, und der Gastwirt brachte einen großen pausbäckigen Steintopf, den Steintopf für Kraut oder Schmalz, stellte den Topf auf die Aschenbecher, die von allen Seiten von Flämmchen beleckt wurden und er brachte sein kleines eingewickeltes Baby und schob es in den Steintopf, damit es sich dort wärmte. . . Dann erzählte Herr Kakra über einen anderen Gastwirt aus dem Forsthaus, den auch im Sommer so fror, daß er einen langen Pelzmantel tragen mußte und immer Glühwein trank, auch während der Sommerhitze, so schwer konnte er sich erwärmen . . . Herr Kakra erzählte es mir immer so, daß ich es geradewegs aufschreiben konnte, er legte immer zwei entgegengesetzte Geschichten zusammen, damit eine Geschichte mit ihrem Gegensatz die andere ergänzte, und ich wollte sagen, warum schreiben Sie, Herr Kakra, nicht selbst? Aber bevor ich es aussprechen konnte, sagte mir Herr Kakra, daß das nicht wichtig sei, wichtiger sei zu leben und sein Leben wie das Glas vor sich zu sehen, aus dem er gerade einen Schluck nahm. Und wie in den Gasthäusern, erschien Herr Kakra auch auf jeder Hochzeit. Wenn das Hochzeitsfest auf dem Höhepunkt war, kam Herr Kakra, brachte alle Gerüche des Waldes, der Felder und der Ställe mit, und wieder hatte er ein verwittertes Gesicht mit einem Stoppelbart, und als er die Mütze abnahm, zeigte sein kahl geschorener Schädel viele blaue Haare, die fast über seinen Augen zu wachsen anfingen, seine Haare wuchsen von der untersten Stirnfalte an, und Herr Kakra konnte sie, sobald sie lang wurden, nicht mehr kämmen, Haare wie blaue Nägel, darum ließ er sie lieber abschneiden . . . Auf jeder Hochzeit nahm Herr Kakra die Braut bei den Händen und trug ihr allein den Glückwunsch vor . . . und wenn er sich an den Tisch setzte und das Essen bekam, dann nahm er, wie überall, zuerst das Fleisch, packte es in eine Serviette ein und steckte es in eine Tasche des Hubertusmantels, und sagte, das sei für den nächsten Tag . . . und dann verschlang er fröhlich riesige Mengen von Speisen und nie sagte Herr Kakra, er habe genug, immer aß er mehr und noch mehr, und schon dadurch, daß er ständig aß, erweckte er die Heiterkeit der Hochzeitsgäste, denn wenn sie nicht mehr weiteressen konnten, dann aß Herr Kakra für sie, für sie schob er eine Portion nach der anderen in seinen Mund, ohne je auch nur ein bißchen dick zu werden. Er ging auch gern zu Begräbnissen. Begräbnisse hatte er zwar nicht gern, an Begräbnissen hatte Herr Kakra nur die Seelenmessen gern, wenn er Bälge trat und zwanzig Kronen bekam, aber vor allem besuchte Herr Kakra jedesmal die Witwe und erbat sich die Kleider des Verstorbenen. Die Kleider brachte er dann in Städten des Bezirks in Trödelgeschäfte, manchmal ging er bis nach Prag, zu Fuß und heiter, schon am Morgen zog er aus, um am Abend wieder zurück zu sein. Im Trauerzug ging Herr Kakra immer als letzter, was oft komisch aussah, weil Herr Kakra gewöhnt war, schnell zu gehen und so ständig den Trauerzug überholte und immer wieder zurückkehren mußte und stolperte und immer achtgeben mußte, daß er nicht umfiel, so daß er, wenn er mit dem Trauerzug in gleichem Schritt ging, den Eindruck eines Betrunkenen machte, obwohl er nüchtern war ... Als ich mich ihm einmal anschloß, verschwand er jeden Augenblick. Entweder überholte er den Trauerzug, oder er verschwand und erschien erst im Haus der Trauer wieder. Die Toten werden von Toten bestattet, sagte mir einmal Herr Kakra leise, ich werde es einfach haben, schon im voraus habe ich abgemacht, daß wer mich als erster findet, das Begräbnisinstitut anruft und sagt, kommen Sie das Aas abräumen ... zweitens müssen sie mich nur in Unterhosen und barfuß bestatten, weil man die Kleider und Schuhe verkaufen kann ... und ich lasse mich einäschern, und jetzt gibt es zwei Möglichkeiten für die Asche, überlegte Herr Kakra laut, entweder sollen die Straßenräumer die Asche mit Sand auf den Straßen verstreuen, die ich am liebsten habe, den Straßen, die zwischen Hradišt'ko und Semice und Velenka ein gleichseitiges Dreieck bilden ... oder, wissen Sie, was noch schöner wäre? Ich habe jetzt je länger desto lieber Bier, zehnprozentiges Bier aus Nymburk, also wie wäre es, wenn sie mich statt in eine Urne in eine Bierdose hineinschütten würden? Ich sagte, aber, Herr Kakra, in Dosen gibt's nur den Budweiser Budvar oder Pilsener ... Herr Kakra erschrak ... Also das nicht, sagte er, ich habe das Bier aus Nymburk gern ... Also was kostet dann so eines der kleinsten Fäßchen, eines aus Aluminium, ein Viertelfäßchen? Ich sagte, das wird, Herr Kakra, nicht sehr teuer sein, bis zu hundert Kronen, eine Urne ist jedenfalls teurer ... Also gut, freute sich Herr Kakra ... dann wird mein Kamerad Vorel, wenn er meine Asche ausgefaßt hat, dann wird er das Aluminiumfäßchen kaufen, einen Trichter aufsetzen und mich in das Fäßchen hineinschütten, und dann wird er so lange Bier aus Nymburk nachgießen, bis das Fäßchen voll ist, so wie manchmal ich voll von Bier bin, und er wird den Pfropfen einstoßen, und so werden sie mich auf dem Friedhof von Velenka bestatten ... sagte Herr Kakra und ich zitterte, meine Schläfen pochten, weil ich den ganzen Tag und die ganze Nacht immer nur an dieses Fäßchen mit Bier aus Nymburk mit der Asche des Herrn Kakra dachte. Aber Herr Kakra lief schon wieder über alle Wälder und Wiesen und Felder, er schritt rüstig auf der Straße, spazierte durch den Frühling, Sommer, Herbst und Winter, umschrieb den Zyklus der Jahreszeiten und des Wetters und kannte alles schon gut, weil er alt war, niemand konnte Herrn Kakras Alter abschätzen und niemand kannte es, man schätzte nur, daß er siebzig sein könnte und vielleicht auch nur sechzig ... Herr Kakra wußte aber gut, daß er den gleichen Weg, den er jedes Jahr beschritt, schon in den vier Jahreszeiten seines Lebens beschritten hatte, daß also der äußere Weg nur den Weg wiederholte, den er in seinem Inneren zurückgelegt hatte ... und darum belächelte er alles. Er wußte, daß weder er noch sonst jemand vom Weg abkommen konnte, nur der verläßt den Weg, wie er mir sagte, der nicht weiß, daß er auf dem Weg geht und daß der Weg früher oder später immer aufhört, und er endet immer unerwünscht. Herr Kakra wußte aber, daß das Ende seines Weges ein Teil der Ordnung vom Ende der Dinge und der Welt war und daß er darum nur lächeln und seinen eigenen Platz suchen konnte, auf dem einmal sein Weg anhalten würde, auf dem er die Seele aushauchen würde, so wie der Förster Šlauf, als er den letzten Atemzug durch den Lauf der Flinte blies, aus der er zum letzten Mal geschossen hatte und dabei sich selbst aushauchte, worum ihn, wie Herr Kakra sagte, jeder klar denkende Mensch aufrichtig beneiden mußte ... Wissen Sie, wo es die schönste Grabinschrift gibt? fragte er plötzlich und strahlte. Sie wissen es nicht, also bei uns in Velenka, dort schläft seit hundert Jahren Marie Koštýřová, sie starb mit vierundzwanzig Jahren, und ihr Grab hat die Inschrift ... Duftet Rosen ums Grab, es schläft hier süß eine Braut, sie wartet auf den Bräutigam, auf Jesus, den Christus ... Aber haben Sie den Film Die grünen Jahre gesehen, mit Charles Coburn und Beverly Tyler? Nein, also der handelt vom Leben des einfachen Volkes in England, Arbeit, Elend und Entbehrungen, am Ende aber ... was? Duftet Rosen ums Grab, es schläft hier süß eine Braut ... das ist, mein Herr, besser als Hálek ... und wissen Sie was, kommen Sie mit mir ins Kino, Die besten Jahre unseres Lebens anschauen, ich habe es schon gesehen, aber ich kann Filme zehnmal anschauen, weil dort immer etwas bleibt, was mir vorher entgangen ist ... aber möchten Sie schön sein? Plötzlich hielt Herr Kakra an und war geblen-

det . . . Bleiben Sie fünf Minuten vor dem Spiegel stehen, vor dem Sie sich rasieren, und schauen Sie sich an, bleiben Sie jeden Tag zwei Minuten vor dem Spiegel Ihrer Seele stehen, bleiben Sie jeden Tag eine Minute vor dem Spiegel Ihres Spiegels stehen, vor dem eigenen Gott . . . ein gleichseitiges Dreieck, aus welchem das bewegungslose Auge Gottes starrt, die Straße zwischen Hradišt'ko, Velenka und Semice und im Mittelpunkt der Wege stehe ich . . . sagte Herr Kakra und erschrak fast über das, was er gesagt hatte, schüttelte sich, aber dann schluckte er die Bilder und nickte voll Wonne, nahm die Mütze ab und verneigte sich vor irgend jemandem im Himmel, und hielt seine blauen, dichten, kurzen Haare hin, die Schafspelzmütze, die über der ersten Stirnfalte begann . . .
Am Abend vor dem Film Die besten Jahre unseres Lebens trafen wir uns bei Jaroušek, in der Alten Wirtschaft. Je größer der Krawall im Lokal war, desto zufriedener war Jaroušek, er schenkte Bier aus, und brachte auch uns welches und sagte, Giford, bleib auf der Höhe . . . Dann drehte er sich zu den grölenden Gästen um und sagte . . . Nur nicht ungeduldig und schön mit der Ruhe . . . Und dann rief er einem anderen Gast, der bezahlen wollte, zu . . . Für wieviel nimmst du es? Und der Gast sagte, für zwanzig . . . und Jaroušek nickte, während er im Kopf zusammenrechnete . . . Ich nehme es. Herr Kakra lächelte, aber im Geist saß er schon im Kino. Dieses Kino habe ich am liebsten, sie haben mich dort nur nicht so gern . . . Aber was kann ich dafür? sagte Herr Kakra. Sie zeigten den Film Der Prozeß von Orson Welles, ich saß in der ersten Reihe, aber eine Viertelstunde später waren zwei Reihen leer, den Leuten gefiel es nicht, dann gingen noch die weg, denen es nachträglich nicht gefiel, und so

saß ich allein dort, lachte und weinte ... Die Chefin des Kinos kam zu mir und bot mir zehn Kronen an, wenn ich nach Hause ginge, sie sagte, im Fernsehen käme ein schöner Film, aber ich beharrte, spielen Sie nur, mir gefällt es außerordentlich gut ... und dann kam auch der Operateur, und versuchte mich zu überreden, daß ich ein Bier trinken gehen solle, daß er mir fünf Kronen gäbe, aber ich sagte, sie sollen nur weiterspielen, so etwas hätte ich schon lange nicht gesehen ... Wissen Sie, was das ist, so ein Tippfräulein des Doktor Huld, das Romy Schneider spielte? Die wie eine Wasserfee sechs Finger hatte? zwei wie mit einer Schwimmhaut verbunden? Also mußten sie bis zum Schluß spielen ... Nur habe ich Angst, daß es heute wieder einen Streit geben wird, kommen Sie, damit wir bald in der ersten Reihe sitzen, eine halbe Stunde vor Beginn ... Er trank aus, ich trank auch aus, der Wirt Herr Jaroušek aß Gulasch, ich ging zu ihm und sagte, wir haben also vier Bier und Zigaretten gehabt ... Jaroušek aß weiter und überlegte, und dann, als er sah, daß ich ihm eine Zwanzigkronennote reichte, sagte er ... das macht also sieben achtzig, und neun Kronen die Zigaretten, das macht sechzehn achtzig, mit zehn Prozent macht es achtzehnsechzig ... Und Jaroušek spießte ein Stück Fleisch aus dem Gulasch auf, hielt die Gabel vor meinen Mund, ich öffnete die Lippen, und während mir das Rindfleisch von der Gabel in den Mund rutschte, sagte Jaroušek ... Dann macht es mit dem Bissen zusammen genau zwanzig ... und er legte eine Hand auf die Banknote und aß dann weiter, und zum Abschied sagte er mir ... Giford, beim Zahlen sei fröhlich ... Wir traten in die Dunkelheit hinaus, über der Straße leuchteten schwach die Lichter des Kinos. Es war noch niemand bei der Kasse, nur am Tisch saß die Chefin, und begrüßte uns . . . Das sind liebe Gäste, kommen Sie, setzen Sie sich, und sie setzte uns an den mit einem Tischtuch gedeckten Tisch, auf dem eine kleine Vase mit Blumen stand, und dort lagen Programme für den ganzen Monat und Kuverts mit Fotos aus den Filmen, die nächste Woche laufen werden, am Mittwoch, am Freitag und am Samstag. Das hier wird Ihnen gefallen, sagte sie und drehte sich um und blickte mich verstohlen an, ob ich auch schaue, und ich schaute mit Interesse und die Chefin fuhr fort . . . Die drei Gesichter des Westens . . . mit dem noch ganz jungen John Wayne . . . es ist eine entzückende Geschichte aus Nord-Dakota . . . John Wayne, ein wohlgebauter Cowboy, bemüht sich, die zurückgebliebenen Farmer zu überreden, ihre öden Ebenen mit der modernen Technik zu beleben . . . Und Herr Kakra fügte bei . . . Und die weibliche Hauptrolle spielt Helen Mac Kelar, als unglückliche Tochter Lenka, die den Vater schon vorher zu überreden versucht hat, aus der Wüste fortzuziehen . . . Die Chefin erhob sich und sagte, wenn Sie es, Herr Kakra, kennen, dann erzählen Sie es dem Herrn selber . . . und die Türe öffnete sich und die Kassiererin kam, ich kaufte zwei Karten . . . und dann kamen zwei Buben, aber die Chefin sagte, daß Jugendliche keinen Zutritt hätten, also warteten wir weiter . . . Der Stundenzeiger über dem Eingang zeigte bald halb Acht, es kamen zwei Mädchen, kauften Karten und die Chefin sagte . . . Menschenströme sind auf dem Weg hierher, gehen Sie sich schon setzen . . ., und sie öffnete die Türe und die Kühle des ehemaligen Tanz- und Theatersaals der Wirtschaft bei Bendels strömte heraus . . . Herr Kakra setzte sich in die erste Reihe, der Gong ertönte und der Vorhang ging auf und die weiße Leinwand erschien und Herr Kakra lachte und klatschte und rief ... Hurra! Aber ich drehte mich um und sah, daß außer den zwei Mädchen niemand im Zuschauerraum saß, die Chefin stand neben dem Ofen und drückte mich von weitem in den Sessel und tröstete mich ... Menschenmengen strömen hierher ..., es besteht ein großes Interesse für diesen Film ..., und sie nickte zufrieden ... Aber dann war es schon Viertel vor acht, Herr Kakra schaute auf die Leinwand, plapperte etwas für sich, beugte sich sogar zurück, als ob von der Leinwand Reiter auf ihn stürzten, oder ein Auto auf ihn losraste ... Ich sagte, was ist los, Herr Kakra ... aber Herr Kakra schaute weiter, nichts von der Leinwand entging ihm, er plapperte nur schnell ... Ich habe es schon dreimal gesehen, jetzt lasse ich es zum vierten Mal laufen ... diese Myrna Loy! ... Sehen Sie, die wird immer schöner ... Ich stand auf und sagte ... Frau Chefin, ich gehe jemanden von der Wirtschaft holen! Und ich ging hinaus, mit mir gingen auch die zwei Mädchen, ich sah sie noch an die Fenster eines beleuchteten Gebäudes klopfen, ich trat in die Wirtschaft ein und versuchte die Gäste zu überreden, in den Film Die besten Jahre unseres Lebens zu kommen, aber niemand wollte, ich versprach, ihnen die Karten zu kaufen, und mit dem letzten Geld kaufte ich dann sechs Karten, aber es konnte noch immer nicht gespielt werden, weil im Kino von Semice mindestens zwölf Zuschauer sein müssen, damit der Film gezeigt wird ... Nur Herr Kakra saß da und schirmte sich die Augen ab, weil er nichts von den Besten Jahren unseres Lebens sehen wollte ... Er drehte sich um und rief in den leeren Saal des Zuschauerraums ... der Krieg ist schrecklich, und wie! Und abermals schaute er, für kurze Augenblicke schloß er die

Augen, um nicht zu sehen, was auf der Leinwand passierte ... Und wieder lief ich in den Abend hinaus und hielt Passanten an und versuchte sie zu überzeugen, daß dieser Film wirklich so schön und menschlich ist, daß ihn jeder Mensch gesehen haben sollte, aber die Leute gingen ihren eigenen Dingen nach, und hatten keinen genügenden Grund, um Die besten Jahre unseres Lebens anzuschauen ... Und als ich dann zurückkam, waren schon zwölf Besucher im Kino, zwölf zahlende Zuschauer, aber der Operateur, der vor einer halben Stunde überzeugt gewesen war, daß niemand mehr kommen würde, war nach Hause gegangen ... So liefen wir alle hinaus zum Fenster seiner Wohnung, es ging auf, aber seine Frau sagte uns, daß ihr Mann mit dem Fahrrad nach Hanín zum Fischen gefahren sei ... als ich zurückkam, lief mir die Kinochefin entgegen und flehte mich an, den verrückten Kakra wegzuschaffen, er sitze immer noch dort und amüsiere sich ungeheuer, dann gab sie uns das Eintrittsgeld zurück, auch für Herrn Kakra ... Und sie löschte die Lichter, und Herr Kakra saß immer noch dort und schaute in den dunklen Saal und sah auch im Dunkeln die Leinwand, so daß ich Herrn Kakra beim Arm nehmen und bitten mußte, mir den schönen Film auf dem Weg zu Ende zu erzählen, den Film, den Herr Kakra im Saal des Kinos von Semice zum vierten Mal gesehen hat ...

Einmal überkam mich die Sehnsucht, Herrn Kakra wiederzusehen. Ich stieg die Leiter hinauf und trat von der letzten Sprosse auf den Dachboden, wo es nach Heu duftete. Herr Kakra! rief ich leise, aber niemand antwortete, also tappte ich bis zur hellen Dachluke, wo ich Herrn Kakra, angelehnt an die Mauer des Kamins, im Hubertusmantel des Förstes Šlauf sitzen sah, die Beine hatte er angezogen und seine Arme hingen schlaff über die Knie, den Kopf hatte er ganz zwischen den Mantelkragen gepreßt, er sah so winzig aus, wie die zu einem Paket Eisenschrott zusammengedrückten Autos. Ich sagte, Herr Kakra ... Er winkte nur mit den Händen, wie alte Elefanten mit den Ohren winken und dabei still sind. Dann sagte er ... ich weiß, es ist gut, Venco, nimm ein Stück Draht und drahte es zusammen und es wird gut sein ... plapperte er für sich, und über ihm hing an einem Haken ein Hemd, und an einem zweiten Haken hing ein Mentel wie ein Erhängter, über Herrn Kakra war mit Reißnägeln das Plakat des Films Schlagende Wetter befestigt, mit Maureen O'Hara und Walter Pidgeon in den Hauptrollen. Aber Herr Kakra war heute nicht in Stimmung, weder die Geschichte eines Films zu erzählen, noch sich auf seinen Weg zu machen, und heute, als ich Herrn Kakra zum ersten Mal in einem elenden Zustand sah, folgerte ich, daß seine Wege keinen Sinn mehr hatten, daß er nur ging, um irgendwohin zu gehen, daß er nur ging, weil er gehen mußte, weil hier an den warmen Kamin angelehnt zu sitzen untätig leben hieß, und das der Tod war. Herr Kakra winkte mit den über den Knien hängenden Armen ab und sagte ... das geht vorüber, ich habe mich nur erinnert, daß ich einmal ein Jahr lang, aber das ist schon lange her, auch gut gewohnt habe, ich wohnte bei einer schönen Frau, die sah fast wie Maureen O'Hara aus, wir hatten sogar eine schöne Wohnung, in der so viele Möbel und Sachen waren, daß ich davon nach einem einzigen Jahr krank wurde, die Ärzte sagten damals, daß ich im Kopf krank sei, aber woher, ich war nicht krank, ich krankte an den fünfzehn Schränken, ich war von sechsunddreißig Stühlen krank, ich erkrankte schwer an sieben Tischen und Tischlein, sechsundfünfzig Schlüsselchen und Schlüssel hatten mich zu Tode ermüdet, im Kopf steckten mir hundertzwanzig Tellerchen und Teller, fünfzehn Krüge und Sauceschüsseln und Fleischwölfe hämmerten mir auf den Schädel, ich war allein schon deswegen krank, weil wir einen Kühlschrank hatten, aber am meisten krankte ich an den vier Zimmern und an der Küche, an den tausend Gläsern und Gabeln und Messern und Löffeln und Löffelchen, das Badezimmer und die darin hängenden Frottiertücher erschreckten mich zu Tode, wenn ich die Schränke aufmachte, streckten überall Handtücher und Abwischlappen, Damenhöschen und Unterröcke, Hemden und Unterhosen mir ihre unanständigen Zungen heraus, lange Zungen von fünfzig Krawatten, die Blumentischchen und kleinen Vasen in allen Ecken erschreckten mich, weil ich damals keine anderen Sorgen hatte, als so viele Sachen in Gang zu halten, und alle die Sachen waren gegen mich, die Sachen wußten es und ich wußte es von ihnen, und so entschloß ich mich eines Tages und ging fort, weit weg, immer auf einem Weg, es war gleich, auf welchem, wichtig war, daß ich ging, denn je weiter ich ging, desto mehr entfernte ich mich von all dem unmenschlichen Kram ... Und seither, wenn mir in den Sinn kommt, daß ich zurückgehen sollte, gehe ich lieber und gehe, schreite durch die Gegend und den Wald, um nicht dorthin zurückzugehen, um hier zu bleiben, wo ich schon dreißig Jahre lebe, mit zwei Kleiderhaken, an welchen ich mich auch erhängen könnte. Wissen Sie, zweimal hat man mich ins Irrenhaus gebracht, aber ich habe ihnen dort bewiesen, daß sie verrückt sind, und nicht ich ... Ich sagte, Herr Kakra, ich bin nicht besser dran, ich leide auch unter Möbeln und Kühlschränken und Hunderten von Stühlen und Tischen und Zimmern und Küchen, in welchen ich mit meiner Frau zusammenstoße, wir stoßen uns immer an, obwohl wir so viel Platz haben, aber Herr Kakra, Sie haben sich von den Kanapees und Tischen getrennt, während ich es mir nur vorstellte und nie auch nur versucht habe, wegzugehen, wie Sie ... Kommen Sie, wir gehen in den Wald und machen einen Halt im Forsthaus, dort wird es lustig sein, ja? Und Herr Kakra, von dem ich jetzt bemerkte, daß er barfuß war, griff hinter sich und zog ein Paar Schuhe hervor, die man Kaminfeger nennt, Schnürschuhe mit runderneuerten Sohlen, er wickelte sich Stoffetzen um die Füße und zog die Kaminfeger an und schnürte sie bedächtig ...

Die Dunkelheit war schon lange eingefallen, als wir ins Forsthaus eintraten. Dort herrschte eine fröhliche Stimmung. Herr Kuzník erzählte gerade zu Ende ... In Kersko ist es also immer schön, nur daß man hier immer dem Wetter entsprechende Kleider und Schuhe anziehen muß, um nicht zu leiden ... Die Wirtin badete ein ganz kleines Mädchen im Abwaschbecken, und dabei wusch sie auch Tellerchen und Kaffeetassen ab. Der Kaminfegermeister, immer schwarz von Ruß und Kohlenstaub, erzählte den Gästen etwas, und während er die Hände bewegte, beschmutzte er fast alle Tischtücher und Gäste. Herr Jumbo, der Flugzeugmechaniker, saß wie immer in der Pelzjacke mit einem Lammfellkragen da, trank Bier und schlürfte Fernet Branca, den er für alle Gäste bestellt hatte, und als wir eintraten, bestellte er auch für uns welchen. Und er rief ... Meine Herren, das Königreich der Geometrie ist die Grundlage der Aviatik, ebenso wie die Mathematik! Und das alles verstehen hier nur ich und

Herr Ingenieur Hubka! Und er jubelte und die Wirtin brachte mit nassen Händen die Gläschen Fernet Branca, und sagte ... Und wie, Herr Jumbo, könnte das Königreich der Mathematik auch mir anvertraut werden? Und Herr Jumbo rief triumphierend, das nicht, das überhaupt nicht, weil Sie, meine Dame, seien Sie nicht böse, a priori dumm sind! Die Wirtin war beleidigt ... Dann danke ich Ihnen schön ... Und Herr Kakra sagte ... Haben Sie den Film Dreißig Sekunden über Tokio gesehen? Und er schaute um sich, und Herr Jozef schlief ruhig ... er wachte nur kurz auf und sang ... Aber! und schlief weiter, Herr Kuzník und Herr Franz schauten sich an und schämten sich, daß sie den Film nicht gesehen hatten, nur Herr Jumbo jubelte ... Das ist es! Dreißig Sekunden über Tokio! Flugzeugtyp B 25 Ruptured Duck, mit der Besatzung von Ted Lawson, unter Mitarbeit von wem? Und er hielt das Ohr hin und Herr Kakra sagte ... Fliegerkompanie des Generals Doolittle an Bord des Flugzeugträgers Hornet ... Und alle schauten begriffsstutzig, nur Herr Jozef, der schlief, sagte ... Aber, und schlief weiter, Herr Jumbo bestellte eine neue Runde Fernet Branca und jubelte ... Meine Herren, so ist der Mensch, aber Herr Kakra, wissen Sie, wo ich vorgestern um diese Zeit war? Das kann niemand wissen, ich flog über den Kilimandscharo! Herr Franz erschrak, Gott im Himmel, wo ist das? Und Herr Kuzník sagte, daß das irgendwo dort ist, wo der Blaue oder der Weiße Nil entspringt ... Der Kaminfegermeister beschmutzte das letzte saubere Tischtuch und tastete über die schon beschmutzten Tischtücher zu Herrn Jumbo und sagte, Kilimandscharo, das wird irgendwo dort sein, wo Kuwait liegt, dort, meine Herren, gibt es auf dem ganzen Gebiet im Ganzen sechsunddreißig Bäume, und siebzehn davon besitzt der Scheich, weil er Präsident ist ... Herr Jozef wachte auf und sagte ... Wenn Sie besoffen sind, dann ist der Kilimandscharo auch in Kersko ... und er schlief weiter ... und Herr Jumbo stand auf, erhob das Gläschen und stieß mit allen an und rief begeistert ... Es lebe das verbrauchte Öl. Aber meine Herren, was machen Sie im Juli, am sechsundzwanzigsten? Machen Sie sich alle frei, melden Sie sich für den Tag krank, nehmen Sie Urlaub, weil auf meiner Rollbahn zum ersten Mal ein Jumbo landen wird, das Riesenhotel für dreihundertsechzig Passagiere, meine Herren! Ich vergehe jetzt schon vor Angst, ob das die Betonpiste aushalten wird! Was, wenn sie beim Landen des Jumbos in Brüche geht und der Jumbo die Betontafeln wie Eisschollen bis irgendwohin nach Kladno schleudert? quälte sich Herr Jumbo und war in dem Augenblick genial, weil er schon sechs Bier und einige verbrauchte Öle des Fernet-Branca gehabt hatte. Der Kaminfeger setzte sich neben Herrn Jumbo, und als er den Kopf in die schwarzen Hände legen wollte, bemerkte er mit Ekel, daß das Tischtuch vom Ruß beschmutzt war, also holte er sich eine Zeitung, öffnete sie und stellte dann die Ellbogen darauf und legte den Kopf in die Hände und schaute verstört Herrn Jumbo an und sagte, Sakra, also das Flugzeug könnte auch hier auf der Betonstraße landen, nicht wahr, wie groß ist es, wie ein TIR-Wagen mit einem Anhänger? Und Herr Jumbo begann zu schreien ... Was sagen Sie da, im Jumbo haben zehn TIR-Wagen auch mit Anhängern Platz, er ist doch siebzig Meter lang, zwanzig Meter hoch und die Flügel sind je siebzehn Meter ... Das ist schade, sagte der Kaminfeger, es wäre schön, wenn Sie mit ihm hier auf der Betonstraße landen würden ... aber was, wenn wir alle, so wie wir hier sind, den Jumbo am Flügel halten würden, so daß er, auch wenn er möchte, nicht auffliegen könnte ... Und Herr Jumbo schrie, und Herr Kakra war mit ihm voller Begeisterung einverstanden. Herr Kakra klatschte jetzt in die Hände, nahm das Bier und stieg auf den Stuhl hinauf und segnete Herrn Jumbo, segnete dann jede Ecke des Forsthauses einzeln, so stark hatte ihn Herr Jumbo ergriffen, daß er jetzt die Dreißig Sekunden über Tokio sah ... Und Jumbo grölte dazwischen ... Aber so ein Jumbo reißt alles weg, der säuft doch beim Starten zwanzigtausend Liter Benzin pro Stunde, ein Zug, der alles wegfegt, wie die Dreißig Sekunden über Tokio ... Und Herr Kakra drehte sich auf dem Stuhl, ich hatte in dem Augenblick den Eindruck, daß er wirklich irrsinnig geworden war, und daß sich das Irrenhaus wie ein Heiligenschein um seinen Kopf spannte, und Herr Kakra sagte ... Es ist so, aber wer spielte in dem Film, Herr Jumbo? Und Herr Jumbo trug es schon ganz glücklich vor ... General James Doolittle ... Spencer Tracy, Ted Lawson ... Van Johnson ..., und Herr Kakra, wer spielte Dea Davenport? Und Herr Kakra hob ein Glas Bier, segnete mit ihm die Ecke im Westen und sagte ... Tim Murdock ... Und Herr Jumbo stieß ein Geschrei aus, ein langes Gebrüll gegen die rote Decke des Forsthauses und rief dann wie von Sinnen ... Haben Sie Taschenlampen bei sich? Und wir alle sagten, wir hätten welche. Dann, meine Herren, kommen Sie hinaus und dort skizzieren wir nur so für uns, wie groß so ein Jumbo ist ... Und er machte die Türe auf, kam zurück, und wir nahmen alle noch einen Zug und gingen dann erhitzt vor das Wirtshaus, ins Licht der einzigen Birne über dem Eingang, der Birne, die so ein

Körbchen trug, wie man es bissigen Kühen gibt ... Also dieses Wirtshaus, sagte Herr Jumbo, und wir schauten ihn alle erstaunt an ... also das ist die Kabine für den Kapitän und die Besatzung des Jumbos ... Diese Birke da ist zehn Meter hoch, dann stellen Sie noch eine Birke auf ihre Krone und schon dreht sich Ihnen der Kopf ... Herr Franz, Sie werden immer auf der Betonstraße gehen und werden laut zählen, Meter für Meter! ... Herr Franz schlug die Stiefelchen zusammen und lief sich gewissenhaft die Sohlen der Gummistiefel ab, bis er aufschrie, siebzig! Und er drehte sich um und leuchtete und seine Birne schwankte und Herr Franz sagte sich, daß er den Fernet Branca, das verbrauchte Öl, nicht hätte trinken sollen ... Dann befahl Herr Jumbo, und Sie, Herr Kuzník, werden siebzehn Meter nach rechts gehen und Sie, Herr Kakra, siebzehn Meter nach links gehen, und wenn Sie fertig gezählt haben, dann werden Sie leuchten, und der Kaminfegermeister, der kann auf die Birke klettern und auf dem Wipfel zündet er die Taschenlampe an, damit Sie wenigstens die halbe Höhe des Jumbos sehen ... Und Herr Jumbo spazierte auf der Terrasse des Wirtshauses, sprang dann hinunter, und rief mit schallender Stimme ... Dann begreift ihr es jetzt! Ihr Karfiolköpfe! Dort habt ihr die Umrißlichter auf dem Schwanz, auf den Flügeln und ein Lichtlein in der Kabine ... könnt ihr es euch also fertigzeichnen, das fliegende Hotel? Und die Taschenlampen leuchteten und formten ausreichend die Umrisse des Passagierjumbos, der Kaminfeger schaukelte, sobald der Wind blies, in der Krone der Birke und die Taschenlampe fiel ihm aus der Hand und flog und zerschellte neben Herrn Jozef, der bereits das Fahrrad an der Lenkstange führte, es war seine Zeit zum Schlafengehen, er sprang auf das Pedal und rief auf die Betonstraße hinaus ... Gute Leute, geht aus dem Weg, ich habe das Tempo!, und er fuhr los ... Herr Kakra rief ihm mit verzweifelter Stimme zu ... Herr Jozef, was machen Sie da! Sie sind uns doch in unseren Jumbo hineingefahren, Sie reißen uns doch unsere Vision ein! Und er schlug die Hände zusammen, aber Herr Jozef ermahnte von neuem ... Gute Leute, geht aus dem Weg, ich habe das Tempo! Und er fuhr bei den Neuen Wiesen an den Scheinwerfern eines sich nähernden Personenautos vorbei, und Herr Kakra lief ganz unglücklich und verwirrt den Scheinwerfern entgegen und schrie ... Haltet an, haltet an, wir haben einen Jumbo auf der Betonstraße, sehen Sie denn nicht, daß Sie mit ihm zusammenstoßen werden! Haltet an! befahl er, aber das Auto fuhr und näherte sich weiter ..., und Herr Kakra sprang ihm in den Weg, mit ausgestreckten Armen wollte er verhindern, daß das Auto mit dem Schwanz des Jumbos zusammenstieß ... Wir sahen nur, wie der Kotflügel Herrn Kakra in den Straßengraben warf, wohin auch seine Taschenlampe flog ... Es war still. Wir liefen zusammen, der Kaminfegermeister rieb sich die abgeschürften Hände, nachdem er den Birkenstamm hinuntergeglitten war, der Mann am Steuer nahm uns als Zeugen dafür, daß ihm Herr Kakra von selbst unter das Auto gelaufen war. Herr Kakra lag auf dem Rücken im Graben, im weißen Schnee lag sein schwarzer Schnürschuh mit ganz zerrissenen Schnürsenkeln ... Was ist, Herr Kakra, nicht gut? fragte der Kaminfegermeister. Herr Kakra stotterte ... Schlagende Wetter ... Wir machten aus den Armen eine Bahre und trugen Herrn Kakra ins Auto, der Mann am Steuer bat uns, seine Nummer aufzuschreiben und zu warten, er

würde auf dem Weg vom Spital die Polizei holen. Das Auto entfernte sich, die Taschenlampe leuchtete im Graben. Herr Franz sagte ... Es sieht schlecht aus, wir haben ihn wahrscheinlich zum letzten Mal gesehen ... Wir saßen dann still im Gasthaus und warteten bei schwarzem Kaffee auf Nachricht, wie es mit Herrn Kakra stand. Aber niemand kam, und so kehrte Herr Kakra nie wieder gesund in unsere Waldgegend zurück. Wie wir am folgenden Tag erfuhren, lag er mit einem Hüft- und Knöchelbruch im Spital, später versuchte er fünfmal, aus dem Spital zu fliehen, aber er floh nicht weiter als bis auf die Straße hinter der Stadt, die Straße, die in die Wälder von Kersko führte. Dann mußten sie ihn ans Bett fesseln, weil er sich jedesmal, wenn ihn die Sehnsucht erfaßte, zu sehen, was es Neues in Hradišt'ko und Velenka und Semice gab, von neuem das Bein brach ...
Erst zwei Jahre später kam Herr Kakra humpelnd zu einem Besuch, das kaputte Bein zog er wie einen schwer beladenen Karren hinter sich. Jetzt wohnt er im Altersheim in Lysá, und am Sonntag geht er aus, aber nicht mehr auf den Dreiecks-Wegen, sondern nur in den Wald von Kersko und zurück, damit er rechtzeitig zu Hause ist, weil im Heim ein strenges Regime herrscht. Ich wagte gar nicht, Herrn Kakra im Heim zu besuchen, lieber lasse ich mir Herrn Kakra so, wie ich ihn kannte, übrigens verließ Herrn Kakra seit der Zeit, als er sich das Bein so arg zugerichtet hatte, auch die Sehnsucht zu reisen. Ich belasse Herrn Kakra lieber so, wie er mir immer erschienen war, und bestimmt läßt sich Herr Kakra beim Schauen auf die Decke jeden Tag reichlich und je nach Lust des Augenblicks auf der weißen Fläche alle Filme abrollen, die er je gesehen hat, vor allem aber läßt er sich dort auf der

Decke den unvollendeten Film zeigen, den er über sich selbst gedreht hat, darüber, wie er sich selbst auf den Wegen begegnete und sah, sich selbst mied und grüßte ... Vielleicht wird er erst heute seinen Wegen irgendeinen Sinn verleihen ...

Das Schneeglöckchenfest

Der Wald von Kersko ist, wie Gustav Frištenský schreibt, so tief, daß sich hier ein Neger aus einer professionellen Ringkämpfergruppe verirrte, und seither hat ihn Gustav, wie er in seinen Memoiren schreibt, nicht mehr erblickt. Ich suchte Herrn Liman und suchte ihn so lange, bis ich mich im Wald von Kersko beinahe verirrte. Zum Schluß stand ich vor einem fast eingestürzten Haus, einigen kleinen Ställen und einer kaputten Scheune, vor der auf einem Stuhl ein alter Herr im Overall saß, seine weißen Haare ragten wie Hörner empor, solche Schöpfe hatte der Greis, wie lange Haarspangen aus Stahl sahen die Haare aus, wie in sich eingerollte und aufeinandergestellte Hobelspäne. Er saß da und um ihn herum pickten Hühner Körner, die er für sie ausstreute. Ich sagte, hier ist es aber schön, wie? Und er nickte und sagte, so ist es, aber Sie sind nicht von hier, nicht wahr? Ich sagte, daß ich erst ein Ferienhäuschen gekauft hätte, ein Häuschen in der vierundzwanzigsten Allee . . . und der Alte unterbrach mich und sagte mit einer klangvollen Stimme, daß er die Gegend kenne, daß es dort n Nouzov heiße, und den Parzellen entlang ein murmelnder Wassergraben führe, der Velenka heißt, und daß die Wiese dem Herrn Král aus Hradišt'ko gehöre, und man nenne sie Unter den Erlen. Ich sagte, es freue mich, daß es hier, wenn auch nichts anderes, so wenigstens wunderbare Luft gebe. Das ist wahr, sagte er, die Luft ist hier feucht, aber gesund, ist doch Kersko, die Waldstadt, nach dem Plan von New York unterteilt und numeriert, die Betonstraße ist die Fifth Avenue und die Alleen, die seitlich hinausführen, sind die Streets, wenn Sie von der Hauptstraße kommen, dann sind die Alleen rechter Hand mit geraden, linker Hand mit ungeraden Zahlen numeriert, wenn Sie also den Plan dieser Waldstadt von oben anschauen, dann sieht er einem Farnkrautblatt ähnlich ... sagte er und stand auf, und seine Haare ragten bedrohlich empor und ich hatte den Eindruck, daß die Spitzen der Haarlocken ein Auge ausstechen könnten, als ob sie aus Bronze wären. Er stellte sich breitbeinig auf und sagte, kann ich Ihnen mit etwas dienen, suchen Sie jemanden? Ich sagte, ich suche einen Menschen, aber den werde ich nicht mehr finden, aber wie lang ist, sagen Sie es mir bitte, die Betonhauptstraße? Er sagte, erfreut, daß er sich mit dem, was er weiß, rühmen konnte ... Von der Bushaltestelle bis zur Straße, die von Semice nach Hradišt'ko führt, ist sie zweitausenddreihundertachtundvierzig Meter lang, wie es der Straßenarbeiter Herr Procházka abgemessen hat ... sagte er und brachte einen roten Klappstuhl, putzte den Hühnerdreck ab und forderte mich auf, mich zu setzen. Ich dankte und aus dem Stall strömte ein widerlicher Gestank, den ich nicht definieren konnte, doch der Greis war durch seine Haare gehörnt und aus den Spitzen der Locken sprühte eine solche Kraft, daß ich den Eindruck hatte, bei einem Sturm würde aus ihnen das Feuer des Propheten Elias sprühen. Ich sagte, ich habe gehört, daß es hier irgendwo eine uralte Föhre gibt, ich würde sie gern sehen. Er schaute auf die Uhr, die an einer Föhre hing, und der große Zeiger der Pendeluhr tickte mit rasender Lust wie ein Specht ... Ich habe noch Zeit ... ja, die Stramme Toni? Die ist eine Schönheit, das möchte ich bitten festzuhalten, die ist eine Pracht, wenn Sie von unten in ihre Krone hinaufschauen und die Sonne scheint, dann gleicht die Krone einem Fenster aus dem Sankt-Veits-Dom, so genau sind ihre Äste in einem

Rhythmus im Kreis verteilt. Sie wurde im Jahr sechzehnhundertzwanzig eingepflanzt, und ein Stück weiter ist ihre kleine Schwester, die Jäger nennen sie Fesche Toni, die ist meiner Meinung nach noch schöner, sie hat einen winzigen Kopf, ihre Äste sind zu einem Bubikopf gekämmt . . . und auch sie ist eine Riesin, aber die Blitze haben ihren Stamm zerfurcht und ihr Wuchs hat sich verlangsamt . . . sagte der alte Herr und ein sanfter Wind wendete die seidenen Zweiglein des jungen Birkenhains, und der alte Mann streckte die Hände aus, als ob er die Zweiglein streicheln würde, und er liebkoste sie, seine Finger bewegten sich und bewegten die Blättchen voller Rührung. Ich sah, daß er ein gefühlvoller alter Herr war, und daß er auf Kosten der Elemente lebte und also im Einklang mit der Natur, wie es sich für sein Alter gehörte. Er fuhr fort und streckte die Handflächen hin, als ob er sich jetzt an flatternden Flämmchen in Gestalt von wehenden Birkenblättchen wärmte . . . Da haben wir noch so eine Pracht, wenn Sie durch die Allee Nummer sechs gehen, durch die sogenannte Nymburačka, dann kommen Sie in einen Wald, den wir Erb nennen . . . also dort steht beim Waldgraben eine Fichte, die den Fichtenwald um die Hälfte überragt, sie ist sicher zweihundert oder noch mehr Jahre alt und ihre neun unteren Äste drehen sich so gegen oben, daß die Spitzen eine Art Wurzeln bilden und aus ihnen wachsen Fichten, neun, zehn Meter hohe Fichten, und der Baum trägt sie wie irgendein Artist, der auf neun Stäbchen Teller trägt, die sich zudem drehen, sie gleicht einem riesigen Leuchter, die gigantische Fichte . . . Sagte er und zündete sich eine Zigarette an und setzte sich auf einen Stuhl neben mich, und seinem Overall, der mit irgendeiner Sauce und irgendeinem schrecklichen

Schmutz besabbelt war, entströmte ein so fürchterlicher Geruch, daß ich mich in den Gegenwind drehen mußte ... Ich sagte, um etwas zu sagen, nicht wahr, hier gibt es viele Schnepfen, und ich zeigte auf den Birkenhain, der sich hinter seiner Parzelle erstreckte und vor Weiß flimmerte. Er sog den Rauch ein, und es war, als ob er von der Zigarette ein Stück abgebissen hätte, so schnell nahm sie ab, und dann schwirrte der Rauch aus seinem Mund und glich seinen langen, kreisenden Locken, die wie kleine Schwerter in seinen Kopf eingestoßen waren ... Und er sagte, jetzt ist nicht ihre Zeit, aber es gibt nur noch wenige hier, wo sind die Zeiten, als die Förstergehilfen um Flaschen Wein wetteten, daß sie pro Abend zwanzig oder dreißig von ihnen erlegen würden? Die Schnepfen feiern die Verlobungstänzchen gegen Ende März oder Anfang April, wenn die Sonne untergeht und der erste Stern erscheint ... Die Männchen rennen herum und stoßen ein schönes Liebesgeräusch aus und die Weibchen lauschen im kalten Gras ... Und er sagte das und räusperte sich und röchelte. Der Kuckuck flog aus der Pendeluhr und röchelte genauso, und schlug fünf Uhr ... Ich weiß, sprach der alte Herr zur Uhr, und wieder nahm er einen gewaltigen Zug, bis sich der Zigarettenstumpf entzündete ... Er sagte, Schnepfen gibt es nicht mehr, nur ein paar hier und dort, aber in Julinächten schlagen hier die Nachtigallen, das ist eine Pracht, wenn Sie achtgeben, dann hören Sie sie auch auf den an ihre Allee angrenzenden Eichen ... Das ist ein Violinkonzert, das ist wie wenn der Künstler beginnt, in eine Tafel aus reinem Kristallglas mit einem Brillantstift ein wunderschönes Bild zu gravieren. Ich schlafe ganze Nächte nicht, gehe hin und her, gehe den Stimmen der Nachtigallen nach und da ... er klopfte auf seine Brust ... da ist mir so süß zumute und ich bin glücklich, daß es neben mir noch etwas Schönes gibt ... aber die meisten Nachtigallen gibt es bei Mydlovary, dort auf der anderen Seite des Flusses ... Wenn Sie da so von Přívlaky zum Kamen gehen, oder, Sie sind noch jung, wenn Sie auf die Kirmes nach Hradišt'ko zu den Kocáneks tanzen gehen ... dann also, nach Mitternacht, wenn Sie mit einem hübschen Mädchen am Křížkový Král vorbei in die Felder gehen, über das Fußballfeld in Růždiny ... und der Gesang vom Wasser her über den Feldweg klingt, da wird er immer stärker, und ich höre nicht eine, sondern drei, ein Quartett, manchmal auch sechs Nachtigallen, wie sie eine Stunde, anderthalb Stunden den dünnen Silberfaden aus sich ergießen und mit ihrer Stimme den sich nie wiederholenden Gesang aussticken, und wenn der verstummt, dann sehen Sie das Vögelchen ermüdet auf dem Zweig sitzen, Sie sehen, daß das Vögelchen durch den Gesang bestimmt zwei Deka an Gewicht verloren hat ... Und auch wenn es ein halbes Kilo verlieren würde, sagen Sie, warum und für wen singen sie so? Sprach er und wurde so ernst und war so gerührt, daß er sich bückte und mit dem Handrücken eine Träne abwischte ... und die Hörner seiner Haare ragten knapp vor meinen Augen und meiner Nase empor und ich fühlte, daß der schreckliche Duft auch aus den Hörnern des Gestanküberflusses strömt, und ich bekam Augenflimmern und beugte mich zurück, bis ich aus dem Gleichgewicht kam, ich fiel auf den Rücken und streckte die Beine in die Luft und mit dem Knie trat ich gegen seine Stirn ... Ich wälzte mich schnell ins Laub, und als ich mich reinigte, sah ich, daß ich voll Hühnerdreck war und erst jetzt sah ich, daß der alte Herr einen Kopf größer war als ich, seine riesigen erhobenen Arme formten eine Kapelle über mir und er tröstete mich ... Jetzt nicht, sprach er, da würden Sie es hineinreiben, aber wenn es getrocknet ist, dann wird es von selbst abbröckeln ... aber weil Sie hier neu sind, werde ich einen Plan für Sie zeichnen, kümmern Sie sich nicht um die Leute, kümmern Sie sich um die Natur, also zwischen den Alleen Nummer sechs und vier ist eine kleine Lichtung und dort blühen Anfang Juni Hunderte von Sibirischen Schwertlilien ... Wenn Sie einmal nach Mydlovary fahren, auf die andere Seite des Flusses, wohin ich nachher fahren werde ... also dort stehen hundertjährige Eichen und eine ist so tief ausgehöhlt, daß sich in ihr zwanzig oder dreißig Menschen vor einem Sturm verstecken können! Aber ich gehe gern dorthin und im Frühling tanze ich und manchmal auch schon jetzt, wissen Sie, im letzten Jahrhundert gab es so einen schönen Brauch, die Leute gingen im Frühling unter die alten Eichen und die Mädchen, geschmückt mit Schneeglöckchen, tanzten zu Musikklängen unter den uralten Eichen. Aber warum sind Sie vor meinem Tor stehen geblieben, warum? Oder suchen Sie etwa jemanden? Oder suchen Sie etwa mich? Er zeigte auf die Jacke des Overalls, von dem sich Stücke Hühnerkot wie alte Medaillen ablösten ... Nein, log ich, ich bin einfach so spaziert und bin froh, daß Sie mir über den Wald erzählen ... Der Greis winkte mit der Hand und der Kuckuck flog aus der Schwarzwalduhr, rief und verschwand mit Gepolter im Kästchen. Er sagte zur Uhr, ich weiß, noch eine halbe Stunde und ich gehe, aber wissen Sie, was hier noch sehenswert ist? Auf der Anhöhe dort bei Semice blühen im Herbst Hunderte, Tausende von blauen Geißelenzianen und gelben Habichtskräutern! Ein Traktor zermalmt sie jeden Tag mit den Pneus, aber trotzdem gibt es immer mehr von ihnen . . . und wenn Sie auf die zweite Anhöhe, den Weißen Hügel bei Přerov gehen, also dort wiederum ist, da halten Sie sich aber fest, ein Feld, auf dem wilder Asparagus wächst, jawohl, Asparagus! Und er legte mir seine Hände auf die Schulter, und erst jetzt bemerkte ich, daß seine Arme mit Hühnerkot beklebt waren und daß in seinen Haaren Stroh steckte und Häcksel und Heubüschel und einige abbröckelnde Stücke Hühnerkot aus ihnen emporragten . . . Jetzt hatte es der Greis aber schon eilig, er schaute und mit einer Hand diktierte er sich das Tempo und beschleunigte den Rhythmus der Sätze . . . Wissen Sie, daß von den Föhren des hiesigen Waldes prächtige Pfosten in schöner Honigfarbe, die sich durchs Alter in Rot verwandelt, stammen? Und wissen Sie, daß in alten Zeiten die Föhren von Kersko nach Hamburg geschwemmt wurden? Und wissen Sie, daß in alten Zeiten aus den Eichen von Kersko Wellen für holländische Windmühlen gemacht wurden? Daß man für die Pfosten und Balken der Festung Terezín fünfhundert Föhren von Kersko gebraucht hat? Und wissen Sie, daß Sie in Hradišt'ko drei Häuser und das Gebäude des Nationalkomitees durch gotische Fenster betreten, die die Bauern aus der in Hussitenkriegen zerstörten Kirche von Kersko genommen haben? Und wissen Sie, daß aus den Lärchen von Kersko früher Schiffsmasten gemacht wurden? Und wissen Sie, daß Elbelinge tote Arme der Elbe sind und daß in ihnen weiße Teich- und Seerosen blühen und der große Hahnenfuß und andere großblättrige Wasserpflanzen? Und wissen Sie, daß die St. Josephsquelle in einer Tiefe von achtundsiebzig Metern liegt und ihre Gewässer vom Isergebirge zusammenfließen und das Wasser siebzig

Jahre braucht, bis es hier angekommen ist? Wissen Sie auch, welches das schönste Ferienhäuschen in Kersko ist? Es liegt direkt an der Betonstraße in der Allee Nummer einundzwanzig, ein Seekapitän hat es gebaut und das Häuschen sieht wie eine Kajüte aus, die auf die Welle einer Sanddüne geschwemmt wurde? . . . Der alte Herr schleuderte in einem Taumel einen Satz nach dem anderen von sich, und ich wünschte mir nichts anderes, als von ihm entlassen zu werden, der Gestank seines Overalls übertraf den eines Stalls, es war der Absud des Bejahrten, der einen mit Ohnmacht oder Nesselausschlag bedrohte, oder sogar mit dem Tod. Und die Schwarzwalduhr begann zu schlagen, sie schlug so wahnsinnig, als ob sie dem Greis irgend etwas vorwerfen würde, sie wedelte mit den Zeigern wie nervöses Vieh mit dem Schwanz, wenn der Metzger den Stall betritt . . . Und der alte Herr sagte zum Kuckuck, bevor er verschwand, Ich weiß . . . Und mit einem Fußtritt schob er den Riegel des Schuppens beiseite und das Tor öffnete sich durch das eigene Gewicht und im Schuppen, der ganz von Hühnerkot beschmutzt war, stand ein prunkvolles Auto in Elfenbeinfarbe, der neueste Typ Ford Automatic mit einschiebbaren Türen, das ganze Auto war von Hühnerkot übersät und auf dem Dach des Fords schlummerten Hühner . . . und der Greis lachte und schaute mich an, er sei doch der, den ich gesucht und nicht erkannt hätte, er habe sich vor mir so vollkommen versteckt, daß ich mir nicht einmal bewußt geworden sei, was ich sah. Und der alte Herr fegte die Hühner weg, ging um das Auto herum und stand so im Wirbeln der Hühner, die ihre Flügel schwangen und im Flug über seinen Kopf und seine Hände hinaus flohen . . . und der alte Herr drückte, so wie er dastand, einen Knopf und die Türe schob sich in die Decke des Fords hinein, desjenigen Fords, von dem ich gehört hatte, er wäre bei Herrn Liman, und ich war also bei Herrn Liman, und ich wollte ihn fragen, wo Herr Liman wohnte, obwohl es mir richtig gesagt worden war, aber der alte Herr und sein Overall hatten mich verwirrt, er aber wußte, daß ich gekommen war, um zu fragen, ob er das Auto verkaufen würde, er wußte, daß ich Herrn Liman suchte, doch er wußte gut, daß es am besten ist, die Spur wie ein Fuchs hinter sich zu verwischen und dann auf der anderen Seite des Reviers zu erscheinen, wo es niemand erwartet ... Und der prächtige Ford fuhr hinaus und ich sah, wie hätte ich es nicht sehen können?, daß Herr Liman ehemals ein steinreicher Mann gewesen war, der, dem die Söhne aus Amerika jedes zweite Jahr ein Auto schickten, in das er paßte, als ob er der Präsident einer Bank wäre ... Und Herr Liman sprang flink heraus, hinterließ auf dem Leder Abdrücke von Hühnerkot, das ganze Auto war voll von Federn, aber zu Herrn Liman paßte alles. Ich weiß, sagte ich, Sie sind Herr Liman. Er verbeugte sich und sagte, der bin ich ..., und um mir den Rest zu geben, öffnete er die zweite Türe der Scheune, die mit einem Fenster ins Gärtchen, und aus der Scheune stürzten eine Ziege und zwei Ziegenböcke hervor, ein Wunder, daß sie mich nicht zu Boden warfen, und mit ihnen warf mich beinahe auch der schreckliche Gestank um, der jetzt seinen Ursprung erklärte. Und die Ziegenböcke überholten die Ziege und Herr Liman stand da und schrie, Bobeš, Lukeš, Junta! Auf die Weide! Marsch! Und als sich die Ziege mit einem Ziegenbock in den Ford drängte, verfingen sie sich mit den Hörnern im Türchen, aber die Ziege war schneller und wälzte sich zum Fenster und schaute ungeduldig, wann das Auto endlich losfahren wird. Neben sie setzten sich die stinkenden Ziegenböcke, Herr Liman setzte sich ans Steuer, drückte den Knopf und das Türchen schob sich von der Decke herunter. Dann kurbelte er das Fenster herunter und hinter ihm ertönte ein Knacken und ein wildes Knistern des Leders. Ich sah, daß sich alle kleinen Hufe ins Leder eingruben, daß sie es zerrissen . . . In dem Augenblick fühlte ich mich, als ob die kleinen Hufe in meinem Hirn wühlten, ich fühlte meine Hirnhäute zerplatzen und zerreißen, und die Beine der Ziegenböcke in mich einbrechen. Aber Herr Liman lachte und sagte, Ich amüsiere mich wahnsinnig, wenn sich Bobeš und Junta um den rechten Fensterplatz streiten . . . Ich sagte, aber wer ist beim linken Fenster? Das gehört Lukeš, aber vom rechten Fenster aus sieht man den Fluß gut, wissen Sie? Also, junger Mann, jetzt fahren wir zum Fluß, dann werden wir mit einem kleinen Boot zum anderen Ufer fahren, auf die Anhöhe von Mydlovary, dort werden die Ziegen weiden, aus dem Kassettenrecorder wird mir James Last aufspielen und vielleicht werde ich zu Ehren des Schneeglöckchenfests unter den hundertjährigen Eichen ein Tänzchen machen, mit der Ziege und den Ziegenböcken, wie ein alter Faun, der Nachmittag eines Fauns und so . . . Und er hupte und der sechs Meter lange, elfenbeinweiße Ford fuhr durch die Birkenallee und brach in den Duft der blühenden Oliven ein, die irgendwo hinter den Neuen Wiesen blühten, wohin jetzt Herr Liman mit seinen Tieren auf die Weide fuhr.

Freunde

Wenn Lothar nach Kersko kommt, dann ist es immer lustig, weil Lothar der lustigste Mensch von Mitteleuropa ist. Wir warten schon darauf, daß er mit seinem prächtigen Auto ankommt, und dann gibt es viele Umarmungen, und Lächeln und Gelächter. Lothar reicht mit seinen starken Armen allen die Hand, und dann gibt es ein großes Planen, wohin man mit Lothar gehen wird und wo man mit ihm in der Nacht ein Faß Bier trinken und auf dem Rost gebratene Hühner essen und Jim Beam, den Whisky aus Kentucky, trinken wird, von dem Lothar immer einige Flaschen mitbringt, und geraucht werden nur Pall Mall Zigaretten. Da greift man sofort zu einer Kiste Popovitzer Bock, weil Lothar Bier über alles gern hat und es schon am Morgen mit einer Riesenlust trinken kann, und auch bevor er schlafen geht, und dazu stellt er noch einige Flaschen in Kübeln neben dem Bett auf, für den Fall, daß er nachts erwacht, daß ihn der Durst wecken sollte. Jedesmal wohnt er im weißen Waldhäuschen bei Pavel, der dem Kameraden ungeduldig auf dem Rollstuhl entgegenfährt, er pocht mit den Handflächen auf die Pneus des Rollstuhls, dreht sich und lauscht, fährt dann enttäuscht zurück und mit dem Rollstuhl direkt in den Vorraum hinein, denn sein weißes Häuschen hat nur eine flache Treppenstufe aus Beton, eine Stufe wie ein Sprungbrett über dem Wasser, und Pavel fährt in die Küche, beugt sich über den Gulasch, legt Holz ans Feuer, fährt dann wieder ungeduldig in den Wald hinaus, fährt um das Häuschen herum und legt dort in der Räucherkammer Holz an, öffnet ein Türchen und überzeugt sich tastend, ob die Bratwürste und das Fleisch geräuchert werden.

Pavel ist solange auf der Hut, bis Lothars Auto auf der Weggabelung aufjohlt, sein Opel nähert sich über den Waldweg und aus dem offenen Fenster strahlt Lothars fröhliches Gesicht, mit der freien Hand grüßt er, aber gleich ist die Hand wieder auf dem Lenkrad, weil Pavel und Lothar die Bremse, die Kupplung und das Gas auf dem Lenkrad haben, als ob sie das Auto mit Füßen steuerten. Und wenn Lothar anhält, öffnet er das Türchen, und nachdem er alle, die ihn erwarten, mit den Händen begrüßt hat, holt sein Neffe den Rollstuhl aus dem Kofferraum, oder wenn er allein ankommt, dann tut es Olinka, die schöne Rehabilitationsschwester, die so schön ist, als ob sich Audrey Hepburn persönlich in den Wald von Kersko verirrt hätte, Olinka, die Pavels Verlobte ist und alles kann und so gut beherrscht, daß einem die Augen übergehen, Olinka stellt den Rollstuhl heran und Lothar schiebt sich mit starken Armen hinüber, dabei ergreift er mit den Händen die leblosen Beine und schiebt sie solange nach, bis die Beine auf dem Rollstuhl sind und sich wälzend rutscht sein mächtiger Körper nach, und schon fährt Lothar umher, lockert sich nach der langen Fahrt, und während er hin und her fährt, verfällt er in fröhliches Geschrei und Gelächter, und Pavel, der Lothar liebt, fährt mit ihm zusammen umher und es ist so ein Tanz von gebrochenen Nymphen, ein Tanz, bei dem sie fahrend johlen und sich zurufen, und schreien, was alles sie in der großen Freude heute und morgen tun werden, und Lothar fährt um das Haus herum, saugt den Duft des geräucherten Fleisches ein und dann schreien er und Pavel so lange, bis Olinka ein Brettchen bringt und Lothar nicht widersteht, und obwohl ihn Pavel daran erinnert, daß es noch nicht fertig sein wird, nimmt er voller Ungeduld ein

Stückchen heraus, verbrennt sich die Finger, aber kostet dann mit Lust das erste Stückchen und Pavel fährt Bier holen, er fährt wieder in den Vorraum hinein, und nimmt dort unter der Wand, an welcher Dutzende von Diplomen und Preisen von Motorradrennen hängen, dort unter verwelkten Blumen und verblichenen Bändern, Preisen, die er einst als Motorradrennfahrer gewonnen hat, dort nimmt Pavel einige Flaschen mit gekühltem Bier und fährt ins Licht hinaus und hämmert auf die Pneus, um möglichst schnell bei seinem Kamerad zu sein, und um mit dem Öffner, der immer an einem Schnürchen am vernickelten Rollstuhl hängt, das gute Lagerbier zu öffnen und es dem Freund anzubieten. Und Olinka trägt unterdessen Lothars Gepäck ins Haus, trägt es über die Treppe in eine kleine Mansarde, wo Lothar schlafen wird, sie lächelt leise, und was auch Olinka macht, von welcher Seite und von welchem Weg Sie sie auch betrachten, sie ist immer fotogen und braucht gar nichts zu sagen, ganz wie Audrey Hepburn. Und wenn Lothar halbwegs gesättigt ist, dann trinkt er mit so einem Appetit Bier, als ob er und das Bier eine ausdrucksvolle Reklame für das Bier wären, das er gerade trinkt, so daß wer keinen Durst hat und Lothar trinken sieht, Durst bekommt und wer überhaupt nicht rinkt, bereut, daß er nie angefangen hat Bier zu trinken, weil bei uns niemand je einen so lustigen und witzigen Menschen wie Lothar gesehen hat, Leli ausgenommen, der so wie Lothar nicht nur lustig, sondern auch belesen und eine lebende Handbibliothek an Informationen ist. Und Lothar erzählt gleich davon, was es Neues in der Welt gibt, und davon, ob er auf der Börse gewonnen oder verloren hat, weil Lothar, wenn er morgens erwacht, den ganzen Vormittag Radio hört und alle Zeitungen liest, danach ißt er zu Mittag und geht in seine kleine Werkstatt, wo er den Saarländischen Rundfunk einschaltet, dort kommt Musik und kommen Informationen für Autofahrer und für alle, die diesen Sender hören, und dabei verfertigt Lothar schöne Sachen aus Eisen, flickt den Nachbarn alles, was sie ihm bringen, er hat sein eigenes Schweißgerät und seinen Schweißbrenner, alle Bohrergarnituren und eine eigene kleine Drehbank. Pavel hat einmal, als er von Lothar zurückkam, gesagt, so eine Werkstatt hätten sie nicht einmal in seinem Betrieb, wo sie Rennmotorräder vervollkommnen. So fährt Lothar zu Hause durch seine Werkstatt und singt vor sich hin und trinkt langsam sein Lagerbier, zur Zeit trinkt er am liebsten Bier aus der Brauerei Pschorr, er fährt umher und arbeitet, in seiner Werkstatt ist wie in seinem Auto alles in Griffweite, er hebt nur die Hände und hat alle seine Werkzeuge, durch ein großes Fenster schaut er in den Garten, wo seine Mutter arbeitet, und nie beklagt sich Lothar über etwas, er könnte klagen, aber er gönnt sich selbst keine Zeit zum Klagen oder Verwünschen seines Geschicks, es ist einmal passiert und er hat sich damit abgefunden, er mußte sich mit dem, was ihm zugestoßen ist, abfinden, und weil er den Entschluß gefaßt hat, sich nicht umzubringen, setzt Lothar alles auf ein ganz normales Leben, und wo er hinkommt, dort ist es lustig, und Lothar teilt nach allen Seiten Informationen und Erkenntnisse aus, die ihm aus allen Quellen zugeflossen sind, aus Büchern, dem Radio, dem Fernsehen und Gesprächen, und er selbst gibt zu allem die Meinung, daß alles, was gut ist, gut sein muß, auch sein Rollstuhl und sein zerbrochenes Rückgrat seien gut, weil es nun einmal passiert ist und man nichts dagegen tun könne, als sich damit abzufinden.

Und Lothar kann auch Tschechisch sprechen, wie könnte er es nicht, wo er doch noch vor fünf Jahren Gewichtheber und Ringkämpfer für Chomutov war, er hat als Schweißer und tschechoslowakischer Staatsbürger deutscher Nationalität gearbeitet, er hatte eine Familie, einen Sohn, aber eines Tages, als er im Bergwerk mit einem Kameraden in einer Höhe von sechs Metern schweißte, kippte die Konstruktion, auf der sie arbeiteten, um, und sein Kamerad fiel in den Kohlenstaub und Lothar fiel mit dem Rücken auf ein großes Stück Kohle und brach sein Rückgrat, so daß sie ihn ein halbes Jahr später als einen für immer Gehbehinderten in ein Altersheim überführten, wo er nur weinte und überlegte, wie dieses entzweigebrochene Leben verlassen, weil zu allem noch sich seine Frau von ihm scheiden ließ und er allein blieb. Und da erinnerte er sich an seine Schwester, die Zuckerbäckerin im Spessart ist, und an seine vor vielen Jahren ausgewanderte Mutter, und er schrieb ihnen, und dann fuhr er zur Mutter und Schwester nach Deutschland, gesundete, und nun kommt er manchmal nach Kersko zu Pavel, den er bei der Olympiade der Rollstuhlfahrer in Heidelberg beim Speerwurf kennengelernt hat. Über Pavel wissen wir nur, daß sein Traum war, es so weit wie Herr Šťastný zu bringen, er fuhr auf dem Motorrad, gewann ein Bezirks- und Kreisrennen nach dem anderen, wie es seine Diplome an der Wand des Vorraums bezeugen, aber nach einem gewonnenen Rennen holte einer seiner Kameraden Pavel nachts aus dem Bett, schlug vor, daß sie irgendwohin zur Sasau fahren sollten, wo es Mädchen gibt, und als sie auf dem siegreichen Motorrad fuhren, kam Pavel ins Schleudern und stürzte in der Dunkelheit so unglücklich, daß er bewußtlos liegen blieb, und sein Kamerad, der ihn aus dem Bett geholt hatte, zog Pavel von der Straßenmitte in den Graben hinein und das war wahrscheinlich ein Fehler, weil, so erzählt Pavel, als ihn Professor Jirásek operierte, er auf einmal spürte, wie ihn die Beine verlassen, wie der Rumpf daliegt, aber die Beine gehen und gehen und immer gehen, er sah die Beine als Hosen schreiten, er sah sie hinter dem fernen Horizont verschwinden, und als er aufschrie, da gingen seine Beine für immer hinter die Hügel davon. Und seit er sich wieder erholt hat, muß Pavel auch in einem Rollstuhl fahren, alles, was sonst die Beine bedienen, bedient er mit den Händen, und auch er wollte es nicht glauben, bis er sich damit abfand, wenn er morgens erwachte und zur Decke schaute, glaubte er, daß alles ein Traum sei, aber sobald er sich setzte und sich auf die Beine stellen wollte, ging es nicht, und so hopp auf den Rollstuhl, und rasch mit dem Lift hinunter, und schnell rollte er zu seinem Auto und zog mit Mühe den zusammengeklappten Rollstuhl nach, und dann fuhr er mit dem Auto hin und her, die ganze Zeit, ganze Tage fuhr er so im Auto herum, bis er sich nach einem halben Jahr durch das Fahren und die Bewegung, die ihm verwehrt und den Pneus anvertraut war, beruhigte. Dann überzeugte er sich selbst, daß er das, was war, annehmen mußte, das Schicksal des Querschnittgelähmten, und zum ersten Mal lachte er, lachte so lange, bis er sich zu einem stillen Lächeln durchrang und erkannte, daß auch ein beinloser Mensch auf der Welt leben und vielleicht noch mehr in Fühlung mit dem Leben sein kann, als alle, die laufen. Und so haben beide Freunde ihre Wahrheit der Querschnittgelähmten, ihr Glaube ans Leben ist so riesig, daß alle, die Lothar und Pavel kennen, wenn sie ein wenig den Mut verlieren, ein wenig unschlüssig werden, ob es sich noch

lohnt zu leben, wir alle, auch ich, wenn wir uns in lästernden Augenblicken an Pavel und Lothar erinnern, uns zutiefst vor dem Blick schämen, mit dem Pavel und Lothar die Welt anschauen. Und Olinka, die Verlobte von Pavel, ist ein Engel, hinter dem Sie mit dem Besen die Federflocken kehren können, die ihr aus den Flügeln fallen, sie lernte als Rehabilitationsschwester Pavel kennen und verliebte sich in ihn und er sich in sie, und wenn Sie ein Liebespaar suchen, dann gehen Sie weder zu Romeo und Julia, noch zu Troilus und Cressida, auch nicht zu Radůz und Mahulena, es genügt zu sehen, wie Olinka Pavels Rollstuhl schiebt, wie Olinka Pavel die Treppe hochzieht, die sechs Stufen hinauf und dann mit ihm in die offene Türe des Restaurants Forsthaus hineinfährt, es genügt, diese zwei Liebenden anzuschauen, die den Lohn schon hier auf Erden erhalten haben, und durch die Kraft der Liebe ein lebendiges Beispiel für alle diejenigen sind, die verzagen oder von der Welt und vom Leben mehr wollen, als ihnen zusteht, und darum trotzen und den Kopf in eine Ecke stecken.
Einmal, so Mitte April, kam Lothar nach Kersko, unangemeldet, aber strahlend, und gleich sagte er zu Pavel und Olinka, daß er auf der Börse gewonnen habe, und daß er sich einen Mercedes kaufen würde, den mit einem Dieselmotor, einen weißen Mercedes, und Pavel sagte ihm, daß wenn sich Lothar einen weißen Mercedes kaufe, sich dann Olinka ein weißes Hochzeitskleid kaufen werde und am selben Tag, da Lothar den weißen Mercedes nach Hause bringe, werde Pavel eine weiße Braut nach Hause führen. Und während der weiße Aprilschnee fiel, hatten die Freunde eine so helle Freude und waren so fröhlich, daß sie alles Bier austranken, das sie hatten, und weil der Durst

durch die Freude noch größer wurde, beschlossen sie, auf ein Bier ins Forsthaus zu fahren und für die Nacht einige Flaschen zu holen, für den Fall, daß sie in der Nacht, und wenn nicht in der Nacht, dann am Morgen Durst hätten. Also fuhren sie in die Dunkelheit hinaus, die von Schneeflocken, groß wie Briefmarken, geschmückt war. Olinka schob Pavel und Lothar trieb seinen Rollstuhl mit mächtigen Schlägen der Handschuhe durch das Schneegestöber voran, jeder hielt mit den Zähnen eine Taschenlampe und so jagten sie die Rollstühle über Höcker, durch den Frühlingsmatsch aus der Seitenallee auf die Betonstraße, und fuhren dann mit gesenkten Köpfen, kämpften in ihren Schafspelzmützen so lange mit dem Schneegestöber, bis ein rosa Licht erschien, das aus den Fenstern des Wirtshauses wie durch einen Tunnel fiel, in dem der Frühlingsschnee schräg niederschwebte. Und je näher sie kamen, desto mehr johlten sie vor Freude und Durst und der Vorstellung einer behaglichen Bierschenke, wo der erhitzte Ofen glüht, sie freuten sich und eilten wie im Finish auf der Heidelberger Olympiade zum endgültigen Ziel. Dann schüttelten sie die dichte Schneedecke von sich ab, wischten sich die Augen aus und schauten das helle Gasthaus an, putzten die Gesichter ab und schüttelten mit mächtigen Bewegungen ganze Schneekappen aus den Schafspelzmützen ... Olinka zog zuerst Lothar, den neunzig Kilo schweren Lothar über sechs verschneite Stufen auf die Terrasse und dann machte sie das gleiche mit Pavel. Das brachte kaum einer fertig, bei der ersten Stufe ankommen, sich drehen und mit einem mächtigen Ruck einen Menschen in einem vernickelten Rollstuhl von Stufe zu Stufe bis auf die Terrasse hinaufziehen, von wo man dann direkt durch die Türflügel hineinfuhr. Ich saß in dieser Bierschenke, der Wirt Herr Novák hatte wieder seine elende Laune, er tat, als ob er uns, drei Gäste, zum ersten Mal sähe, ich saß ganz stumm da, und trank das durch die Schande bitter gewordene Bier, Franta Vorlíček saß beim Ofen und träumte leise von der schönen Ungarin, die ihm vor vielen Jahren im Gasthaus im Alten Vestec die Haare gekämmt hatte, die Ungarin hatte Franta zum ersten Mal gesehen und er sie auch, aber sie kämmte ihm ohne jeden Anlaß die Haare, und dann sagte sie zu František, daß sie ihn in ihrem Auto nach Budapest entführen würde, von dieser Geschichte lebte Franta Vorel auch heute, er saß da und träumte von der schönen Entführung nach Budapest, Herr Procházka schlief ausgestreckt so tief wie um Mitternacht, das war immer so, gegen neun Uhr überkam ihn ein herrlicher Schlaf, der ihn bei Gesundheit erhielt, die aus den Tröpfchen unter der Nase in seinem roten Gesicht strahlte. Und da flog die Türe auf und weißer Schnee, der nasse Aprilschnee, wehte herein, Herr Novák hielt sich am Bierhahn fest und schaute ebenso erstaunt wie ich, und durch die Türe fuhr Pavel herein, gestoßen von Olinka, und er bog zu einem Tisch ein, und wischte sich die nasse, kalte Stirn ab, und dann ging Olinka noch einmal hinaus und kam mit Lothar zurück, der vor Begeisterung und Hoffnung strahlte, und beide Freunde rieben sich die Hände und bestellten Bier. Aber Herr Novák sagte fremd, es sei ihm ausgegangen. Und die Freunde rieben sich wieder die Hände und bestellten Pomo. Aber Herr Novák sagte fremd, es sei ihm ausgegangen. Und die Freunde schauten vor sich hin und ihr Lächeln erstarrte, blieb auf den Wangen, die noch eine kleine Hoffnung hatten, und so sagte Pavel, also dann nehmen wir Flaschenbier, Flaschen zum Mitnehmen ...

aber Herr Novák schaute in eine Ecke, irgendwohin, wohin man aus dem Lokal nicht sehen konnte, und sagte fremd, Flaschenbier gibt es auch nicht mehr, es wurde nicht geliefert ... und so sagte Pavel, wir nehmen eine Flasche Wein ... aber Herr Novák sagte auf dem Weg zur Türe, wir schließen, und er nahm die Schlüssel, einen ganzen Schlüsselbund und rasselte mit ihm, läutete wie beim letzten Glockenläuten, dem letzten, allerletzten ... und er öffnete die Türe, und die vor Scham dunkelrot angelaufene Olinka stieß zuerst Lothar und dann Pavel auf die Terrasse hinaus, der weiße Schnee fiel jetzt noch stärker, schleuderte wütend Schneeflocken in Briefmarkengröße in den Vorraum, und der Durchzug schlug die Türe des Gasthauses zu, und Franta Vorlíček seufzte süß beim Ofen und träumte weiter, wie ihm die schöne Ungarin die Haare kämmte, und Herr Procházka schlief weiter seinen gesunden Schlaf, mit dem er sich für den Weg mit dem Fahrrad stärkte, wenn er etwas später durch die Wälder nach Hause fahren würde, in das Dorf, wo sein Haus stand. Der Wirt Herr Novák ging zu den Bierhähnen zurück und schenkte mir ein Bier aus, und ich stand im Geiste auf und schrie, daß Sie sich nicht schämen, daß du dich nicht schämst, solche, doch so erbärmlich zugerichteten Gäste fortzujagen, nie wieder werde ich hierherkommen, das schreib dir hinter die Ohren, du Ungeheuer, nie wieder wirst du mich hier sehen, ich komme erst dann, wenn du weg bist, weil kein anderer Mensch außer dir eine solche Schande anrichten kann, du, du, du ... ich fand im Geist keine Worte, und als mir Herr Novák das Bier hinstellte, sagte ich laut, ich zahle ... und trank schnell aus, und erhob mich und zog den Pelzmantel an und stieß die Mütze in die Stirn und der Wirt Herr Novák sagte zum Abschied, kommen Sie morgen wieder? Und ich sagte, ich komme ... Und ich lief ins Schneegestöber hinaus und jagte auf der Straße dahin, bis ich bei den Neuen Wiesen die zwei Rollstühle einholte, sie beleuchteten den vom Schnee verschütteten Weg, leuchteten mit Taschenlampen, die Pavel und Lothar im Mund hielten, und ich bot mich an, vor ihnen zu gehen und zu leuchten, und ich nahm eine Taschenlampe und leuchtete, und wollte mit Gezeter und zornigen Flüchen über den Wirt anfangen, aber die helle und freudige Stimme Lothars schrie, Pavlík, das ist gut, daß du eine Reise nach Italien planst, du mußt bei mir vorbeikommen und wir gehen dann zusammen ein Bier trinken, du wirst wählen können, am besten wäre, wenn du so im Herbst fahren würdest, wenn große Zelte aufgestellt sind, na, da wirst du etwas sehen, Pavlík, jubelte Lothar, Zelte für viertausend Menschen und Leberwürste und gebratene Schweinshaxen, die, damit sie eine knusprige Kruste bekommen, mit Bier bestrichen werden! Dorthin werde ich dich mitnehmen, oder wenn du im Sommer kommst, dann werden wir in einen Garten gehen, alle Bierschenken haben Gärten für Tausende von Menschen, zweitausend Menschen haben im Garten der Kreuzbergbrauerei Platz. Weißt du, das ist ein Dominikanerkloster, das ein erstklassiges Lagerbier braut! Dorthin werde ich dich mitnehmen, dort wird gesungen, und wenn die Gäste im Garten zu viel singen, dann kommt ein Mönch in einer weißen Kutte und trägt ein Schild, bitte, die Mönche verrichten ihre Andacht, singen Sie nicht so laut! Dorthin werde ich dich mitnehmen, Pavlík ... Und Pavel schüttelte seine Händchen und zitterte vor Glück, ja, ja, ja, das wird toll sein, darauf freue ich mich, aber wohin gehen wir morgen? Pavel überlegte im Schneesturm, ich schritt mit zusammengekniffenen Augen vor ihnen, aber hinter mir jubelte die freudige Stimme wie eine im Frühlingswetter singende Lerche ... Also am besten gehen wir zu Sojkas, Lothar, dort ist nur eine Stufe, im Pilsener Hof sind es drei ... das würde gehen, aber wir können zu den Zwei Katzen gehen, dort ist eine kleine Stufe, und was sollen wir noch diskutieren, ich werde dich, Lothar, zu den Pinkasas mitnehmen, dort gibt es keine Stufe und die Piccolos kennen mich. Also haben wir auch ein Programm! Du eines in Bayern und ich diese Woche in Prag ... wie sagtest du, Lothar, heißt das Dominikanerkloster, wo sie ein so gutes Bier brauen? Es steht in Bayern auf einem Fels, es ist Kreuzberg ... dröhnte die freudige Stimme Lothars ... Also wirst du nach Italien fahren, Pavlík? Und wirst du Bibi besuchen? fragte Lothar und Pavel jubelte, ich werde ihn besuchen, dort mache ich immer einen Halt seit der Zeit, als wir uns in Kladruby kennengelernt haben, weißt du, daß er auch eine Pflegeschwester geheiratet hat? Daß sie ihm auch in den Rollstuhl hilft? Dort werde ich, Lothar, vorbeischauen, dort in Milano, und Bibis Mama kocht immer etwas für mich, ja das ist ein Fressen, dafür braucht man allerlei Fleisch, wie die sechs Fischsorten für die Bouillabaissesuppe, also dieses Essen, das niemand so gut wie Bibis Mama kochen kann, heißt Spaghetti alla Bolognese, das wird seine Mutter für mich kochen, aber Lothar, du warst manchmal in den Ferien in Italien, ich habe zu Hause eine Landkarte, Lothar, wir kochen uns Tee mit dem Whisky aus Kentucky, und du wirst mir die schönen Plätze in Italien zeigen, die nach deinem Geschmack sind, weißt du, und auch meinem Rollstuhl angemessen, ja? Und Lothar rief, Weißt du Pavlík, wir werden uns einen italienischen Plan für deine Hochzeitsreise machen, wir werden eine schöne Strecke aussuchen, etwas abseits, kleine Städtchen, und überall Wein und Essen, eine Hochzeitsreise nicht wie die organisierten Reisen ... Und ich schritt durch den Schnee, und als mir in den Sinn kam, das Gesicht ein wenig aus der Richtung des Schneetreibens abzuwenden, sah ich in einer Seitenallee einen Wolga stehen und an ihm lehnte der verschneite Polizeichef, wie immer, erschien er auch jetzt, als ihn niemand erwartete, und wieder leuchtete er mit seiner Taschenlampe nicht etwa auf seine Orden, die hatte er unter dem Pelzmantel, sondern auf seine Stirn, auf die Pelzmütze, auf der frischer Schnee glitzerte ... und dann kam er und sagte leise: Meine Herren, Ihre Personalausweise bitte ... und mit der Taschenlampe gab er uns ein Zeichen, ihm zum Wolga zu folgen, dann nahm er einen Ausweis nach dem anderen und gab ihn zurück, wenn er ihn in der Windstille des Wolga angeschaut hatte, in den er die Personalausweise durch ein offenes Fensterchen hielt, um sie vor den Flocken zu schützen ... Danke, sagte er, und als er Lothar den Paß zurückgab, sagte er, wie kommt es, daß Sie so gut Tschechisch sprechen? Und Lothar sagte, wie? Ich habe doch tschechische Schulen besucht, ich bin ein ehemaliger tschechoslowakischer Staatsbürger, aber deutscher Nationalität, ich war doch Ringkämpfer für Chomutov ... Gut, sagte der Chef. Aber daß Sie so ausgezeichnet Tschechisch sprechen? Und Lothars leise Stimme, hinter der man den Schnee in den Baumästen rauschen hörte, sagte leise ... Aber ich wuchs nur mit Tschechen auf, ich ging mit Tschechen in die Schule, wissen Sie? Können wir jetzt gehen? Der Chef legte Lothar eine Hand auf die Schulter und sagte leise ... Das können Sie, es ist alles in Ordnung ... aber es geht mir nicht in den Kopf, daß Sie so gut Tschechisch sprechen, und der Opel auf der Parzelle gehört Ihnen? Lothar fuhr los, drehte sich um und sagte, der gehört mir, der ist mein, aber ich verkaufe ihn, verkaufe ... Und ich leuchtete auf den Weg, hinter mir hörte man die Pneus der Rollstühle die verwehte Straße durchschneiden, es war hier noch niemand durchgegangen, wir fuhren auf einer reinen Straße, die von keinem Schuh, keinem Pneu befleckt war, jeder von uns genoß das Geheimnis des ersten Beschreitens und Befahrens eines verschneiten Weges, auf dem noch niemand gefahren oder gegangen ist ... Und aus der Ferne ertönte die Stimme des Polizeichefs, Und was werden Sie sich kaufen? Lothar legte die Hände an den Mund und rief, einen weißen Mercedes, weiß wie dieser Schnee ... und wir lauschten, aber der Chef seufzte nur leise ... Und dann waren wir still, und vielleicht dachten wir an den Chef, der an den Wolga gelehnt in den fallenden Schnee schaute, wahrscheinlich genoß er im Dienst still den fallenden Schneezauber, so wie er in den Sommermonaten die durch die nächtlichen Neuen Wiesen ziehenden Düfte genoß und dem späten Mond beim Aufgehen zuschaute ... An der Weggabelung verabschiedeten wir uns, und die Freunde zitterten vor Kälte und Sehnsucht, schon daheim zu sein, in der Glut des Ofens eine riesige Autokarte Italiens auf dem Tisch auszubreiten und die weiße Hochzeitsreise einzuzeichnen und abzustecken, wohin Pavel und Olinka fahren werden, wenn Lothar den weißen Mercedes gekauft hat. Ich stand noch lange da und schaute zum weißen, beleuchteten Haus und sah, wie im Treppenhaus, das zum Kabinett, in die Mansarde hinaufführt, das Licht angezündet wurde, ich sah

Lothar aus dem Rollstuhl verschwinden, und dann sah ich ihn im Fenster des Treppenhauses, wie der Soldat bei Manövern durch das feindliche Gebiet kriecht, so schleppte er sich mit mächtigen Armen von Stufe zu Stufe, zog die machtlosen Beine hinter sich her . . . und dann kam hinter ihm Pavel auf Ellbögen . . . und ich sah, daß beide in der Mitte ausruhen mußten . . . nicht der Weg ins Gasthaus, sondern die zwölf Stufen hatten sie entkräftet, also mußten sie Kräfte schöpfen, um sich bis ins Zimmerchen hinaufzuschleppen. Und als im weißen Häuschen alle Lichter brannten, erzählten sich die zwei Freunde von der weißen Hochzeitsreise, von schönen Bierbrauereien und schönen Bierschenken, die es auf der Welt gibt, vom weißen Mercedes, während Olinka, sobald sie sich ins Bett gelegt hatte, vor Müdigkeit einschlief und von einem weißen Kleid, von Hochzeitsbuketts und von einem Hochzeitsmahl träumte.

Leli

Leli war ein Prachtkerl, vor lauter Kameraden hatte er nicht einmal Zeit zum Heiraten, ein so großer Kamerad war er. Kein Fest im Wald von Kersko ohne ihn, und da gibt es fast jeden Sonntag irgendein Fest, denn wenn einer jung ist, dann ist das an sich schon ein Fest, besonders wenn er ein Faß spendiert. Außergewöhnliche Feiern gab es sodann, wenn jemand heiratete oder wenn ein Kind geboren wurde und man in dem Häuschen und der Allee, wo die Hochzeit oder die Taufe stattfand, einen Doppelliter trank. Und so tauchte Leli jeweils als Organisator und technischer Berater auf. Mit allem wußte sich Leli zu helfen, er war so belesen, daß er eigentlich ein riesiges technisches Handlexikon war, und natürlich konnte er über alles, was sich irgendwo zugetragen und ereignet hat, einen Vortrag halten. Da wurde einmal ein Faß geliefert, und als wir es unter den alten Eichen aufstellten, wagte keiner, es anzuzapfen, weil das Bier unter Druck stehen sollte. Bis plötzlich Leli kam, und gleich, was versteht ihr nicht, was ist euch nicht klar? Und als wir sagten, wir hätten Angst, den Zapfen hineinzustoßen, sagte Leli, bringt mir eine Schürze, und dann hielt er einen Vortrag über das Prinzip des Zapfens und setzte den Zapfen auf, lockerte eine Schraube und rammte ihn mit einem mächtigen Schlag hinein, aber die Jungs, die das Bier gebracht hatten, hatten recht, der Zapfen flog wie eine Lanze in die Höhe, das Bier spritzte und schäumte wie ein Geysir in das Geäst der Eiche, und Leli stand in der Bierquelle, schön und naß, und als das Bier verspritzt war und dann in Tröpfchen von den Blättern auf die Bänkchen und auf uns fiel, verkündete Leli mit einer großen Geste, Eine technische Panne ... bringt mir ein Waschbecken und ein Handtuch, und er band die Schürze ab und wusch sich nach der technischen Panne gefaßt die Hände, und so tranken wir den Rest aus dem Faß, und dann fuhren wir mit Bierkrügen durch die Gegend und am Schluß brachten wir Kisten mit Flaschen von Lagerbier aus Popovice, saßen auf den Bänkchen und sangen und spielten bis in den Morgen hinein Gitarre. Aber immer noch tropfte von den Blättern Bier auf uns, wir waren verklebt und beklebt vom Bier und dufteten, wir waren wunderschön, weil wir jung waren. Ja, wie ich sagte, Leli war ein Prachtkerl. Ein anderes Mal schritt er wieder durch Kersko, und wenn jemand etwas nicht verstand, hielt Leli ihm einen Vortrag und beriet ihn, oder führte seinen Ratschlag selber aus. Herr Svoboda konnte seine Küche nicht ausmalen, also sagte Leli, was verstehen Sie nicht, wo hapert es? Und Herr Svoboda sagte, er hätte Angst vor dem Streichen der Küche, die er blau haben möchte, und Leli sagte, Herr Svoboda hätte Glück, daß Leli vorbeiging, und gleich bereitete er ihm in einem Kübelchen die Malfarbe zu, aber er verbesserte die Malfarbe mit einigen Tropfen Öl aus einem speziellen Fläschchen, das er mitgebracht hatte, und Herr Svoboda malte die Küche aus, aber als er sich abends ins Bett gelegt hatte, da weckte ihn um Mitternacht so ein Geräusch, das aus der Dunkelheit der Küche kam, als ob sich dort jemand süße Küßchen geben würde, und als er das Licht anmachte und zur Decke schaute, war sie von lauter platzenden Bläschen übersät, so einer Art Hahnenfüßchen, und ein ununterbrochen krachendes blaues Pulver fiel auf den Boden. Als Leli davon erfuhr, sagte er, eine technische Panne in der Malfarbe, und er ging ungebrochen weiter, und sah, wie Herr Kuchař den

Scheibenwischer an seinem Auto reparierte, also trat er ein, schaute eine Weile zu, und sagte dann, gut daß ich da bin, darf ich es reparieren? Und ehe sich Herr Kuchař versah, hielt Leli einen Vortrag über sämtliche Schräubchen, bat dann Herrn Kuchař, ihm den Schraubenzieher zu reichen, und als Leli die letzte Schraube anzog, zerbrach der Scheibenwischer und Leli sagte wissenschaftlich, das ist eine technische Panne im Material ... und er reichte Herrn Kuchař den zerbrochenen Scheibenwischer und ging weg, und Herr Kuchař fuhr am nächsten Tag auf eine Dienstreise nach Ústí und es regnete, und mit einer Hand lenkte er das Steuer und durch das offene Fensterchen wischte er an Stelle des Scheibenwischers den Regen ab, bis nach Ústí fluchte er, sakra, dieser Bastard Leli, man sollte ihm die Hände vollscheißen und ihn nicht ans Bier lassen ... Aber Leli war ein Prachtkerl.

Daheim im Häuschen hatte Leli eine wunderschöne Werkstatt und in der Werkstatt hatte er lange Kleiderrechen, und auf ihnen hingen verschiedene Kleider und Overalls, die Leli je nachdem anzog, was er gerade machte oder wohin er gehen wollte. Wenn er etwas mit der Eisensäge sägte, dann zog er einen Overall an und die Mütze mit einem großen Schild, er arbeitete konzentriert, und wehe, wenn dann jemand kam. Ich habe einmal seinen Papa überredet, also ging Papa hin und sagte, Leli, dein Kamerad ist hier, Leli sägte weiter an der Kante des Eisenblechs, das im Schraubstock eingeklemmt war und sagte nur, wie oft habe ich dir schon, Papa, gesagt, daß ich, wenn ich arbeite, nicht gestört werden will? Und wenn Leli mit dem Fahrrad ausfuhr, dann zog er wieder eine Rennfahrerhose an, füllte die Flaschen mit Milch und Mineralwasser und fuhr los, als ob er das Friedensrennen fahren würde. Wenn er Tiere im Wald oder auf den Feldern beobachten ging, dann zog er ein grünes Jägerkleid an und setzte das Jägerhütchen auf, auf die Brust hängte er einen Feldstecher, und so sah jeder schon von weitem, daß Leli auf die Pirsch ging, daß wir abends hören würden, was er alles gesehen hatte, so daß wir, seine Kameraden, alles von Leli wußten, Leli war einfach unsere Universität. Wenn Leli von jemandem zu einer Bootsfahrt auf der Elbe eingeladen wurde, dann kam Leli in einem blauen Marineanzug wie ein Korvettenkapitän und dazu hatte er auch die Mütze von seinem Kameraden auf, der auf Überseeschiffen durch die Welt fuhr, immer ein halbes Jahr auf dem Meer war und ein halbes Jahr bei uns, wir nennen ihn Matrose, so saß Leli mit der Mütze des Chefingenieurs in einem gewöhnlichen Bötchen, hatte ein Fernrohr bei sich und beobachtete, wer uns entgegenkam und an wem unsere kleine Fähre vorbeifuhr, und dabei hielt er einen Vortrag über alle Typen von See-, Handels- und Kriegsschiffen. Die Kriegsschiffe waren Lelis Hobby, stundenlang konnte er erzählen und nicht nur die Typen, sondern auch die Pläne großer Seeschlachten, von der Schlacht bei Trafalgar bis zur Schlacht bei Narvik, in den Sand malen. Als im Sommer der Wald brannte, eilten alle zum Feuer, um zu löschen, und wir warteten ungeduldig auf Leli. Und während die Feuerwehr eintraf und sogar die sogenannte Wasserkanone in Betrieb setzte, schritt uns Leli in einem Asbestanzug entgegen und auf der Schulter trug er einen kleinen Spaten und mit erhobenem Kopf genoß er die Verwunderung und versammelte uns sofort und hielt einen Vortrag, daß gegen einen Waldbrand im Moos keine Wasserkanone, kein Spritzen helfe, und wenn, dann nur für den Anfang, das Beste sei ein kleiner Spaten, mit dem man die ganze Brandstätte umgraben müsse, weil Leli solches schon lange kenne und bereits vier Brände wie diesen überlebt habe, und dann grub er mit dem kleinen Spaten das Moos um und zeigte, hier, sehen Sie, hier glimmt es, und in drei Tagen entzündet es sich hier von neuem, weil glimmendes Moos und schwelender Torf mordsgefährlich sind ... Und so kam es, daß die Feuerwehrwache Leli von der Brandstätte fortjagte, weil er sich lustig machen und hetzen und wie ein Hippie provozieren würde, und wie der kleine Bär Pooh kehrte Leli im Asbestanzug nach Hause zurück, drehte sich um und zeigte in Richtung des Qualms und Rauchs, daß es sich am Donnerstag wieder entzünden würde ... und so kam es auch, nach vier Tagen entzündete sich, wie Leli es vorausgesagt hatte, der Wald an der gleichen Stelle, vom glimmenden Moos und Torf ... Ja, Leli war eben ein Prachtkerl, der nicht nur an uns und für uns dachte, sondern auch durch uns und mit uns lebte, und wir achteten ihn deswegen. Seine große Leidenschaft waren Autorennen und dabei verfolgte er nicht nur jedes große Rennen der Formel I, er kannte aus allen ausländischen Zeitschriften alle Details aus dem Leben der großen Berühmtheiten, er kannte auch ihr Familienleben, und wenn der Augenblick kam und wir beiläufig darüber quatschten, was wir in der Zeitung Neues über die große Formel gelesen hatten, ergriff Leli das Wort und erzählte uns mit einer leisen Stimme alle Details, von jedem dieser Rennfahrer skizzierte er uns nicht nur sein Porträt, sondern sprach auch das aus, woran so ein Rennfahrer denkt. Leli hatte auch ein Auto, aber einen Trabant, und wenn er fuhr, dann immer in einem sportlichen Automobiloverall, und wenn der Trabant startbereit war, zog er langsam seine Handschuhe an, solche, wie sie auch Manfred von Brauchitsch getragen hat, Handschuhe mit einem kleinen Riemen auf dem Handgelenk und mit großen Löchlein in Form von Mandeln und Tränen, und wenn er fuhr, dann nur mit Vollgas, er konnte rasen und es kam auf das gleiche hinaus, ob Fittipaldi mit Vollgas fuhr oder Leli, nur daß Leli dadurch, daß er an die Kameraden dachte, einige Male einen Unfall verursachte. Einmal fuhr er zu einem Schlachtfest, die Bauern luden ihn oft in die Dörfer ein, weil sie auch dort froh waren, wenn Leli einen schönen Vortrag über das Schweineschlachten hielt, bei dem ein Schwein, das ihn verstehen könnte, es für eine Ehre halten müßte, bald geschlachtet zu werden. Und so geschah es einmal, daß Leli eine Schnur hielt, nur um zu zeigen, wie man das Schwein in einem bestimmten Augenblick richtig anreißen muß, aber der Metzger, der auf das Schwein schießen sollte, schoß dem Schwein aus der Schlachtpistole in das weiche Fleisch und plötzlich flog Leli, als er an der Schnur zog, rücklings direkt in den Mist und seine weiße Schürze versank in der Jauche. Und alle dachten erschrocken, der Metzger habe anstelle des Schweins Leli erschossen, aber der Metzger hatte nur die Schnur zerschossen, an welcher Leli zog, und Leli erklärte seinen Sturz, auch voll Jauche war er fähig, die Schnur zu nehmen und zu zeigen, wo sie zerschossen war, ihm sei nichts passiert, und erst dann erschossen sie das Schwein in einer Ecke des Hofs. Aber Leli hatte schon gebadet und frische Kleider angezogen, und dann unterhielt er sie alle und es war ein Riesengelächter und eine Freude, aber Leli lachte wenig, eigentlich lachte er fast nie, meistens lag so ein erstauntes Lächeln in seinem Gesicht . . . und unmittelbar über diesem Lächeln strahlten seine Kinderaugen, erstaunt über eine neue Erkenntnis, über das allgemeine Staunen über neue Informationen, die er soeben weitergegeben hat. Und wenn er bei einem Schlachtfest war, dann freuten wir uns alle und warteten im Gasthaus, weil Leli immer eine Kanne mit Suppe und Leberwürsten brachte, und immer nur alles für seine Kameraden, für uns. Und so warteten wir einmal, aber Leli kam nicht, und dann kam jemand und sagte, Leli ist gleich beim Wald in den Straßengraben gefahren, und so liefen wir über eine Abkürzung an der Quelle, am Tennisplatz und am Waldweiher vorbei und schauten umher, sahen aber niemanden und plötzlich sahen wir, daß Leli direkt in den Straßengraben gefahren und dort mit dem Auto umgekippt war. Als wir bei ihm ankamen, sahen wir, daß Leli immer noch im Auto war, und so drehten wir den Trabant um, und es flossen Suppe und Graupen aus dem Auto, und als wir das Türchen aufmachten, fielen Leberwürste heraus und wir sagten, Leli, was ist? Und Leli kämmte mit einem kleinen Kamm die Graupen und das geronnene Blut und den Majoran aus seinen Haaren und sagte, daß sich in der Kurve die Kanne zu neigen begonnen hatte, sie drohte umzukippen, aber ich erinnerte mich an die wartenden Kameraden und so wollte ich die Kanne halten, doch in dem Augenblick fuhr mir der Einsitzer in den Straßengraben, und so kippte nicht nur die Kanne, sondern auch das Auto um. Und dann umringten wir den Trabant und sagten hau ruck ... und hoben das Auto wie ein Spielzeug und stellten es mit Leli auf die Straße. Leli stieg aus und sagte, vortäuschen, daß der Trabant schwerer ist, als er in Wirklichkeit ist, das habt ihr gekonnt!, und er verteilte Leberwürste und kleine Blutwürste und fügte hinzu, die Suppe ist leider in der

Karosserie . . . nach einer Woche sagte Leli, wißt ihr, daß ich mir noch drei Tage später eine Graupe aus den Haaren gekämmt habe? Ja, wie ich sagte, Leli war ein Prachtkerl und dachte nur an die Kameraden und wir dachten an ihn, aber Leli dachte mehr an uns als wir an ihn, das sehen wir heute, das muß heute jeder von uns zugeben. Als der Frühling kam, konnten wir wetten, daß Leli jedem ein Körbchen frischer Eier bringen werde, wieder von den Bauern, denen er sie abgekauft hat, er selber konnte Eier nicht einmal sehen, aber für uns tat er alles, für seine Kameraden, vor allem für solche, die Kinder hatten. Er kassierte zwar von uns ein, aber wer wäre schon so ein Kamerad, daß er aus seinem Trabant einen fahrenden Laden mit Butter und Eiern machen würde? Und einmal warteten wir auch auf Leli, er war zweihundertfünfzig Eier für uns holen gefahren, frische Eier für die Kinder, aber er kam nicht zurück und plötzlich kam die Nachricht, daß Leli im gleichen Straßengraben liege und wir ihn dort befreien sollten, und so liefen wir dorthin und es war genauso wie mit der Suppe vom Schlachtfest in der Riesenkanne. Nur daß Leli diesmal, bevor er in den Straßengraben fuhr, ein bißchen bremste, sich einige Male umdrehte und sich erst dann in den Straßengraben einpaßte. Leli sah man gar nicht, der ganze Trabant war mit Eiern ausgepicht, wie der riesige Zementmischer, der sich auf dem Lastwagen immer dreht, damit der flüssige Zement fit bleibt, und als wir das Türchen öffneten, saß Leli immer noch da, hielt das Lenkrad und war ganz mit Eiern umhüllt, wie wenn Sie ein Wienerschnitzel in zerquirlte Eier eintauchen, bevor Sie es in die Semmelbrösel legen . . . aber Leli bat nur, daß wir ihm die Augen auswischen, er sagte, daß er nichts sieht, und dann sagte Leli, merkt euch, aus den Fehlern lernt der Mensch, ich Ochs, der Karton mit Eiern rutschte mir vom Sitz und statt darauf zu pfeifen, wollte ich für die Kameraden zwanzig Eier retten und so passierte es, daß ich alle zweihundert zerschlagen habe . . . und dann reinigten wir einen ganzen Tag den Trabant, mit Drähtchen zogen wir die dünnen trocknenden Eigelbfäden aus den Ritzen, und die Frühlingssonne brannte uns, und von den Eiern kam so ein Gestank, daß wir von neuem Benzin und Putzmittel nahmen und wieder putzten und säuberten wir alles, aber noch zwei Monate später sagte Leli, daß es im Trabant immer noch nach Schwefel rieche, wie das Mineralwasser aus Poděbrady, so daß er außer Eingeweihten niemanden im Auto mitnehmen könne, weil jeder Fremde denken würde, daß Leli die Hose vollgeschissen hat. Ja, so ein Prachtkerl war Leli, alles nur für die Freunde, an jeden von uns dachte er, während wir uns mehr um unsere Mädchen, um unsere Buchteln und die Kinder kümmerten, aber er dachte nur an uns. Und das war auch Lelis Element, sobald in Hradišt'ko oder in Velenka die Kirmes war, brachte er den Kindern jedesmal ein ganzes Holztablett mit Süßigkeiten, und als er es einmal brachte, drohten die Törtchen und Kremrollen vom Tablett zu fallen und Leli hatte Angst, daß ihm die Bröselchen den kleinen Teppich beschmutzen würden. Er trug immer das ganze Tablett auf die Terrasse des Gasthauses, er warf es so schön wie ein Zuckerbäcker in die Höhe und trug es wie die Kellner ein Tablett mit Speisen tragen, aber diesmal fuhr er wieder in den Straßengraben und wieder kam er heil davon, nur daß das ganze Tablett mit dem Auto auf die Seite gekippt und Leli wie in einem amerikanischen Slapstick-Film mit dem Gesicht in die Kremrollen und

Kremschnitten und Törtchen gestürzt war, fünfzig Stück Zuckerbackwerk, lauter Sahne und Eierschaum, er fiel mit dem Gesicht hinein, obwohl er keine Süßigkeiten aß, er hatte sie nicht gern, und so lag er jetzt ganz drin ... Ja, Leli war ein Prachtfreund, der wie irgendein Vormund einzig und allein an die Kameraden und ihre Familien dachte, und wir schätzten es nicht genug ... Wenn Silvester kam, veranstaltete Leli jedesmal bei einem von uns ein Festmahl. Vierzehn Tage vorher trafen wir uns im Forsthaus, Leli sagte geheimnisvoll zum Wirt, Hör mal, du Mordskerl, sechs Becher für unseren Tisch und alles auf meine Rechnung, und so eröffnete er jedesmal die Sitzung ... Meine Herren, Prachtjungs, ich eröffne die Sitzung des Komitees für einen würdevollen Abschied vom alten Jahr und eine würdevolle Begrüßung des neuen Jahrs ... also das Festmahl sollte nach meiner Meinung so aussehen ... vier Kilo Zigeunerbraten, ein großer gekochter Schinken ... und so zählte er die Speisen auf, und wir stimmten zu oder machten Verbesserungsvorschläge und am Schluß sagte Leli, und das war ganz sein Element, er würde acht Liter Kuttelflecksuppe bringen, die er selber gekocht hatte ... in den Pausen ging Leli immer zum Wirt und sagte jedesmal mit gedämpfter Stimme, Mordskerl, sechs große Becher an unseren Tisch, und alles auf meine Rechnung ... So großzügig war Leli. Und so nahte einmal Silvester und Leli hatte seine lange weiße Küchenschürze mit den blau und rot gestickten Initialen auf der Brust, und vom Morgen an bereitete er den Zigeunerbraten vor und die Jungs tranken schon, es war ein Faß Bier da und Flaschen und so, aber Leli, wie immer der richtige Metzger, schlürfte Milchkaffee und aß Marmorkuchen, erst wenn alles beisammen war, dann würde auch er einen

Becher trinken, aber erst nachher, weil der Zigeunerbraten nach seinem Vortrag gar nicht so einfach zuzubereiten war, er kannte den Koch aus dem Grandhotel Tatranská Lomnica, und das können Sie sich vorstellen, beendete Leli seinen Vortrag, ich habe ihm scharf auf die Finger geschaut und darum mache ich es so gewissenhaft wie er, das Wichtigste sind allerdings die Vorbereitungen ... Und als sich der Zigeunerbraten auf dem Rost drehte, ertrug Leli nicht, daß er auf der glühenden Kohle gebraten wurde, also mußten wir draußen ein Feuer aus Holzscheiten machen und Leli holte mit einer Zange die glühenden Stücke der brennenden Holzscheite. Als der Zigeunerbraten schon langsam briet, band Leli die Schürze ab und sagte, daß er seine berühmte Kuttelflecksuppe holen ginge, die, welche jeden belebte und stärkte, so gut konnte Leli die Kuttelflecksuppe machen und niemand reichte darin an ihn heran, weil Leli ein Geheimnis hatte, seine Gewürze waren alle vom Heiligen Salvator, und die hatte kaum einer, und Leli hatte sie darum, weil er mit dem Drogisten befreundet war. Und da erinnerte sich Leli, als er sich in den Trabant setzte, plötzlich an die Kanne mit der Leberwurstsuppe und an die Kartons mit Eiern und an das Tablett mit Süßigkeiten und er nahm lieber das Motorrad, weil es sicherer sein würde, also fuhr er auf dem Motorrad nach Hause, zog den Smoking an, versorgte die Getränke im Rucksack und steckte den gewaltigen Topf mit der Kuttelflecksuppe in eine riesige Tasche, und zur Sicherheit stellte er die Flasche vor sich hin und fuhr so voll Begeisterung los, um uns die Suppe zu bringen, die er, sobald sie fertig war, so lange umrührte, bis sie kalt war, weil es, wie er uns beibrachte, so sein müsse, denn wenn man sie sich selbst überließe, würde das Fett aufquellen und man könnte die Suppe am Morgen fortwerfen ... Und als Leli, der Prachtkerl, zurückfuhr, fuhr er langsam, um die Suppe unverschüttet zu bringen, aber da lief plötzlich ein kleines Reh über die Straße, und Leli bog, um es nicht anzufahren, aber auch um die Suppe nicht zu verschütten, zur Seite ab und kam auf dem Schnee ins Schleudern und Leli, der, welcher auf dem Motorrad aus Spaß alle Faxen und Stürze vorführen konnte, bis wir zitterten, daß er mit einem gebrochenen Arm oder überhaupt nicht mehr aus dem Sand aufstehen wird, also Leli, um die Kuttelflecksuppe nicht zu verschütten, hatte Angst, das sich drehende Motorrad von sich wegzustoßen, weil er immer an die Suppe dachte, die er mit beiden Händen so hielt, daß sie nicht verschüttet wurde, Leli stürzte auf den Rücken und streifte mit dem Hinterkopf einen Markstein, aber er hatte noch Zeit den Topf mit der Suppe aufzustellen ... Als Leli nicht kam, gingen wir ihm entgegen und fanden ihn, wie er auf dem Rücken lag und zu den Sternen schaute, so wie der ganz junge Bernd Rosemeyer starb, als er bei Darmstadt in eine Säule hineingefahren war. Als Bob Lelis Kopf hob, füllte sich seine Hand mit Blut und Leli sagte ... Vorsicht, daß ihr die Kanne nicht umstoßt ... und nach einer Stunde starb er. Wie ich sagte, Leli war ein Prachtkerl. Wer wird uns jetzt unterhalten?

So wie ich, war der Wirt Herr Novák ein seltsamer Mensch. An einem Tag begrüßte er die Gäste, lächelte, reichte allen die Hand, die Gäste brachten ihm kleine Geschenke für seine Frau, Blumen, ein Körbchen Kuhpilze, im Winter Leberwürste und Blutsuppe, ein anderes Mal ein Stück Selchfleisch, aber das alles nur dafür, daß er gutes Bier ausschenkte, und wenn er in guter Laune war, bat er sich einen Hasen oder einen Rehbock aus und veranstaltete dann ein Festessen, und überhaupt, wenn er glückliche Tage hatte, dann war er ein Wirt, wie man ihn suchen muß. Wenn seine Frau Knödel kochte, mußten in der Küche die Fenster geschlossen bleiben, damit sich die Knödel nicht verkühlten, wenn ihm vom Schlachthof Fleisch für die ganze Woche geliefert wurde, legte er alle Fleischstücke auf ein großes Küchenbrett und betrachtete sie mit Wohlgefallen, ergötzte sich an dem Fleisch und schätzte schon ab, wofür er welches Fleischstück brauchen würde, und wenn er in außerordentlich guter Laune war, dann schnitt er Schnitzel von der Schweinskeule ab und nach einer Weile schon servierte er sie in Butter gebraten und mit Zitronensaft beträufelt. Wenn er seine guten Tage hatte, dann servierte er am Abend Kartoffelpuffer und als Wienerschnitzel zubereitetes Stiergeschröt mit Tartarsauce. In der schönen Zeit saß er bei uns Gästen, legte uns den Arm um die Schulter und schaute uns in die Augen, vereinbarte Besuche und seine schöne Frau zog am Abend ein Schürzchen an und setzte sich zu uns, und wir waren alle glücklich, daß wir endlich einen richtigen Wirt hatten. Sie hatten zwei Kinder, Vrát'a, einen fünfjährigen Jungen, der sich den Gästen gern auf den

Schoß setzte und sie wie ein verlaufenes Kätzchen umschmeichelte, und das zehnjährige, pausbäckige Töchterchen Mílka, die bei ihrem rundlichen Körper die ausschließliche Sehnsucht hatte, Tänzerin zu werden, und so tanzte sie immer im Garten oder im Lokal mit einem Schleier oder auch ohne, wenn man sich dem Restaurant Forsthaus näherte, sah man schon von weitem die rundliche Tänzerin, die ganz allein für sich tanzte, ganz versenkt in die tapsige Gymnastik, in das plumpe Ballett. Aber wenn Weihnachten nahte, dann war es in unserem Restaurant erst so richtig schön! Franta Vorlíčků brachte ein Fichtenbäumchen für die Küche und sägte dann eine Föhre für das Lokal ab, vor dem Heiligen Abend schmückten alle im Gasthaus das Weihnachtsbäumchen, und dazu servierte Herr Novák Gläschen mit Cognac und Weichselbranntwein und sein fabelhaftes Bier, die Frau trug Weihnachtskonfekt auf und beinahe jeder Gast revanchierte sich damit, daß er von zu Hause ein Päckchen Süßigkeiten mitbrachte, und so wollte vor der Polizeistunde niemand das Lokal verlassen. Aber das war noch zu wenig, Herr Novák sagte, wir alle wären seine Gäste und schloß ab und die glücklichen Tage setzten sich hinter geschlossenen Türen fort. Nach dem Heiligen Abend, am ersten Weihnachtsfeiertag und am Stephanstag, saß jeder Gast an seinem Platz im Lokal zwischen Biergläsern, Vrát'a legte die Schienen der Modelleisenbahn aus und auf den zusammengerückten Tischen fuhr dann rasselnd ein kleiner Eisenbahnzug, das Weihnachtsbäumchen leuchtete, und Vrát'a und Mílka wechselten ständig den Schoß, auf dem sie saßen, damit alle Gäste darankamen, sie schmiegten sich den Gästen unters Kinn, und uns war himmlisch zumute, weil wir schon lange keinen solchen

Gastwirt gehabt hatten. Ich aber mochte Herrn Novák besonders darum so gut leiden, weil er seine Katzen gern hatte, Lucinka und Pavlína, die zwei mohrengrauen Katzen, die immer hinter ihm herliefen, sie machten alles mit Herrn Novák zusammen, wenn er auf dem Waldweg in den Konsumladen einkaufen ging, liefen Lucinka und Pavlína mit ihm, nach dem Mittagessen, als es von zwei Uhr an geschlossen war, gingen die Katzen mit Herrn Novák Pilze suchen, wenn er in den Keller ein Faß anzapfen ging, gingen Lucinka und Pavlínka auch mit ihm, wenn Herr Novák schlafen ging, schliefen die Katzen auch mit ihm, und wenn er Gemüse und Fleisch zerschnitt und zubereitete und in der Küche kochte, saßen die Katzen auf dem Fenstersims und schauten Herrn Novák verliebt an, und Herr Novák wußte es, trat jeden Augenblick mit dem Messer in der Hand, die weiße Schürze umgebunden, zum Fenster, senkte den Kopf und stieß mit ihm die Katzen an, so wie er am Abend mit den Gästen mit einem Gläschen Likör auf ihre Gesundheit anstieß. Und die Katzen, Lucinka und Pavlínka, begannen wie Herrn Nováks Kinder unter den Gästen zu spazieren und so wie Vrát'a und Míla saßen sie gern so lange auf dem Schoß unter der Hand eines Gasts, bis er sich erhob oder sie rollten sich, wenn sie vom Streicheln der Menschen genug hatten, von selbst hinter dem Ofen der Marke Fil'akovo zusammen und schliefen süß, seufzten, streckten sich und zeigten ihre grau gestreiften roten Bäuchlein, und als ob das ganze Wirtshaus ihre Mutter sei, federten sie mit den Vorderpfoten, als träten sie die Pedale eines Fahrrads, in die Luft, aus der sie süße Milch in Gestalt des Zigarettenrauchs und des in die Stille des Wirtshauses sinkenden Gesprächs saugten, des Wirtshauses, durch welches ein

Engel geflogen war, sowie Geschrei und Schimpfworte und Fluchen, manchmal ein verwirrtes Lallen und Gesang hallten. Aber Lucinka und Pavlína wußten, dies war alles nicht feindselig, sondern gehörte zur Musik des Gasthauses, in dem sie zu Hause waren. So spazierten Lucinka und Pavlína zwischen den Stuhlbeinen, miauten, und die Gäste machten ihnen die Türe auf und die Katzen gingen in die schöne Waldluft hinaus, saßen auf der kleinen Terrassenmauer oder sprangen auf einen roten Stuhl und schauten in die Sonne oder in den Regen, und jeden, der ins Wirtshaus kam, begrüßten sie dadurch, daß sie sich an ihm rieben oder ihn mit einem reinen Blick liebkosten und fast jeder Gast streichelte sie oder sagte ihnen etwas und so wurden Lucinka und Pavlína lebendes Inventar der Wirtschaft Forsthaus. Sie gingen nach Belieben ins Lokal oder wieder hinaus, um herumzutoben, oder sie tummelten sich im Eichenwald. Aber Herr Novák hatte auch Tage, wo alles das umgekehrte Vorzeichen erhielt, plötzlich verzogen sich seine Ohren wie die eines bissigen Pferdes nach hinten, er schenkte kein Bier aus oder wenn, dann nur mit Bemerkungen, er servierte kein Essen oder wenn, dann nur kaltes, an diesen mageren und gallenbitteren Tagen setzte er sich nicht mehr zu den Gästen, sondern schaute die Gäste, angelehnt an den Schanktisch, feindselig an und begann plötzlich alle Gäste, die er sonst duzte, mit Sie anzusprechen und plötzlich, wenn wir an diesen Tagen auf der Betonstraße vor der Türe des Restaurants zusammenkamen, hingen dort an der anderen Seite Schilder: Geschlossen, Putztag, obwohl uns Herr Novák am Tag zuvor, als er noch guter Laune war, geduzt und bei uns gesessen hatte, heute schloß er ab und sein Gesicht lachte schrecklich über der Tafel, schnitt monströse Fratzen und verschwand dann hinter dem Vorhang. Und während wir vor dem Gasthaus standen, kamen weitere Gäste an, und so schimpften wir alle zusammen, schrien und riefen und fluchten, warum er es uns denn nicht gestern gesagt hätte . . . Oder ein anderer von diesen Tagen. Als wir eintrafen, freuten wir uns, weil wir uns von allen Straßen und Alleen zusammenkommen sahen, und wir waren sicher, daß uns ein glühender Ofen erwartete, weil das Gasthaus von allen Lichtern wie ein Leuchtturm erleuchtet war, wie ein Kronleuchter . . . doch nachdem wir alle die Klinke niedergedrückt hatten, einer nach dem anderen, stellten wir fest, daß geschlossen war und als wir klopften, hörte es niemand, also schauten wir durch das Fensterchen zum Ausschank, durch das an Sommertagen Bier in den Garten gereicht wird, hinein, und wir sahen, daß die Tische im Lokal zusammengerückt und auf den Tischen weiße Tischtücher waren, und Herr Novák legte verträumt Löffel und Gabeln neben die Teller, und die Teller waren mit kleinen Asparaguszweigen verbunden. Und als wir riefen, Lád'a, laß uns doch herein, wir setzen uns mäuschenstill zum Ofen, wir duzten ihn, weil Herr Novák uns noch gestern auch geduzt hatte, da trat Herr Novák ganz verzaubert zur Seite und schaute von der Türe aus mit Wonne auf die Vorbereitungen für das Hochzeitsmahl vom nächsten Tag, das irgend jemand bestellt hatte, der Ofen lachte die glühende Kohle an, aber draußen war es kalt. Und dann bequemte sich Herr Novák, hob das Fensterchen und sagte in den Nieselregen hinaus, was wünschen Sie? Heute ist nur der Garten offen, sehen Sie es denn nicht! er ereiferte sich, und so blieben wir draußen, saßen im Nieselregen auf den verlassenen Gartenstühlen, tranken Bier und konnten uns vom Umschlagen der Stimmungswitterung unseres Wirts nicht erholen, der weiter mit Wonne Glas neben Glas und Gläschen neben Gläschen in der Reihenfolge aufstellte, in der morgen getrunken werden würde ... Und wir hielten die leeren Gläser hoch und riefen, aber Herr Novák verdrehte weiter seinen Kopf, um das Festmahl von morgen aus allen Winkeln auszukosten. Und als er sich endlich herbeiließ, schenkte er uns mit einer ungeheuren Unlust, mit Ekel Bier ein, und als ihn Herr Ingenieur Hubka persönlich bat, ihm noch ein Bier als Reserve einzuschenken, kam Herr Novák zum Fensterchen, entsicherte den Riegel und zog das Fensterchen so heftig hinunter, daß Herr Hubka mit knapper Not die Hände wegzog, weil er sonst die Finger verloren hätte. Und da zitterte auch ich vor Wut, auch ich schwor, wie alle anderen Gäste, nie wieder in dieses Gasthaus zu gehen, ich sei zum letzten Mal hier, auch ich ersann, was alles ich Herrn Novák antun könnte. Aber als ich durch das Fenster ins strahlende Restaurant blickte, und das mußte jeder zugeben, wenn Herr Novák in guter Laune war, war er der liebste Mensch und Wirt der Welt, sah ich, daß Herr Novák die Hochzeitstafel wirklich mit viel Geschmack hergerichtet hatte, und ich sah, daß Lucinka und Pavlína auf einem Stuhl saßen und die Köpfe dorthin drehten, wohin Herr Novák ging, und Herr Novák konnte sich nicht enthalten, vielleicht um uns zu zeigen, daß ihm die Katzen lieber waren, als wir Gäste da draußen, sich jeden Augenblick hinabzubeugen, und Lucinka und Pavlína gaben ihm abwechselnd ein Küßchen auf die Stirn, und Herr Novák ging wieder neue Blumen und Alpenveilchen holen, und wieder wand er die Girlanden aus Asparaguszweiglein zu einem noch malerischeren riesigen Tischtuch, welches alle

Tische bedeckte. Und ich war gerührt, wie Herr Novák Lucinka und Pavlína abwechselnd aufhob und die, als ob sie darauf warteten, sich in seine Arme schwangen, und so hielt er die geliebten Kätzchen auf dem Arm ... Und wir vergaßen unsere Würde als Gäste, wir alle erhoben von der anderen Seite des Restaurants die Biergläser in den Nieselregen und zeigten, indem wir ans Fensterchen klopften, er solle sich erbarmen, Herr Novák solle so liebenswürdig sein, sich an die schönen Tage zu erinnern, an die Schweinefeste, an die gemeinsamen Spaziergänge an freien Tagen zur Strammen Toni und zur gigantischen Fichte ... Aber Herr Novák drehte den Schalterknopf und löschte das Licht, nachdem er sich an den bittenden Gesichtern ergötzt hatte, in die wir möglichst viele Hundeblicke und möglichst viel Verlangen legten, möglichst viel Demut und Begehren. Aber wenn Herrn Novák der Jammer, die Wehmut und der Groll überfielen, dann verleideten ihm alle Gäste so sehr, daß er sie nicht nur nicht sehen, sondern auch möglichst tief demütigen wollte, und jedesmal suchte sich Herr Novák einen Tag aus, an dem es keiner der Gäste erwartete ... Aber ich hatte Herrn Novák trotzdem gern, weil auch ich so eine Natur habe, auch so wechselhaft bin, an einem Tag könnte ich die ganze Menschheit umarmen und an anderen Tagen denke ich mir für die Menschheit die schlimmstmögliche Katastrophe aus. Ich hatte Herrn Novák auch darum gern, weil er Lucinka und Pavlína liebte, und als er jetzt das Licht löschte und uns draußen im Nieselregen sitzen ließ und daran dachte, wie wir uns ausmalen, auf welche schreckliche Art wir ihn um die Ecke bringen wollten, wußte ich, daß Herr Novák schon in seinem Zimmerchen war, auf dem Rücken lag, lauschte und auf seiner Brust lagen Lucinka und Pavlína, er streichelte und liebte sie. Wie gesagt, gleich mir war Herr Novák und ist wahrscheinlich noch immer ein seltsamer Mensch. Und so kam es, daß die Zahl der finsteren Tage größer wurde, und wenn Herrn Nováks Gesicht aufleuchtete und er uns zulächelte, vergaßen wir sofort alle Streiche, die uns Herr Novák gespielt hatte, weil wir froh waren, daß wir uns im Wirtshaus treffen konnten, weil jeder richtige Mann in den Wäldern von Kersko seit sechs Uhr abends an nichts anderes als an den schönen Weg ins Wirtshaus und an das Bier denkt, er denkt an die schönen Reden und Gespräche und Streitereien und Dummheiten, die von den täglichen Sorgen ablenken. Und dann kam der Tag, an dem Herr Novák das sagte, was wir schon lange wußten, er ziehe übermorgen aus und lade uns am letzten Tag ins Wirtshaus ein, er werde morgen ein Festmahl für uns veranstalten und wir würden als Freunde auseinandergehen. Und an dem Abend, als wir zu Hause nur wenig aßen, da wir uns auf das letzte Abendessen freuten und wir die Wirtschaft betraten, tat Herr Novák fremd, der Ofen brannte nicht, die Stühle waren auf den Tischen und zeigten mit den Beinen nach oben, und Herr und Frau Novák ordneten ihre Sachen in Schachteln. Herr Novák schenkte das letzte Bier aus, so ein Bier ohne Schaum, wie mein Urin, den ich in einem Bierglas zum Wunderarzt brachte, damit er die Krankheit daraus erriet. Und wieder war es ein trauriger Anblick, wie wir stumm und enttäuscht und betrogen in den Mänteln dasaßen und starr zur Türe schauten, wie jedes weitere Gesicht eines Ankommenden vor Freude und Hoffnung strahlte, und wie dann jeder, der eintrat, betroffen stehen blieb, dann bestürzt und gelähmt war. Am Schluß setzten wir uns alle und Herr Novák brachte stillschweigend das Bier ohne Schaum ... Und als Herr Franz bemerkte, daß das Bier keine Haube hätte, drehten wir uns alle erschrocken zu ihm um, wie er nur so mutig sein konnte ... Und Herr Novák ging in die Küche, brachte den Quirl und zerquirlte das Bier genauso wie das Mehl in der Lungenbratensauce. Dann legte er den Quirl auf den Aschenbecher, die Schaumbläschen platzten leise und es war still, und wir wurden durch die Schande alle so schwach, daß keiner fähig war aufzustehen und wegzugehen, weil für den Biertrinker die größte Beleidigung schales, abgestandenes Bier ist ... Und Lucinka und Pavlína wußten ebenso wie wir, was sie erwartete, sie gingen zwischen den Schachteln und Kisten umher und halfen Küchengeräte einpacken, so eine ganze Garnitur von Messern, mit welchen Herr Novák an schönen Tagen Fleisch zerschnitt und die Speisen von der Karte zubereitete, die mindestens sechs verschiedene Gerichte umfaßte, während Herr Novák an mageren Tagen nicht einmal Salami hatte, nicht einmal ein mit Schmalz bestrichenes Brot. Und da geschah es, daß sich Herr Novák mit gespreizten Beinen hinstellte, die Hände in die Seiten stemmte und sich anschickte, uns etwas Fürchterliches zu sagen, etwas, das er gegen uns hatte und hat, und das er für immer, auch in ein anderes Wirtshaus, mit sich nehmen würde, weil es nicht Haß gegen uns und unsere Namen war, sondern Haß gegen Gäste als solche. Er streckte einen Finger aus und wir schauten ihn mit großen Augen an, einige erhoben sich vor Schrecken und aller Blicke trafen wie die Speichen im Zentrum eines Fahrrads auf dem Finger von Herrn Novák zusammen, aber Herr Novák versteckte den Finger in der Faust und machte eine abwehrende Handbewegung, als wäre es überflüssig, uns etwas zum Abschied zu sagen, mit der Hand verdammte er uns wie Christus auf den Bildern des Jüngsten Gerichts die Abtrünnigen verdammt, die, die er also in ewige Verdammnis schickt ... Und der kleine Sohn von Herrn Novák, Vrát'a, öffnete die Türe und lief uns arglos und kindlich entgegen und schmiegte sich an uns und durch die Türe tänzelte Míla, das Töchterchen, herein, sie trug eine Brille und tanzte mit einem Schleier, sie warf aber nur die Arme hoch, weil sie sich nicht emporschwingen konnte, sie tanzte mit solcher Hingabe, daß sie die Spannung noch steigerte. Sie tanzte zwischen den Tischen wie zum Abschied, mit strahlenden Augen und geröteten Wangen tanzte sie ein letztes Mal vor, und tänzelte in die Dunkelheit hinaus und der kleine Vrát'a knallte hinter ihr die Türe mit so einer Kraft zu, daß alle Glasscheiben klirrten. So gingen wir einer nach dem anderen vom Abschiedsfestmahl auf dem schnellsten Weg nach Hause, gedemütigt, elend, hungrig, um zu Hause mit einem Stück Brot die Reste vom Abendessen aus den Schüsseln zu kratzen oder Brot mit Schmalz zu bestreichen, weil wir vor diesem letzten Abendessen den Braten zu Hause zurückgewiesen hatten.

Als Herr Novák zwei Tage später auszog, als die letzten Schachteln und Kisten auf dem Lastwagen waren, brachte Herr Novák einen kleinen Korb mit sechs Kätzchen aus der Stube. Lucinka und Pavlína erwarteten, daß sie mit dem Körbchen verladen würden, aber Herr Novák schloß das Wirtshaus ab, stieg auf den Lastwagen und Lucinka und Pavlína saßen auf der Terrassenmauer, die Kätzchen kletterten hervor und verkrochen sich unbeholfen unter Lucinka, aber dann entfernte sich der Lastwagen und die Katzen blieben allein zurück, schauten in der Richtung des abfahrenden Klapperkastens und glaubten immer noch fest, daß es nur für ein Weilchen wäre, daß ihr Herr irgendwohin in den Urlaub gefahren wäre, daß er früher oder später zurückkommen würde. Aber Herr Novák kam nicht mehr zurück, es begann zu regnen und die Katzen schleppten die Kätzchen durch ein Loch im Sockel des Wirtshauses in ein niedriges dunkles Kellergewölbe, unter den Boden der Wirtsstube, und nachher saßen Lucinka und Pavlína die ganze Zeit am Straßenrand und schauten ununterbrochen in die Richtung, aus der ihr Herr zurückkommen sollte. Aber der kam nicht mehr. Es kamen irgendwelche Leute und gingen wieder weg, dann kamen andere, und als sie die Türen des Wirtshauses aufmachten, liefen Lucinka und Pavlína hinein und legten sich zum Ofen, aber die fremden Leute jagten sie hinaus und schrien Lucinka und Pavlína an, stampften mit den Füßen, die Katzen wollten sich wieder nähern, alle Menschen hatten sie doch früher so gern gehabt und sie waren einzig und allein Streicheln gewöhnt, aber die Leute stampften und so krochen Lucinka und Pavlína ins Gestrüpp, und als sie die Köpfchen hervorstreckten, war auch das den Leuten zu wenig, sie jagten sie durch das Gestrüpp bis in den Wald. Darauf war es eine Zeit lang still und Lucinka und Pavlína lernten aus dem Wassergraben zu trinken. Aber dann kam ein Lastwagen, genau so einer wie der, mit dem Herr Novák weggefahren war, aus dem Lastwagen stiegen zwei Menschen, schlossen das Wirtshaus auf, trugen Kisten und Schachteln in die Küche und in die Zimmer und begannen dann Wasser herumzutragen und scheuerten den Fußboden und wuschen Geschirr ab und fluchten und schimpften, weil Herr Novák alles Geschirr so gelassen hatte, wie er es von den Tischen zusammengetragen hatte, Tassen voll Kaffeesatz und eine schreckliche Unordnung, damit der Nachfolger des Wirts, der weggegangen war, sich an diesem Wirtshaus abrackern sollte. Und wir Gäste kamen gleich am zweiten Tag und freuten uns, daß die Wirtschaft jetzt so sein würde, wie es sich gehört. Es waren zwei Brüder, und sie machten sofort Pläne, wie die Speisekarte mit sieben Hauptgerichten aussehen würde, und vielleicht würde das Bier aus Pilsen oder sonst wenigstens aus Popovice sein. Und wieder waren wir begeistert, und wieder genossen wir Gulasch- und Kuttelflecksuppen, und die Burschen waren flink und schnell und sie sagten, daß sie Geld für ein Auto verdienen wollten, und daß es keinen Ruhetag geben, sondern das Gasthaus vom Morgen bis in die Nacht hinein, auch über Mittag, klirren würde, und sie zeigten uns die gescheuerten Böden, und das sei ihre Visitenkarte . . . Und alle waren wieder begeistert, ich aber war es nicht, denn sobald Pavlína und Lucinka ins Lokal liefen und sich jemandem auf den Schoß setzten oder sich beim Ofen der Marke Fil'akovo zusammenrollten, packten die neuen Wirtshausleiter sie und warfen sie vor die Türe und riefen ihnen zu, Hygiene würde sich nicht mit Katzen vertragen . . . Und so kam es, daß Pavlína und Lucinka nicht mehr ins Wirtshaus kommen durften. Sie standen verängstigt auf der Terrassenmauer und als es dann zu regnen begann, starben alle ihre Kätzchen, und als es dann zu schneien begann, liefen Pavlína und Lucinka schon ganz verzweifelt ins Lokal, damit man sie nur ein wenig in der Wärme ließe, aber die Wirte vertrieben sie mit einem Besen oder warfen sie mit Fußtritten durch die offene Türe hinaus . . . Wie oft wollte ich dann die Katzen streicheln, aber sie hatten schon das Vertrauen verloren. Und während im Gasthaus das Orchestrion auf voller Lautstärke spielte, und während der Ofen glühte, flohen Lucinka und Pavlína vor jedem, der daherkam, vor jedem Menschen, um dann, wenn sich die Türe schloß, leise davor zu sitzen und die Klinke anzuschauen, ob sie wohl nicht eines Tages ihr schöner Herr öffnen würde, Herr Novák? Aber Herr Novák kam nicht und so wurden Lucinka und Pavlína, obwohl sie zweijährige Katzen waren, alt und bekamen Stirnfalten wie alte Bernhardiner, elend vor Hunger, weil sie nirgendshin gehen konnten, sie waren unter dem Boden des Wirtshauses zusammengerollt, wohin sie durch den Lüftungsschacht von der Straße hineinsprangen. Sie sahen Autos und Menschen ankommen und auf ihr Lüftungsloch, das gerade in der Höhe des Hosenlatzes lag, pissen, sie waren dort zusammengerollt und schliefen, während über ihnen Füße und Schuhe stampften und Stühle und Füße von Menschen hin und her rutschten. Aber die Katzen gingen aus ihrer Höhle nicht hinaus, und wenn, dann nur während der Nacht, um die kalten, manchmal gefrorenen Reste fortgeworfener Speisen aufzuessen. Und als schon ein strenger Frost herrschte, rollten sich Lucinka und Pavlína eine in die andere hinein, um sich unter dem Boden zu wärmen, trotzdem liefen Lucinka und Pavlína jeden Abend, wenn das Wirtshaus voll war und die Musik klirrte und sich mit betrunkenem Geschrei vermischte, auf die Terrasse, sprangen auf die Kistchen mit Erde und vertrockneten und eingefrorenen Pelargonien, saßen dort nebeneinander und schauten starr durch das Fenster ins erleuchtete Gasthaus, schauten den glühenden Ofen der Marke Fil'akovo an und träumten vielleicht, oder erinnerten sich an die Zeiten, als sie zusammengerollt beim Ofen lagen, zufrieden, auf dem Rücken ausgestreckt, und sich von allen Seiten wärmten. Ich sah sie oft, schritt leise an ihnen vorbei, sah ihre neugierigen und begeisterten Augen, die dort im Gasthaus etwas sahen, was man Hoffnung nennt, Erinnerung an schöne Zeiten, ich sah, daß ihnen dieser Anblick genügte, um von der Hoffnung leben zu können, daß einmal der Tag kommen würde, an dem Herr Novák zurückkehrte, der, der sie liebte und den sie liebten ... Und so schauten sie so lange, bis der Frost seine Blumen aufs Fenster zu zeichnen begann, andere Blumen als die Blüten der Hoffnung, schöne Winterblüten, und als Lucinka und Pavlína nichts mehr durch die Froststiche sahen, sprangen sie leise hinunter und schlurften durch das benetzte, gefrorene Loch unter den Boden, krabbelten bis dorthin, wo der Kamin entsprang und von wo er sich erhob, der Kamin, in welchen der Ofen der Marke Fil'akovo führte, dort im Staub rollten sie sich zusammen, eine über die andere, pusteten sich auf die Tatzen und unter die Hälse, schliefen seufzend ein und erinnerten sich an die schönen Zeiten, von welchen sie glaubten, sie würden einmal wiederkommen, weil das Wirtshaus ihrem Herrn gehörte und also auch ihnen. Täglich wenn ich das Wirtshaus betrat, hielt ich einen Augenblick lang die Türklinke und fragte mich, soll ich hineingehen oder nicht? Aber weil ich ein gestörter Mensch bin, trat ich ein und begrüßte Václav und Luboš, die neuen Leiter, die zwar eine saubere Küche hatten, eine Speisekarte und ein riesiges Orchestrion, das fast alle Gäste in Raserei versetzte, aber beim Ofen der Marke Fil'akovo wärmten sich eine kleine Schaufel voll Müll und eine Kohlenschaufel, obwohl dort Lucinka mit Pavlína liegen sollten ... die zwei Katzen, die jetzt im Kistchen für Sonnenblumen saßen, eine Tatze achtsam erhoben, als ob sie auf eine Maus lauerten, und sie schauten in die durchwärmte Stube wie zwei Greisinnen, die sich an die Fenster des Wirtshauses herangeschlichen haben, um den Feuerwehrball zu beobachten. Der Frost wurde heute heftiger und die eingefrorenen Blüten in den Fenstern verwandelten sich in einen Polyestervorhang, der Lucinka und Pavlína die so kostbare Welt in Nebel hüllte . . .

Das Festmahl

Wir mähen den Futtermais in der Herbstsonne, schon den dritten Tag fahren wir immer im Kreis herum und das Maisfeld verkleinert sich bis auf ein ganz kleines Inselchen, also werden wir morgen noch ein letztes Mal ausfahren und aller Mais wird dann in der Silage sein, da sagt plötzlich der Traktorfahrer Janeček, Jesus, Jungs, im Mais ist ein Wildschwein, holt mir schnell die Flinte von daheim! Und so lief ich über das Feld ins Dorf, und als ich schweißtriefend das Lancastergewehr brachte, sagte ich, Ist es noch dort? Es ist, sagte Janeček, und Jungs, schneidet ihm den Weg ab und treibt das Kätzchen direkt gegen mich! Und so polterten wir mit dem Mais, und es war gar kein Kätzchen, sondern ein Keiler von hundertfünfzig Kilo, der ins Sonnenlicht hinauslief, und ich sah, wie Janeček das Gewehr erhob, das ein Weilchen die bewegte Zielscheibe verfolgte, und dann ertönte ein Schuß und das Wildschwein sank nieder. Wir stürzten hervor, aber schon stand der Keiler auf, und die Farbe strömte aus ihm, aber er lief und hinkte und begann durch das Rübenfeld zur Nationalstraße zu laufen. Janeček stieß einen Schrei aus, Ihm nach! Und wir stolperten durch das Rübenfeld und Janeček, der schon seit dem letzten Jahr hinkte, weil er auf der Jagd angeschossen worden war, stützte sich auf die Flinte und humpelte mit aufgerissenen Augen hinter uns her und wir hinter dem Keiler her, weil es bei uns für den Jäger keine größere Befriedigung gibt, als ein so großes Wildschwein zu erlegen und zu kriegen. Zudem erinnerten wir uns noch an vergangenes Jahr und welch prächtiges Festmahl das abgibt, nichts ist so gut wie das Fleisch eines Keilers oder eines Mufflons. Und so liefen wir, kehrten immer wieder wegen Janeček zurück, der hinter uns herhumpelte, aber wir waren alle besessen von der Vorstellung des Ruhms und des Neids und hauptsächlich von der Vorstellung des Festmahls, weil es von so einem Wildschwein sowohl prächtiges Beuschel gibt als auch Keulen mit Hagebuttensauce und Schulterstücke mit Kraut und Knödeln, zubereitet wie der ganz gewöhnliche Schweinsbraten. Er verlangsamt schon! freuten wir uns, aber das war voreilig, weil der Keiler in den Straßengraben hineinlief, und sich dort ausruhte, bis wir bei ihm ankamen und er mit einer ungeheuren Geschwindigkeit auf die Nationalstraße hinausrannte, und so mußte Janeček das Jagdgewehr von der Schulter nehmen, damit er nicht ein altes Weib auf dem Fahrrad erschoß, das ihm in die Quere kam, und überdies stieß der Keiler mit einem fahrenden Auto zusammen, das ganz langsam in den Straßengraben hinunterfuhr, aber das Wildschwein erhob sich, obwohl es vom Zusammenstoß erschüttert war, sprang dem alten Škoda Rapid auf die Motorhaube, wir sahen, wie die Reisenden die Hände erhoben und dann zusammenbrachen, weil der Keiler, das können Sie sich ja vorstellen, hundertfünfzig Kilo, ihnen das von den Jahren durchgerostete Dach durchstieß, aber am Schluß zog das Wildschwein die Hufe heraus, sprang hinunter und stürmte über das Ackerfeld der Nationalstraße entlang in Richtung des benachbarten Katasters. Und Janeček konnte nicht mehr, und die Alte erschrak so über das Wildschwein, daß sie sich an der Lenkstange hielt und vor Schrecken nicht schreien konnte, also klingelte sie mit der Glocke, und da brüllte ich, Sie, Tante, im Namen des Jägervereins, geben Sie uns das Fahrrad! Und ich warf das Weib hinunter und gab das Fahrrad Janeček, aber ich wußte nicht, daß Janeček nicht radfährt, also setzten wir ihn auf das Fahrrad und stießen Janeček jeder von einer Seite über die Nationalstraße, immer dem Wildschwein nach, dem sich entfernenden Festmahl. Es war ein Glück, daß der Keiler immer der Nationalstraße entlang lief, so verringerten wir mit Janeček den Abstand wenigstens auf hundert Meter, aber dann bog der Wildeber ab und rannte direkt ins Dorf, weil er vor den Personen- und Lastautos erschrocken war. Und somit hatten wir wieder Glück, weil die Bezirksstraße einen Bogen machte und wir stießen Janeček weiter, der uns dadurch anfeuerte, daß er uns von neuem schilderte, was für Delikatessen sich aus einem solchen Schwein machen lassen, er sagte uns sogar, was wir nicht wußten, das beste wäre, aus den Fleischabfällen einen Jägersalami zu machen, der noch besser als ungarischer Salami sei. Und wir schauten und trauten unseren Augen nicht, der Keiler wurde vor Schrecken so wild, daß er über die Straße direkt ins Dorf stürmte, und da liefen wir noch schneller, wir badeten unter der Herbstsonne im Schweiß und jagten das von den überall hervorkommenden Menschen wahnsinnig gewordene Wildschwein, und überall gab es nur Zäune und dem Wildschwein fiel nichts besseres ein, als durch das Tor zur Volksschule zu rennen und es verschwand in der Tür. Das war eine schöne Bescherung, weil Nachmittag war, und die Kinder Schule hatten ... Und so sprang Janeček vom Fahrrad, wir schmissen es zu Boden, und aufgeregt, fast mehr als das Wildschwein, liefen wir in das Schulhaus und durch den Korridor der Farbe des Bluts nach und dort stand schon eine Türe offen, und Janeček stürzte mit der entsicherten Flinte hinein, und wir standen hinter ihm und schauten, und wir trauten unseren Augen nicht, weil das, was wir sahen, niemand außer uns und den Kindern sehen konnte, die vor Schreck so gebeugt und erstarrt sitzen blieben, wie es im Dornröschen geschehen ist, als alles durch die Zauberrute erstarrte. Und auf dem Podium lag schon der Keiler, in Blut gebadet, und brüllte und röchelte, und die Lehrerin stand, auch erstarrt, mit dem Zeigestab bei der Wandtafel, wo das Bild eines Hausschweins hing, und die Lehrerin zeigte immer noch so, wie sie der wilde Einbruch des Schweins überrascht hatte, mit dem Zeigestab auf das Herz des Hausschweins, und Janeček legte die Flinte an, weil sich der Keiler, als er Janeček mit dem Gewehr erblickte, zum letzten Mal aufrichtete, um anzugreifen, aber als er das Maul öffnete, da schoß Janeček und sprang zur Seite, und der Keiler raste an ihm vorbei, die Fangzähne blitzten auf und fuhren knapp an der Wade und am Schenkel Janečeks vorbei, aber trotzdem befleckte er Janečeks Hose mit Blut und schwärzte die Manchesterhose mit Borsten und Schlamm . . . und dann fiel er hin und röchelte, streckte die um sich schlagenden Beine, und so, wie irgendeine Symphonie im Radio endet, so röchelte er langsam zu Ende . . . Wir troffen vor Schweiß, als wir dem glücklichen Schützen gratulierten, von dem der Schweiß auch tropfte, und so standen wir da, als ob wir aus irgendeinem Regenguß oder einer Dusche gekommen wären, und der Zauber löste sich von den Schülern und der Lehrerin, sie bewegten sich wieder, aber in der Richtung der Türe, und nachdem sich die Lehrerin wieder gefaßt und dem Schützen Janeček gedankt hatte, bat sie, Bitte, wenn Sie schon da sind, nehmen Sie doch den Zeigestab und zeigen Sie und erzählen Sie, aus welchen Teilen sich so ein Wildschwein oder Wildeber zusammensetzt und überhaupt, sagen Sie uns etwas aus dem

Leben eines solchen Schweins . . ! Und Janeček nahm den Zeigestab, und das machte er gern, wenn neue Adepten im Jagdwesen geprüft wurden, dann war es meistens Janeček, der prüfte und Fragen stellte, dann zitterte seine Stimme vor Aufregung, und mit einer leisen Stimme erzählte er und zeigte, wo das verendete Borstentier seine Schnauze hat, und wo das Schulterstück ist, und wo die Hauer sind . . . und dann erzählte er über das Familienleben der Wildschweine, wie sie sich gern haben und am Schluß bemerkte er, daß sich das Leben des Wildschweins auch im volkstümlichen Sprichwort spiegle, Da würde nicht einmal eine Wildsau ihre Jungen finden . . . und das bedeute, daß jemand zu Hause oder im Hof oder in der Werkstatt oder überhaupt so ein Durcheinander und so eine Unordnung hat, daß in dieser Unordnung nicht einmal eine Wildsau, eine Bache, als Mutter, die ihre Kinder immer findet, sie finden würde . . . Und er gab den Zeigestab zurück und die Lehrerin bedankte sich und wir schauten aus dem Fenster, und vor der Schule hatte in der Sonne unser Traktor angehalten, in unserem Dorf hatten sie schon erfahren, was mit dem Wildschwein vorgefallen war, und ins Schulzimmer traten unsere Nachbarn mit Ketten und Stricken, gratulierten zuerst dem Schützen und schon legten sie zwei Pfosten unter den Keiler, Tragbalken, und banden sie mit Schnüren zusammen, und erhoben die Bahre und trugen den Keiler hinaus, unter der Herbstsonne stellten wir an den warmen Händen fest, daß der Wildeber sicher seine hundertachtzig Kilo wog und sahen, daß er einen schönen Kopf hatte, einen Kopf, der vielleicht auf der Ausstellung in Budapest unseren Jägern wenn nicht den ersten, dann bestimmt den zweiten Preis sichern würde. Und plötzlich kamen zwei Jäger vom

Ortsnationalausschuß, wir erkannten den Präsidenten und den Sekretär, und sie rissen uns die Tragbalken und Schnüre weg und der Keiler fiel auf den Boden. Heda! Was ist los! rief der Präsident, wer hat den Wildeber erlegt? Und Janeček trat vor und sagte stolz, Ich! Und der Präsident des Jagdwesens sagte mit einem großen, verächtlichen Gelächter, also dir gehören nach dem Jagdrecht das Beuschel und die Jagdtrophäen, aber wem gehört der Rest, das, was vom Wildeber übrig bleibt? Und wir wußten wem, aber wir hatten soviel Mühe gehabt und freuten uns so sehr auf das Jägerfestmahl, wir wußten gut, daß, wenn ein verletztes wildes Tier in einen anderen Distrikt überläuft und dort verendet, dann das Borstentier den Jägern jenes Distrikts gehört, des Dorfs, in dessen Schulhaus Janeček mit so viel Mut nicht nur das Wildschwein erlegt, sondern auch die Kinder und die Lehrerin vor einer möglichen Verletzung gerettet hatte ... das sagten wir, aber der Präsident des Volksjagdwesens lachte, das alles sei wahr, aber das Gesetz und die Vorschriften sagten, daß der Wildeber ihnen gehöre, und sie würden für sich ein Festmahl veranstalten, und wir, die alles erlitten hatten, würden nur das Beuschel und die Trophäen bekommen. Und unser Blut kam in Wallung und unsere Augen trübten sich vor Zorn angesichts einer so großen Ungerechtigkeit, das muß doch jeder zugeben, daß menschlich, nicht nach dem Gesetz, sondern nach dem Menschenverstand der Keiler niemandem anderen als uns gehören konnte. Und so bückten wir uns und hoben den Keiler und stießen ihn mit Gewalt auf den Wagen und der Traktor summte schon, daß wir gleich wegfahren würden, wie die Römer, als sie die hübschen Sabinerinnen entführten, so werden wir den Keiler entführen, solange Zeit dazu ist, und solange nur zwei Jäger aus dem Dorf da sind, denn wenn noch weitere dazukommen, dann nehmen sie uns das Schwein weg, und wir werden uns sogar mit ihnen raufen, weil – sobald sich die Männer unserer Dörfer irgendwo begegneten, rauften sie sich jedesmal, und jedes Fußballspiel war ein Schrecken und hatte ein Nachspiel vor dem Gericht und in der schwarzen Chronik. Aber erst recht die Weiber, wenn sie auf dem Feld Rüben hackten und auf den Rainen der Genossenschaftsfelder aneinandergerieten, dann griffen sie sich manchmal auch mit den Hacken an . . . also wollten wir schnell wegfahren, der Traktor fuhr schon einige Meter, wir hakten die Seitenwand des Wagens ein, als plötzlich aus der Drogerie ein weiterer Jäger herbeilief, und mit dem Präsidenten zusammen rissen sie die Seitenwand herunter, und der Keiler fiel wieder auf den Dorfboden und so wurden wir alle rot vor Schande und vor allem darum, weil uns der Präsident auslachte, weil das Recht auf seiner Seite war, aber das mußte doch jeder zugeben, daß das richtige Recht auf unserer Seite war, wir waren die Sieger, wir waren die vier Kilometer gelaufen, wir hatten auf dem Podium der Volksschule unser Leben aufs Spiel gesetzt, und da lachte der Präsident schon nicht mehr, und als wir einander im Kreuz packten und einer den anderen zu Boden schmettern wollte, da flogen die Fenster der Volksschule auf, nach und nach öffneten sich alle Fenster und die Kinder lehnten sich hinaus und die Lehrerin schrie uns an . . . Schämt euch! So um ein Wildschwein zu kämpfen! Wie wollt ihr zu Hause die Kinder belehren! Wie soll ich nach dieser Schießerei auf dem Podium den Kindern erklären, was Frieden ist! Nehmt doch Vernunft an! Bringt den Wildeber auf neutralen

Boden, ins Forsthaus nach Kersko und dort soll man ihn für euch im Gasthaus zubereiten und veranstaltet ein gemeinsames Festmahl! . . . Und einen Augenblick war es still, wir hielten uns gegenseitig fest, die Augen ineinander, Augen voll Bosheit und aufgestautem Haß, wir schnauften, aber die Kinder in den Fenstern, die Fenster waren voll von Kindern, wie rot gestreifte Federbetten, wie Pelargonien strahlten sie dort in der lieben Herbstsonne, die schön ausgefütterten roten Gesichter, so daß wir alle den Präsidenten des hiesigen Jagdwesens vorwurfsvoll anschauten, der sich mit Janeček gegenseitig in der Taille hielt, die Blicke dauerten einen Augenblick und die Lehrerin sah es und ermunterte uns . . . Na also! Einigt euch! Oder gibt es zu wenig Unglück auf der Welt? . . . Und der Präsident streckte die Hand aus und auch Janeček hob die Hand, so strahlten die beiden Hände in der Herbstsonne . . . und die Hände schlugen zusammen, schüttelten sich, auch wir schüttelten uns die Hände, ich dem Drogisten und die Nachbarn den Nachbarn, und wir warfen dann den Wildeber alle zusammen auf den Wagen, hakten die Wand ein und sprangen auf . . . Wann wird es stattfinden? rief der Präsident des hiesigen Jagdwesens . . . Janeček sagte, es solle nicht schon diesen, sondern nächsten Samstag sein! Das Fleisch muß zart und gut gelagert sein! Und die mit dem Festmahl verbundenen Kosten werden wir teilen, damit es ein richtiger Schmaus wird . . .! und die Lehrerin rief aus dem Fenster . . . Kinder, wir waren Zeugen eines großen Ereignisses, dieser Jäger ist ein Held und ihr wart Zeugen dessen, wie man alle Konflikte lösen soll . . . und die Kinder winkten uns, und wir winkten ihnen und fuhren los und Janeček stand mit dem Gewehr da, das er auf den Kopf des Keilers

stützte, mit einem Schuh stand er auf dem Bauch des Keilers, die Brust vorgewölbt und er verneigte sich und dankte den Kindern und der Lehrerin im Fenster dafür, daß sie ihn Held genannt hatte . . .
Im Wald von Kersko sägten wir Fichtenzweige, schnitten rote und goldene Zweige des schön gefärbten Eichengehölzes ab, einen ganzen Wagen voll Pracht zogen wir zum Restaurant Forsthaus und schmückten das Lokal mit dem Reisig, auf zwei langen gedeckten Tischen legten wir kleine Fichtenzweige neben die Teller, hinter die Spiegel steckten wir die herbstlich gefärbten Eichenblätter und freuten uns, unschlüssig, wie das Wildschweinfestmahl ausfallen sollte. Am Schluß wurde man sich einig, wie beide Seiten auf ihre Rechnung kommen könnten. Eine Keule und die Hälfte des Rückens sollten auf Wildbretart mit Hagebuttensauce zubereitet werden, so wie wir es wünschten, die zweite Keule mit der anderen Hälfte des Rückens so, wie man den hausgemachten Schweinsbraten macht, mit Kraut und Knödeln, und wie es die Jäger aus der Nachbarschaft wollten. Und über den Rest des Wildebers einigten wir uns insofern, als man sechs Kilo Bauchfleisch dazukaufen und daraus für jeden Teilnehmer des Festmahls einen prächtigen Jägersalami machen würde. So fanden wir uns an dem bedeutsamen Abend alle in prachtvollen Uniformen, jedoch vorsichtshalber ohne Schußwaffen und ohne Jagdmesser, im Restaurant Forsthaus ein. Und als wir eintraten, spielte auch schon Herr Kučera aus Vykáň einen feierlichen Tusch auf der Harmonika, begleitet von einer Pauke, einer Handtrommel und Tschinellen. Herr Kučera konnte schön singen, Harmonika spielte er glänzend, allerdings nur mit der rechten Hand, und so ergänzte ihn in den Bässen der Pauker. Und

gleich bei der Türe bekam jeder eine riesige Stange Jägersalami vom Wildschwein, und weil jeder dieser Salamis ein hübsches Schnürchen hatte, so hängte jeder seinen Salami an den Kleiderhaken hinter sich, und wir setzten uns zum Festmahl. Aber wir saßen so, daß jedes Dorf an seinem Tisch saß und jeder unterhielt sich auf seine Art und nur mit den Seinen, während der andere Tisch vergrämt dreinschaute, was es denn zu lachen gibt, wo es doch aber auch gar nichts zu lachen gibt? Und dann winkten die Präsidenten der Jägervereine, und Frau und Herr Novák fingen an, uns das Wildschwein mit Pálfyknödeln und Hagebuttensauce aufzutragen, und unseren Nachbarn ihren klassischen Schweinsbraten mit Kraut und während wir aßen, schmatzten wir und kosteten feinschmeckerisch unser Essen, und auf Gabeln reichten wir dem Tisch der Nachbarn unsere Spezialität, aber jedesmal schnitt der Gegnertisch Grimassen und Fratzen, wir zeigten einander sogar, daß wir uns von dem, was der andere Tisch aß, übergeben würden, aber über seinem eigenen Essen schaute jeder verliebt drein, und über unsere Art, das Wildschwein zuzubereiten, waren wir vor Glückseligkeit außer uns. Und Herr Kučera spielte auf der Harmonika, und der Pauker ergänzte die Bässe, und wir tranken Bier, Rotwein, und mit den Nachbarn wurden wir uns nur darüber einig, daß es gut war, daß wir das Wildschwein nicht in Rahm gemacht hatten, weil man nach Rahmsauce nicht mehr so viel trinken kann, und wir hatten auch den bildenden Volkskünstler Herrn Jaruška mitgebracht, der eine riesige Frauenpuppe bei sich hatte. Aus dem, was er in die Hand nahm, gingen nämlich nach einer Weile komische Figürchen hervor, an seinen Figürchen konnte man sich totlachen, so geschickt war der bildende Volkskünstler Herr Jaruška. Und diese Puppe hatte Herr Jaruška für unser Fest gemacht, und sobald wir mit dem ersten Gang fertig waren, schnallte sich Herr Jaruška in der Pause die Puppe auf seine Schuhe und tanzte mit ihr den Walzer und den Tango, je nachdem, was Herr Kučera spielte und wozu er innig und mit Gefühl sang, und Herr Jaruška tanzte, machte mit der Puppe solche Faxen, daß wir vor Lachen hätten zerplatzen können, sogar die Nováks kamen aus der Küche und weinten vor Lachen, fast erstickten sie und verschluckten sich über den gelungenen Figuren, die Meister Jaruška tanzte. Aber den bildenden Volkskünstler hatten wir mitgebracht, darum schauten die Jäger vom benachbarten Revier zwar zu, lachten aber nicht, bei keiner der Chaplin oder Frigo würdigen Grotesken, bei keiner kam ihnen in den Sinn, auch nur ein bißchen zu lachen. Sie ließen merken, daß es Irrsinn war, daß der Tanz mit dem künstlichen Frauenzimmer nicht nur nicht komisch, sondern daß er beschämend war, und wir Herrn Jaruška eigentlich nur darum mitgenommen hatten, um sie zu verspotten, daß der Tanz nichts anderes als eine Parodie auf den Präsidenten und die übrigen Mitglieder ihres Jägervereins, daß jeder einzelne von ihnen diese Puppe war, mit der Herr Jaruška tanzte, wie es ihm gefiel . . . Und in der Pause kam der Höhepunkt von Herrn Jaruškas Kunst, unser Präsident tat, als ob er keinen Wein mehr im Glas hätte, und streckte das leere Glas hin, und da machte sich Meister Jaruška heran, hob den Arm der schönen weiblichen Puppe . . . und ins Glas floß aus der entblößten Brust der Puppe in einem schönen Strom, in einem sprudelnden Strahl Wein, er floß so geschickt gezielt ins Glas, daß kein einziger Tropfen daneben ging. Und das gab ein

Hallo, das gab ein Jubelgeschrei, wir streckten die leeren Gläser hin und Herr Jaruška schenkte jedem direkt aus der Brust seiner Schönen das Glas voll ... und dann machte er sich an unsere Nachbarn heran, einer von ihnen hielt auch sein leeres Glas hin, aber sobald der Wein floß, zog der Nachbar das Glas angeekelt zurück ... und der Wein floß dem Präsidenten des Jägervereins direkt auf die grünen Hosen, und der sprang auf, stampfte wütend die roten Tropfen aus der Hose, und seine Kameraden sprangen auf und gaben Herrn Jaruška einen Stoß und der Meister fiel mit der Puppe um ... und das sahen wiederum wir als eine Beleidigung an, und rot vor Zorn schrien wir auf und ich konnte mich nicht mehr halten und nahm den Jägersalami vom Kleiderhaken und schwang ihn, und die übrigen Mitglieder unseres Jägervereins ergriffen auch ihre Salamis, aber die benachbarten Jäger gaben nicht nach und griffen auch nach ihren Stangen, die so groß wie die Knüppel waren, die die Polizisten früher hatten, und so standen wir uns gegenüber und Meister Jaruška erhob sich und fiel immer wieder mit der Puppe hin, weil ihre Schuhe an die seinen gebunden waren ... und der Korallenvorhang flog auf und die Nováks kamen aus der Küche heraus und trugen Schüsseln mit Gulasch aus dem Beuschel des Wildschweins auf, und Herr Kučera gewann die Fassung wieder und begann einen Tusch zu spielen und darauf sang er vor, er sang sanft mit ungeheuer tiefem Gefühl ... Schon rufen sie, schon rufen sie, die Hirsche auf den Bergen ... und sobald das hier ein Jäger hört, fließen ihm gleich die Tränen, und auch ich begann sofort gefühlvoll zu singen und sah, daß es auch unsere Nachbarn mit den Salamistangen in den Händen taten, wir alle einigten uns zum ersten Mal und sangen ungeheuer gefühlvoll wie die Hirsche rufen und rufen . . . und als wir zu Ende gesungen hatten, da waren wir alle gerührt, schauten vor uns hin und in dem Augenblick waren wir nicht im Restaurant Forsthaus, sondern in den hohen Bergen und auf der kleinen Waldlichtung riefen die Hirsche und vom Maul jedes der Hirsche stieg Dampf, weil die Hirsche in den Bergen an diesen späten Oktobertagen rufen, wenn es schon kühl und frostig ist . . . So stark hatte uns das Lied ergriffen, daß wir für einen Augenblick verstummten, die Salamis an die Kleiderhaken hinter uns hängten und schwer auf die Stühle zurücksanken, weitertranken und in einem fort zu den hohen Bergen, zu den rufenden Hirschen schielten. Und bevor sich Meister Jaruška setzte, jetzt schon ohne seine Figurine, die er an den Kleiderhaken hängte, dorthin, wo sein Wildschweinsalami hing, legte Meister Jaruška eine schön geschnitzte und farbige Pfeife vor den Präsidenten des Jagdwesens aus dem benachbarten Revier, niemand bemerkte etwas, so gerührt waren wir von dem tief empfundenen Rezitat des Herrn Kučera aus Vykáň . . . und ich sah, daß uns das Lied zusammengeführt hatte, auf einmal schauten wir uns an, als ob wir nicht nur Nachbarn, sondern recht eigentlich Freunde wären, welche das Jagdwesen verbindet, wir sahen, daß eigentlich nichts zwischen uns stehen sollte, weil die Jäger auf der ganzen Welt Brüder sind, die Jäger der ganzen Welt verbindet das Wild, für das sie zu sorgen haben, indem sie als rechte Jäger nach Jägerehre und nach den Vorschriften darauf achten, daß das Wild in ihrem Revier gefüttert und geschont und zur rechten Zeit abgeschossen wird und so zur bestimmten Zeit genug Hasen und Fasane und Rehe und Mufflons und Wildschweine auf die Tische der Menschen gelangen . . . und so . . . Und ich hob das Glas in der Richtung des Nachbartisches und zuerst erhob sich ein Schnapsgläschen, dann ein Glas Bier, dann schlossen sich die Unseren an und am Ende erhoben wir alle die Gläser und Gläschen und standen auf und stießen durch die Luft an, nachdem wir zuerst unisono geschrien hatten . . . Weidmanns Heil! Und dann setzten wir uns und begannen den Jägergulasch mit dem Beuschel zu essen, und wir nickten mit den Köpfen, dann schauten wir einer den anderen an und sahen, daß es allen schmeckt, daß wir alle zum Zeichen dessen nicken, daß wir eine gute Wahl getroffen haben und es uns allen sehr schmeckt . . . Und plötzlich schaute der Präsident der Nachbargesellschaft auf den Tisch, auf die schön geschnitzte Pfeife, sie war wirklich so schön, daß auch ich sie gern genommen hätte, wenigstens zwischen die Finger, so ein Pfeifchen, wie wir sie uns als Buben machten . . . und der Präsident nahm sie zwischen die Finger, und weil nicht nur in jedem Jäger, sondern auch in jedem Menschen ein Bub steckt, konnte er sich nicht halten, setzte die Pfeife an den Mund und begann auf ihr zu pfeifen, er pfiff auf ihr . . . Ihr Schäfer, ihr Schelme . . . und ich erstarrte vor Schrecken, vor einem Augenblick hätte ich darüber gelacht, aber jetzt nach der Annäherung sah ich mit eigenen Augen, daß das, was ich sah, alles, nur nicht eine Annäherung war, während der Präsident des Jagdwesens die Schäfer pfiff, stieg aus der Pfeife Ruß und besudelte seine Hände und sein Gesicht, er war schon ganz schwarz von dem Ruß, aber weil der Präsident mit Gefühl pfiff, hatte er die Augen geschlossen . . . und seine Jäger erbleichten vor Zorn, kauten die ein bißchen harten Beuschel des Wildschweins wie Kaugummis, drehten sich um und ergriffen ihre Salamis, und als das die Unseren erblickten, standen auch sie auf und nahmen ihre Stangen von den Kleiderhaken und packten sie fest und schüttelten sie, ob sie sie richtig in der Hand hielten ... einzig der Präsident pfiff immer noch süß ... und als es Herr Kučera aus Vykáň sah, begann er schnell unser geliebtes Lied zu spielen ... O sole mio ... bis der Präsident des benachbarten Reviers zu pfeifen aufhörte, er schaute, die Pfeife immer noch an den Lippen, seine Finger an, warf dann die Pfeife weg, die auf unseren Tisch herüberflog ... er schritt langsam zum Spiegel, der mit Nadelreisig umkränzt war, lehnte sich an den Rahmen und betrachtete sich, und als er sich mit den Fingern über die Stirn strich und dabei den Ruß verwischte, schrie er ... Und sie lassen und lassen keine Ruhe! ... und er nahm seinen Salami herunter, und wir liefen um die Tische herum und näherten uns langsam in Kampfstellung ... und die Nováks schauten durch den Korallenvorhang aus der Küche und lachten herzlich, aber auf einmal wurden sie von irgendwelchen Händen zur Seite geschoben und in den Saal trat unser Polizeichef ein, behängt mit Orden, lächelnd, mit einer pomadigen Locke in der Stirn, er breitete die Arme aus und rief ... Also Freunde, ihr habt mich eingeladen und da bin ich! Wo ist der Wildschweinbraten mit Hagebuttensauce, wo ist der Wildschweinbraten mit Kraut und Pálfyknödeln? Und unsere Spannung löste sich, wir betrachteten die Salamis in den Händen, als ob wir sie zum ersten Mal sähen und die Feindseligkeit und der Groll verschwanden langsam aus unseren Augen, wir schauten den strahlenden Polizeichef an, der wie immer zur rechten Zeit gekommen war, er erschien wie gerufen. Wir umringten und begrüßten ihn freundschaftlich, weil der Polizeichef auch ein Jäger war, zwar in Hradišt'ko, in einem anderen Revier, aber ein Jäger wie wir . . . und er setzte sich an den Tisch und richtete den Blick plötzlich auf das Tischtuch, schaute die Pfeife, die der Volkskünstler Herr Jaruška angefertigt hat, wie ein Junge an, und legte sie plötzlich an die Lippen, schloß die Augen und pfiff mit Gefühl . . . so wie der Präsident vor einem Weilchen . . . und auch jetzt schoß aus den Löchlein Ruß hervor, so eine sanfte Rußwolke umhüllte sein Gesicht und seine Hände . . . und Herr Kučera aus Vykáň rang die Hände und gab mit der Schuhsohle das Zeichen und schon sang er nach besten Kräften, nie hörte ich Herrn Kučera mit so viel Gefühl singen . . . Schon rufen sie, schon rufen sie, die Hirsche . . . im Walde . . . und der Polizeichef hörte auf zu pfeifen, und so wie der Präsident, schaute auch er seine Finger an, dann stand er wie der Präsident auf, es war so still, daß man die Züge in Ostrá jenseits der Wälder hörte . . . bada dam, bada dam . . . und der Polizeichef betrachtete sich im Spiegel, strich sich mit den Fingern über die Stirn und verwischte den Ruß . . . aber dann drehte er sich um und rief fröhlich . . . Gut . . . Und fügte hinzu, ein ausgezeichnetes Entree, ich war es, der pfeifen wollte, ich habe von mir aus gepfiffen, recht geschieht mir, Meister Jaruška, so! Und tragt das Essen auf, Leute, ich habe Hunger! Und wie sitzt ihr da? Ihr wollt Jäger sein? Rückt die Tische zusammen! Die Plätze tauschen, sich durcheinandermischen! Und so rückten wir die Tische zusammen, setzten immer einen Jäger aus Velenka neben einen aus Přerov . . . und der Polizeichef ließ Flüssiges auftragen, und wir stießen an und die Musik von Herrn Kučera aus Vykáň spielte, und weil die rechte Hand von Herrn Kučera besser spielte als die linke, die mit den Bässen, ersetzte ihm der Pauker die Bässe in vollem Maß, und wir sangen, und als die Unterhaltung auf dem Höhepunkt war und der Polizeichef noch mehr strahlte, als seine Orden und Auszeichnungen, ließen sich unsere Nachbarn den Wildeber mit Hagebuttensauce aufwärmen und wir revanchierten uns damit, daß wir uns den klassischen Wildschweinbraten mit Kraut servieren ließen . . . Als es tags darauf die Lehrerin aus Přerov erfuhr, die Lehrerin, vor deren Augen der Held Herr Janeček den angeschossenen Wildeber erlegt hatte, da sagte sie . . . Schade, daß ich nicht meine Schüler zu dem Festmahl mitbringen konnte, um ihnen anschaulich zu erklären, wie man alle Konflikte der Welt lösen soll.

Herr Iontek

Ich saß tief in Gedanken versunken beim offenen Fenster und hatte keinen einzigen Grund, irgend etwas zu tun, an irgend etwas zu denken, ich saß nur da und schaute aus dem Fenster hinaus, bestürzt und gelähmt vom Nichtsein. Und von der Hauptstraße bogen zwei schwarze Pferde ab, dann ein Wagen und auf dem Kutschbock stand ein Mann mit einem riesigen weißen Filzhut, hielt theatralisch die Leinen, und als er sie locker ließ, zogen die Pferde an und begannen auf dem Waldweg zu laufen und ich bangte davor, daß das schwarze Gespann nicht ohne Grund fahre, sondern zu mir komme, und so war es auch. Durch das offene Tor flogen die Deichselstangen direkt in mein Fenster, so rasend, daß ich zur Seite wich, aber ein mächtiger Ruck der Leinen riß die Pferde zurück und sie blieben stehen, die Köpfe und die Deichselstangen waren aber in meinem Zimmer. Der Kutscher sprang mit einer Flanke herunter, streichelte den Pferden die Hintern, und die schwarzen Wallache sahen darin eine Aufforderung und begannen Pelargonien zu fressen, und durch die Türe kam Herr Iontek herein, den ich aus dem Gasthaus vom Sehen her kannte, er hatte einmal einen seiner Wallache dorthin geführt und ihm aus einem Bierkrug zu trinken gegeben und war dann mit ihm wieder weggegangen. Seinen weißen Cowboyhut sah ich oft in der Abenddämmerung durch das Dorf schwanken, ich sah seinen Hut auf den Gemüsefeldern, wo Herr Iontek umherging und eine lange Wasserleitung zum Begießen des Gemüses zusammenschraubte, immer war er von der Sonne gebräunt, im Sommer hatte er nur eine Monteurhose an, während sein weißer Hut wie ein Boot durch den Blumenkohl und das reifende Welschkraut und die Kohlrabifelder segelte. Ich sagte, welchem Anlaß verdanke ich Ihren Besuch? Er setzte sich und nahm den weißen Hut ab und die Locken fielen ihm in die gebräunte Stirn und er sagte, daß er auf dem Abladeplatz eine schöne Treppenstufe gefunden habe, und so habe er mir die Stufe zum Geschenk gebracht. Ich, sagte er, habe Schriftsteller gern, denn wenn ich einen Brief schreibe, dann schreibe ich ihn nie fertig, vom Schreiben wird mir so elend, daß ich ein Gläschen Pfefferminzlikör nach dem anderen trinke, so lange, bis ich den Brief fortwerfe. Ich bot ihm ein Gläschen an und stellte die Flasche vor ihn, und Herr Iontek trank, nicht so, wie man Alkohol trinkt, sondern wie man Mineralwasser trinkt, gegen Durst, und er sagte, Mir, weil ich diesen Filzhut trage, ist so heiß, daß ich ununterbrochen Bier, Pfefferminzlikör, alles, was fließt, trinke, weil ich erhitzt bin, und von der Hitze Durst bekomme. Ich sagte, das ist, Herr Iontek, enorm, greifen Sie zu, aber was soll ich mit der Stufe anfangen? Er sagte, nachdem er seinen Pferden die Nüstern gestreichelt hatte, die sich darauf an meine zwei Mützen heranmachten und sie mit der gleichen Lust fraßen, mit der Herr Iontek den Schnaps trank. Was mit der Stufe? sagte er, so eine Treppenstufe ist für einen Schriftsteller so etwas wie eine Stufe anderswohin, und ich habe den Eindruck, beim Lesen der Schwarzen Chronik denke ich, daß Sie der Tote sind, darum sollen Sie die Stufe als Vorzeichen hier haben, als böses Vorzeichen . . . Er erhob sich, setzte den Hut auf und wankte beim Hinausgehen so stark, daß er beinahe die Türe aus den Angeln riß. Und dann sah ich ihn auf dem Wagen, mit einer Metallstange warf er mit einigen mächtigen Bewegungen die Treppenstufe auf die Erde, es war die Stufe aus irgendeiner Kirche, eine solche Stufe hatte ich schon lange nicht mehr gesehen, und wenn, dann nur in Tempeln und Kathedralen. Er sprang hinunter und wälzte die Stufe mit der Metallstange ins Grüne unter die Birken, und ich drehte mich um und betrachtete mich im Spiegel, ob ich dort nicht etwas sehe, was mit der Schwarzen Chronik von Herrn Iontek zusammenhängt, und ja, es war dort, ich sah in meinen Augen einen Schatten. Herr Iontek kam wieder zurück und war verschwitzt und um keine Zeit zu verlieren, nahm er die Flasche und trank aus ihr, und unter mächtigen Bewegungen des Adamsapfels schluckte er und saugte mit Lust und Durst den harten Alkohol. Dann schaute er mich an, streichelte meinen Handrücken und sagte, wenn Ihnen etwas zustoßen sollte, wollen Sie dann bei uns in Semice oder in Hradišt'ko begraben werden? Ich sagte, daß ich es noch weit hätte bis zum Tod. Herr Iontek sagte, ich weiß, bis zum natürlichen Tod, wenn ich aber in der Schwarzen Chronik lese, dann gibt es dort nur unnatürliche Todesarten und ich glaube, wenn Ihnen etwas zustoßen würde, hätten Sie es bei uns besser, auf dem Friedhof von Semice, ich glaube nämlich, daß ein Schriftsteller wissen soll, was mit ihm geschehen wird, wenn es ihn vielleicht plötzlich nicht mehr gibt. Das ist wahr, sagte ich und ich stand auf und ging einen Brotlaib holen und streifte mich im Spiegel, und ich sah, daß ich bleich und grau geworden war. Dann schnitt ich das Brot und reichte es abwechselnd den beiden Pferden, weil sie mir vom Tischchen beim Fenster drei Bücher und die Zeitung weggefressen hatten. Herr Iontek klagte, wenn jetzt ein Bier da wäre, sagte er, und ich ging hinaus und brachte eine Tasche mit Flaschen, mit Bier, das im Keller gekühlt war, und Herr Iontek nahm eine Flasche und riß mit einer mächtigen Bewegung den Flaschendeckel an der Tischkante ab, und nahm einen Schluck und erzählt mir dann mit Begeisterung, wissen Sie, sagte er, lassen Sie sich bei uns beerdigen, in Semice, einerseits liegt der Friedhof hinter dem Wald, so daß das Nadelreisig und der Föhrenduft bis an Ihr Grab kommen werden, aber vor allem ist in dem Wald auch ein Fußballplatz, und nicht wahr, Sie haben Fußball gern . . .! Ich sagte leise, das habe ich. Na sehen Sie, ich wußte es, das ist ein ganz anderer Friedhof als sonstwo, an Ihrem Grab wird man ohne weiteres die Pfeife des Schiedsrichters hören und die Aufschläge des Balls und das Geschrei der Spieler und den Applaus und die Flüche der Zuschauer . . . und Herr Iontek schaute mir arglos in die Augen und nahm den Hut ab und mit harten Fingern fuhr er sich durchs Haar und die Haarflechten knatterten, während der lebende Kamm durch sie fuhr. Ich sagte, das ist lieb von Ihnen, daß Sie mir die Stufe gebracht haben, aber mit dem Begräbnis warten wir doch noch, nicht? Er setzte den Hut auf und gleichzeitig bekam er Durst und riß den Flaschendeckel mit einer gewaltigen Bewegung an der Tischkante ab. Nein, sagte er, als er ausgetrunken hatte, ich halte nämlich auch die Leichenrede und es wäre mir ungemein willkommen, wenn Sie stürben oder irgendwo ums Leben kämen, oder wenn man Sie umbringen würde, damit ich dann die Rede halten kann . . . aber sind Sie schon einmal in der Leichenhalle gewesen? Ich sah, daß die Pferde das Brot schon aufgegessen hätten, also gab ich jedem ein Taschentuch und sie fraßen es langsam und mit großem Appetit. Ich bin noch nie in der Leichenhalle gewesen, sagte ich. Dann werden wir uns dort treffen, wenn wieder Fußball gespielt wird, weil sich der Schiedsrichter in der Leichenhalle ankleidet, dort hat er noch genug Zeit, das Gewissen zu prüfen, er hat über die Mauer einen kurzen Weg zum Fußballplatz, und wenn ihm etwas zustoßen sollte, weil wir uns auf dem Fußballfeld oft raufen und mit einer großen Lust den Schiedsrichter verprügeln, besonders wenn er den Elfmeter, für den er kein Foul gegeben hatte, nicht pfeift, na wissen Sie, bei uns gibt es so empfindliche Fans, die den Schiedsrichter nur deswegen in die Felder vertreiben, weil er nicht gepfiffen oder den Einwurf falsch gepfiffen hat, oder den Eckball . . . Einmal haben wir den Schiedsrichter aber wirklich durchgeprügelt, weil er versehentlich das Handspiel nicht pfiff, das es nicht gegeben hatte. Und wir jagten den Schiedsrichter vom Spielplatz und er kletterte auf eine Föhre, die sich über den Friedhof neigt, und wir brüllten, er solle herunterkommen und er schrie, Ich habe Angst, ihr werdet mich schlagen, und so riefen wir drei Minuten lang, er solle herunterkommen, und er schrie, er würde nicht herunterkommen, also holten wir schnell eine Baumsäge und schnitten die Föhre mit der Krone ab, wo sich der Schiedsrichter wie ein Specht festklammerte . . . aber der Schiedsrichter fiel uns in den Friedhof hinein, und bevor wir um die Mauer gerannt waren, entlief er uns in die Felder und dort wurde er im Blumenkohl ein klein wenig zusammengeschlagen, ist das nicht eine schöne Geschichte? Nicht wahr, Sie freuen sich, daß Sie einmal, wenn Ihnen etwas zustößt, sich bei uns beerdigen lassen werden? Gänzlich verwirrt nahm ich ein Körbchen und bot den Pferden am Fenster Socken an und die Wallache fraßen die Socken mit einem Appetit, als ob sie seit gestern nichts gegessen hätten und ich erstrahlte vor Hoffnung, daß Herr Iontek schon nach Hause fahren würde. Ich sagte, also gut, im Fall, daß die Schwarze

Chronik mein Schicksal werden sollte, in dem Fall will ich auf dem Friedhof hinter dem Fußballplatz begraben werden ... und ich sank in den Stuhl zurück, um mich im Spiegel anzuschauen und sagte mit einer zitternden Stimme, aber ich sehe nicht so aus, als ob ich sterben sollte. Herr Iontek machte eine neue Flasche auf und sagte, die Schwarze Chronik lebt von Menschen, die nicht nur nicht ans Sterben dachten, sondern überhaupt nicht danach aussahen und plötzlich ist es da! Ein Dachziegel, ein Achsenbruch beim Auto, eine Explosion, ein Mord und es ist geschehen, aber ich sage Ihnen auch, daß Sie ein Mordsglück haben, daß ich Ihnen die Stufe gebracht habe, nämlich im Fall, daß sich die Schwarze Chronik mit Ihnen besudelt, werden wir Feuerwehrleute Sie beerdigen, als ob Sie ein Feuerwehrmann gewesen wären! Das heißt zuerst wird der Leichenwagen mit Ihnen vom Neuen Gasthaus losfahren, am Feuerwehrdepot vorbei, dessen Tore offen stehen werden, das rote Feuerwehrauto wird mit dem Vorderteil zur Hälfte draußen sein, auf dem Auto werden zwei Feuerwehrmänner in voller Ausrüstung stehen, bei der Wasserspritze vor dem Gebäude des Nationalausschusses, wo der Trauerzug anhalten wird, dort werden auch zwei bei der Spritze knien und Ihnen mit Beilen die Ehre erweisen ... und dann wird das Trauergefolge nur noch vor dem Alten Gasthaus anhalten, wo Sie und ich oft hingehen, und dort wird eine schwarze Fahne aus der Dachluke hängen und die Reservespritze wird dort stehen und bei ihr werden auch zwei Feuerwehrmänner knien, und dann werden wir Feuerwehrleute Sie mit uns auf den Friedhof hinter dem Fußballplatz führen, ich werde eine Rede halten, gebe Gott, daß ich dann fit bin, und ich werde mich in Uniform von Ihnen verabschieden . . . Die Pferde hatten die letzte Socke aufgefressen, eine löchrige Socke, löchrig wie die übrigen zum Stopfen bereitgelegten Socken. Ich sagte, werden sie auch Handtücher fressen? Herr Iontek sagte, Handtücher haben sie am liebsten, voriges Jahr haben sie auf dem Weideplatz, bevor ich mit einem Bier zurückkam, eine ganze Wäsche mit der Leine und den Klammern gefressen, aber einmal veranstalteten wir in der Turnhalle des Sokolvereins ein Wettrennen in der Treppenabfahrt auf Fahrrädern und ich gewann, aber beim zweiten Ausscheidungsrennen stürzte ich mit dem Kopf auf das Pflaster, ich hatte überall Wunden, also überklebten sie mir den Kopf mit etwa dreißig Rollen Klosettpapier, aber ich sollte am nächsten Tag eine Rede halten, ich hielt eine schöne Rede, aber auf den Beinen konnte ich nicht stehen, die Rede hielt ich trotzdem, ich durchschnitt die Klosettpapiere, um mein Papier zu sehen, ich muß mir die Rede nämlich jedesmal aufschreiben, aber! die Rede wurde gehalten, und der Wind blies und raschelte mit dem Klosettpapier, das auf den großen und kleinen Wunden angetrocknet war . . . sagte Herr Iontek, und als er mich anschaute, begann er plötzlich zu weinen, aber so, daß der Tränenstrom in einem sprudelnden Strahl floß, er trocknete sich die Augen ab, und als er mich von neuem anschaute, begann er wieder herzzerreißend zu weinen, und die Tränen flossen, als ob sie in den Brunnen seines Huts fielen und von dort mit Pumpen wieder zurück in die Tränensäcke getrieben würden und auf diese Weise die Tränen erneuerten, die vor einem Augenblick schon so reichlich geflossen waren. Ich erschrak und sank in den Stuhl zurück, und als ich mich im Spiegel Aug in Auge sattgesehen hatte, stöhnte ich und der Stuhl schlug mit den Vorderbeinen mächtig am Boden auf . . . Jesus, warum weinen Sie so, sagte ich, weswegen ist Ihnen so leid geworden, daß Sie so weinen . . .? Er nickte zustimmend mit dem Kopf, auf dem die Haarflechten schwankten und sagte, Ja, ja, ich weine wegen Ihnen, darum habe ich Ihnen die Stufe zum Geschenk gebracht . . . Er erhob sich, setzte den weißen Hut auf, den Stetson aus Filz, zog ihn mit den Fingern in die Stirn, trank in einem Zug die Schnapsflasche aus und in dem Augenblick kam die Sonne aus den Wolken hervor, eine ganz grelle Sonne und ihr Schein erglänzte auf den Spangen und Kettchen und auf den Stickereien der Kumte und die Sonnenstrahlen gingen durch den Zipfel der Pferdeaugen hindurch und warfen von dort blaugrüne Splitter, und die Pferde standen habtacht, und ich sah, daß es ein Leichengespann war und jedem der Rosse der kleine schwarze Geysir eines Trauerbüschels auf dem Kopf ragte. Herr Iontek taumelte hinaus, sein weißer Hut erschien unter der Sonne, dann stützte Herr Iontek die Arme auf den Fensterrahmen, stand so zwischen seinen Pferden bei der Deichsel, auf welche er seine schwarzen Hände legte und er lächelte mich aus der Tränenflut an und ich erschrak, weil ich erst jetzt bemerkte, daß Herr Iontek keine Zähne hatte, nur da und dort die Schale von schwarzen Resten irgendwelcher Knochen und Knöchelchen, es genügte, einmal zu niesen, und die elenden Reste von Gebiß wären wie trockene Blättchen von Jasminblüten ins Zimmer geflogen, die im Wind wie in einem sommerlichen Schneesturm von den Büschen fielen. Dann sprang Herr Iontek auf den Kutschbock hinauf, band die Leinen von der Handbremse los, stellte sich mit gespreizten Beinen auf und zuckte mit den Leinen und diese zuckten mit den Zügeln und die Pferde

fielen mit wahnsinnigen Augen auf die Hinterbeine, schlugen mit den Hufen auf den Sandweg und die Ketten rasselten in den Deichseln, und das Gespann wich durch das Tor zurück, so knapp wie der Kolben durch einen Zylinder, dann wendete der Wagen und Herr Iontek lockerte die Zügel, die Pferde zogen an und nahmen einen Anlauf, flogen über die Hauptstraße, verschwanden im Wald und ich schaute, wie der weiße Filzhut zwischen den Ästen und Stämmen fuhr, wie der weiße Hut davonsegelte, und meine Augen schauten dann lange auf die riesige steinerne Stufe, die einst in irgendeine Kirche, in irgendeine Basilika geführt hatte, die so stark abgetretene Stufe, daß ich, während sie sie tief in Gedanken versunken vom Fenster aus betrachtete, sah, wie sich von ihr kleine Stiefel und Damenschuhe ablösten und erhoben und wie auf ihr Füße von Menschen hinauf und hinunter schritten, Knöchel und Fußrücken und Stiefelabsätze, abgehackt durch die Kanten der Stufe, mit welcher einige vergangene Jahrhunderte in meinen Garten gekommen waren . . .
Seit dieser Zeit mied ich den weißen Filzhut nach Möglichkeit. Aber ich konnte wundersame Begegnungen mit dem weißen Filzhut nicht vermeiden, der auf einmal neben mir schwebte, plötzlich sah ich Herrn Iontek auf der Straße im Zickzack fahren, eine Radfahrerin fuhr ihm entgegen, eine riesige Frau, die in die Pedale stampfte und sie abzubrechen drohte, die, wenn sie nur den leisen Wunsch hätte, mit ihren mächtigen Armen die Lenkstange abheben und sich in die Luft schwingen könnte, und der ihr entgegenkommende wehrlose Herr Iontek sprang zur Seite, zuerst nach links und dann nach rechts, und dann stieß ihn die Radfahrerin zu Boden, riß ihm mit dem Hebel der Vorderbremse den Bauch auf, aber sie fuhr

weiter, als ob nichts geschehen wäre, während Herr Iontek auf der Straße lag, sein weißer Filzhut neben ihm und Herr Iontek setzte sich auf und wischte zuerst den Hut sanft mit dem Ellbogen ab und stülpte ihn dann auf den Kopf und sagte, keine Angst, keine Angst, aber ich dachte gerade an Sie und Ihr Begräbnis, weil ich jeden Tag mit Neugier die Schwarze Chronik lese, es stehen dort lauter Geschichten über Sie, aber vorläufig noch mit anderen Namen ... Und ich fuhr entsetzt nach Hause und schaute in den Spiegel und versuchte aus meinem Porträt zu erraten, woher Herr Iontek wußte, daß ich für die Schwarze Chronik reif war? Ein anderes Mal holte mich Herr Iontek ab und lud mich zum Schweineschlachten ein und nahm mich gleich mit, legte dem Schwein einen Strick um den Unterkiefer, und als er das Schwein hinausführte, zuckte er mit der Schnur und das Schwein jammerte vor Schmerz, aber Herr Iontek lachte und sagte zu mir, Hören Sie? Es fürchtet sich auch ... und dann das Schlachten und der betäubende Duft der ekelhaften Eingeweide und dann Suppen und Schlachtfestgulasch und Alkohol, und Herr Iontek war schon mitten im Schweineschlachten so betrunken, daß er in einen Trog mit geschnittenem Schweinefett fiel und das Abzugsrohr zusammen mit dem Ofen herausriß, also schrie seine Frau auch mich an und verprügelte mit dem Besenstiel zuerst Herrn Iontek und dann mich, aber ich hatte nicht die Kraft, vom weißen Hut wegzugehen, vor dem ich mich entsetzte, der mich aber ständig anzog. Wann immer ich das Gasthaus betrat, saß er dort in der Ecke hinter dem riesigen Ofen, in Rauch gehüllt saß dort der weiße Filzhut, Herr Iontek war so gebräunt, daß er mit dem Halbdunkel verschmolz, und wenn er sich erhob, erhob sich auch der weiße Hut und die weiße Zeitung, und Herr Iontek las mir die Schwarze Chronik vor, die er selbst schon zum zehnten Mal las. Einmal, als ich spät vom Gasthaus zurückkehrte, in dem Herr Iontek nicht gewesen war, und ich zufrieden die Friedhofmauer entlang in die Pedale trat, sah ich entsetzt, wie über der Mauer der weiße Hut schwebte, er kroch beinahe über die von Hauswurz bewachsene Mauer, der weiße Hut des Herrn Iontek, hie und da von schwarzen Kreuzen beschattet. Ich sprang vom Fahrrad und hörte die Stimme Herrn Ionteks, eine feierliche Stimme ... Verehrte Trauergäste, wie traurig, wenn wir der Erde übergeben müssen, was aus ihr hervorgegangen ist! Siehe, deine Tage sind gezählt! ... Nein, besser wäre es, wenn ich sagen würde, Eitelkeit über Eitelkeit, alles ist Eitelkeit, wir legen hier einen Menschen ins Grab, der sich mit goldener Schrift in die tschechische Literatur eingeschrieben hat, aber weinet nicht, er ist ein Mensch, der uns vorangegangen ist, und wenn es keine Auferstehung gibt, dann weinen wir umsonst ... Und mich befielen Traurigkeit und Schmerz und ich zitterte, bis von irgendwo aus den Nägeln der Fußzehen ein Zittern und Beben durch mich ging, das bei den Spitzen der Fingernägel aufhörte und ich dorthin schritt, wohin der weiße Filzhut über der Mauer wanderte, und die Stimme von Herrn Iontek deklamierte immer wieder von neuem die Trauerrede über meinem offenen Grab, während ich noch lebend an der Friedhofmauer entlang schritt. Und so kam ich bis zum Pförtchen mit dem Schmiedeeisengitter, dessen eine mit Lanzen geschmückte Hälfte, sich im Durchzug öffnete. Und vor mir stand Herr Iontek und sein weißer Hut leuchtete in der Dunkelheit und dazu trippelte zu seinen Füßen sein

Hündchen, um ein Ohr des Hündchens war ein weißer Stoffetzen gewickelt und auch die Nase von Herrn Iontek war mit einem weißen Fetzen umwickelt, so daß der weiße Stoff, die weiße Kattunleinwand die Bangigkeit des Friedhofs erhöhte, auf welchem gedämpfte Lichter von Grablaternen die trockenen, glänzenden Bänder der Grabkränze in ein fahles Licht tauchten. Da bin ich aber froh, Sie zu sehen, rief Herr Iontek, da bin ich aber froh, daß Sie hier sind, ich übe gerade meine Trauerrede, die ich auch mit kaputter Nase gleich morgen vortragen könnte, wollen Sie sie nicht hören? Ich sagte, Herr Iontek, Sie haben es erraten, ich will nicht, ich habe sie über die Mauer gehört, vor einem Augenblick, vor einem ganz kurzen Augenblick, aber was ist, um Gottes Willen, mit Ihrer Nase passiert? Er machte eine abwehrende Handbewegung, setzte sich dann auf einen Grabstein, das Hündchen sprang auf seinen Schoß und Herr Iontek streichelte es und die weiße Kattunleinwand, mit welcher der Kopf des Hündchens umwickelt war, verschmolz mit der Kattunleinwand auf der Nase von Herrn Iontek. Wir haben gespielt, sagte Herr Iontek, und Muffi hat mich ohne jeden Grund in die Nase gebissen, und er stob davon und verkroch sich unter dem Bett, was hätte ich also tun sollen? Ich stürzte mich auch unter das Bett und so habe ich ihm zur Revanche das Ohr durchgebissen, und jetzt sind wir beide krank, nicht wahr, Muffi, was meinst du! und er liebkoste das Hündchen, aber dann stand er auf und war begeistert von dem, was er mir sagte. Wissen Sie, ich kann schon viele Tage lang nicht mehr schlafen, also gehe ich lieber auf den Friedhof, um allem näher zu sein und um mir alles an Ort und Stelle durch den Kopf gehen zu lassen . . . Ich würde an Ihrem Begräbnis am liebsten eine Bezirksübung von siebzig Feuerwehrmannschaften auf einmal zusammenrufen. Eine Feuerwehrmannschaft ist zu wenig für Sie, Sie verdienen an Ihrem Begräbnis siebzig solche Mannschaften. Hier auf den Genossenschaftsfeldern gibt es für die Verteilung des Wassers viele Röhren und Knierohre, aus welchen das Frühgemüse begossen wird und wenn man für die Übung alle Röhren zusammenlegte, könnte der Trauerzug, der mit Ihrem Sarg vom Neuen Gasthaus über das Dorf bis zum Friedhof gehen würde, sofern die Feuerwehrmannschaften ihre Spritzen in der Formation von gekreuzten Feuerwehrleitern zusammenlegten, sich ausschließlich im Paradies der gekreuzten Wasserströme bewegen, gespritzt aus Spritzen auf ausgeschobenen Leitern, auf jeder Leiter würde ein Feuerwehrmann mit dem Schnabel der Wasserspritze stehen, und unten würden sechs Feuerwehrmänner mit Beilen stehen, mit welchen sie Ihnen die letzte Ehre erweisen würden, aber der Höhepunkt käme auf dem Friedhof, das habe ich eben noch nicht durchgedacht, Sie haben doch viel Phantasie, hören Sie, wie wäre es, wenn an Ihrem Begräbnis zum Schluß in allen Ecken Spritzen ständen und, was glauben Sie, würde das gehen, wenn wir Ihren Sarg über dem Grab hochhalten würden und von unten die Wasserströme der Spritzen den Sarg anpacken und Sie so hoch wie möglich hinauftragen würden, bis dorthin, wohin jede Spritze spritzen kann, was denken Sie, würde Sie der Strom oben halten, wissen Sie, ich meine so, wie den Pingpongball, der doch im Schloßpark von Lysá oben schwebt, weil ihn der senkrechte Wasserstrom eine Weile hält, was denken Sie, würden die Ströme, die zehn Ströme Ihren Sarg halten? Und dann würde der Sarg auf ein Zeichen des höchsten Hauptmanns aller Feuerwehrmannschaften hin, auf dieses einzige Zeichen hin würde der Sarg langsam aus der Höhe herunterschweben, als ob die Durchflußmenge der Feuerwehrspritzen verlangsamt würde, was denken Sie, wäre das nicht schön, so mit Ihrem Sarg gleichsam der Gegend einen Segen erteilen und dabei eine Bezirksübung von siebzig Feuerwehrmannschaften realisieren? Herr Iontek stand da und zeigte alles mit der Hand, und ich sah es in der Dunkelheit, im Halbdunkel, ich sah alles klar und wußte auf einmal, daß Herr Iontek eigentlich schreiben sollte, daß Herr Iontek ein Schriftsteller war, der einzige Unterschied war, daß Herr Iontek nicht schrieb, aber er sah alles ganz richtig, und ich sah erst hier auf dem Friedhof, daß ich so wie Herr Iontek hätte denken sollen und daß ich von diesem Augenblick an an die Schwarze Chronik denken würde, so wie die Mönche . . . Ach, die Stufe, die mir Herr Iontek gebracht hat, ja, das wird keine andere Stufe sein als die Stufe aus dem zerfallenen Kloster in Sadská, jedes Augustinerkloster nahm eine Stufe vom Stammkloster, und das da wird die Stufe sein, auf welcher die schreibenden Mönche geschritten sind, die Mönche, die schrieben und schöne Codices unter dem Eindruck der Schwarzen Chronik, des memento mori, vergoldeten . . . Ich sagte fröhlich und freudig . . . Herr Iontek, geben Sie mir die Hand, Sie haben mir ja die Augen geöffnet, die inneren Augen, Ihr weißer Hut hat mich gelehrt zu sehen, ich sehe erst jetzt, was ich nie sah, das, was Sie gesehen haben . . . Und Herr Iontek stand da und war von einem Glanz umgeben, warum habe ich es nicht früher gemerkt, daß sein Hut kein Hut war, wie ihn die Cowboys tragen, sondern ein Heiligenschein in der Gestalt eines Huts.

Als ich einige Tage später aufbrach, um Herrn Iontek zu

danken, wurde mir gesagt, daß er gestern gestorben sei, ganz plötzlich gestorben, er sei nach drei Stunden auf einmal einfach tot gewesen. Ich sagte, und wo ist sein Hut, der weiße Filzhut, der Hut, den er auch beim Schlafen anhatte, wo ist dieser Hut? Sie sagten mir, den hätte Herr Iontek verloren, nicht daß er ihn tatsächlich verloren hätte, aber nachdem er einen Waggon voll Blumenkohl geladen hatte, hängte er den Hut für einen Augenblick auf den Schließhaken des letzten Waggons, und weil es der letzte Waggon war und der Zug losfuhr, fuhr der Hut auf dem Schließhaken des letzten Waggons davon und als Herr Iontek zu den Pferden zurückkam, war der Zug weg und der Hut auch. Und ohne den Hut wurde Herr Iontek schwach, und als er nach Hause kam, legte er sich ins Bett, und nach drei Stunden starb er ohne jeden Anlaß. Wohin hat wohl dieser letzte Waggon den Heiligenschein von Herrn Iontek entführt?

INHALT

Bibliothek Suhrkamp

Verzeichnis der letzten Nummern

1022 Rainer Maria Rilke, Briefe an einen jungen Dichter
1023 René Char, Lob einer Verdächtigen / Eloge d'une Soupconnée
1024 Cees Nooteboom, Ein Lied von Schein und Sein
1025 Gerhart Hauptmann, Das Meerwunder
1026 Juan Benet, Ein Grabmal / Numa
1027 Samuel Beckett, Der Verwaiser / Le dépeupleur / The Lost Ones
1028 Ulrich Plenzdorf, Die neuen Leiden des jungen W.
1029 Bernard Shaw, Die Abenteuer des schwarzen Mädchens ...
1030 Francis Ponge, Texte zur Kunst
1031 Tankred Dorst, Klaras Mutter
1032 Robert Graves, Das kühle Netz / The Cool Web
1033 Alain Robbe-Grillet, Die Radiergummis
1034 Robert Musil, Vereinigungen
1035 Virgilio Piñera, Kleine Manöver
1036 Kazimierz Brandys, Die Art zu leben
1037 Karl Krolow, Meine Gedichte
1038 Leonid Andrejew, Die sieben Gehenkten
1039 Volker Braun, Der Stoff zum Leben 1-3
1040 Samuel Beckett, Warten auf Godot
1041 Alejo Carpentier, Die Hetzjagd
1042 Nicolas Born, Gedichte
1043 Maurice Blanchot, Das Todesurteil
1044 D. H. Lawrence, Der Mann, der Inseln liebte
1045 Jurek Becker, Der Boxer
1046 E. M. Cioran, Das Buch der Täuschungen
1047 Federico García Lorca, Diwan des Tamarit / Diván
1048 Friederike Mayröcker, Das Herzzerreißende der Dinge
1049 Pedro Salinas, Gedichte / Poemas
1050 Jürg Federspiel, Museum des Hasses
1051 Silvina Ocampo, Die Furie
1052 Alexander Blok, Gedichte
1053 Raymond Queneau, Stilübungen
1054 Dolf Sternberger, Figuren der Fabel
1055 Gertrude Stein, Q. E. D.
1056 Mercè Rodoreda, Aloma
1057 Marina Zwetajewa, Phoenix
1058 Thomas Bernhard, In der Höhe, Rettungsversuch, Unsinn
1059 Jorge Ibargüengoitia, Die toten Frauen
1060 Henry de Montherlant, Moustique
1061 Carlo Emilio Gadda, An einen brüderlichen Freund
1062 Karl Kraus, Pro domo et mundo
1063 Sandor Weöres, Der von Ungern
1064 Ernst Penzoldt, Der arme Chatterton
1065 Giorgos Seferis, Alles voller Götter
1066 Horst Krüger, Das zerbrochene Haus

1067 Alain, Die Kunst sich und andere zu erkennen
1068 Rainer Maria Rilke, Bücher Theater Kunst
1069 Claude Ollier, Bildstörung
1070 Jörg Steiner, Schnee bis in die Niederungen
1071 Norbert Elias, Mozart
1072 Louis Aragon, Libertinage
1073 Gabriele d'Annunzio, Der Kamerad mit den wimpernlosen Augen
1075 Max Frisch, Biedermann und die Brandstifter
1076 Willy Kyrklund, Vom Guten
1077 Jannis Ritsos, Gedichte
1079 Max Dauthendey, Lingam
1080 Alexej Remisow, Gang auf Simsen
1082 Octavio Paz, Adler oder Sonne?
1083 René Crevel, Seid ihr verrückt?
1084 Robert Pinget, Passacaglia
1085 Wolfgang Koeppen, Eine unglückliche Liebe
1086 Mario Vargas Llosa, Lob der Stiefmutter
1087 Marguerite Duras, Im Sommer abends um halb elf
1088 Joseph Conrad, Herz der Finsternis
1090 Czesław Miłosz, Gedichte
1091 Karl Kraus, Die letzten Tage der Menschheit
1092 Jean Giono, Der Deserteur
1093 Michel Butor, Die Wörter in der Malerei
1094 Konstantin Waginow, Auf der Suche nach dem Gesang der Nachtigall
1095 Max Frisch, Fragebogen
1096 Carlo Emilio Gadda, Die Liebe zur Mechanik
1097 Bohumil Hrabal, Die Katze Autitschko
1098 Hans Mayer, Frisch und Dürrenmatt
1099 Isabel Allende, Eine Rache und andere Geschichten
1100 Wolfgang Hildesheimer, Mitteilungen an Max
1101 Paul Valéry, Über Mallarmé
1102 Marie Nimier, Die Giraffe
1103 Gennadij Ajgi, Beginn der Lichtung
1104 Jorge Ibargüengoitia, Augustblitze
1105 Silvio D'Arzo, Des andern Haus
1106 Werner Koch, Altes Kloster
1107 Gesualdo Bufalino, Der Ingenieur von Babel
1108 Manuel Puig, Der Kuß der Spinnenfrau
1109 Marieluise Fleißer, Das Mädchen Yella
1110 Raymond Queneau, Ein strenger Winter
1111 Gershom Scholem, Judaica 5
1112 Jürgen Becker, Beispielsweise am Wannsee
1113 Eduardo Mendoza, Das Geheimnis der verhexten Krypta
1114 Wolfgang Hildesheimer, Paradies der falschen Vögel
1115 Guillaume Apollinaire, Die sitzende Frau
1116 Paul Nizon, Canto
1117 Guido Morselli, Dissipatio humani generis
1118 Karl Kraus, Nachts
1119 Juan Carlos Onetti, Der Tod und das Mädchen
1120 Thomas Bernhard, Alte Meister

1121 Willem Elsschot, Villa des Roses
1122 Juan Goytisolo, Landschaften nach der Schlacht
1123 Sascha Sokolow, Die Schule der Dummen
1124 Bohumil Hrabal, Leben ohne Smoking
1125 Peter Bichsel, Eigentlich möchte Frau Blum den Milchmann kennenlernen
1126 Guido Ceronetti, Teegedanken
1127 Adolf Muschg, Noch ein Wunsch
1128 Forugh Farrochsad, Jene Tage
1129 Julio Cortázar, Unzeiten
1130 Gesualdo Bufalino, Die Lügen der Nacht
1131 Richard Ellmann, Vier Dubliner - Wilde, Yeats, Joyce und Beckett
1132 Gerard Reve, Der vierte Mann
1133 Mercè Rodoreda, Auf der Plaça del Diamant
1134 Francis Ponge, Die Seife
1135 Hans-Georg Gadamer, Über die Verborgenheit der Gesundheit
1136 Wolfgang Hildesheimer, Mozart
1138 Max Frisch, Stich-Worte
1139 Bohumil Hrabal, Ich habe den englischen König bedient
1141 Cees Nooteboom, Die folgende Geschichte
1142 Hermann Hesse, Musik
1143 Paul Celan, Lichtzwang
1144 Isabel Allende, Geschenk für eine Braut
1145 Thomas Bernhard, Frost
1146 Katherine Mansfield, Glück
1147 Giorgos Seferis, Sechs Nächte auf der Akropolis
1148 Gershom Scholem, Alchemie und Kabbala
1149 Max Dauthendey, Die acht Gesichter am Biwasee
1150 Julio Cortázar, Alle lieben Glenda
1151 Isaak Babel, Die Reiterarmee
1152 Hermann Broch, Barbara
1154 Juan Benet, Der Turmbau zu Babel
1155 Bertolt Brecht, Die Dreigroschenoper
1156 Józef Wittlin, Mein Lemberg
1157 Bohumil Hrabal, Reise nach Sondervorschrift
1158 Tankred Dorst, Fernando Krapp hat mir diesen Brief geschrieben
1159 Mori Ōgai, Die Tänzerin
1160 Hans Jonas, Gedanken über Gott
1161 Bertolt Brecht, Gedichte über die Liebe
1162 Clarice Lispector, Aqua viva
1163 Samuel Beckett, Der Ausgestoßene
1164 Friedrike Mayröcker, Das Licht in der Landschaft
1165 Yasunari Kawabata, Die schlafenden Schönen
1166 Marcel Proust, Tage des Lesens
1167 Peter Weiss, Die Verfolgung und Ermordung Jean Paul Marats
1168 Alberto Savinio, Kindheit des Nivasio Dolcemare
1169 Alain Robbe-Grillet, Die blaue Villa in Hongkong
1170 Dolf Sternberger, ›Ich wünschte ein Bürger zu sein‹
1171 Herman Bang, Die vier Teufel
1172 Paul Valéry, Windstriche
1173 Peter Handke, Die Stunde da wir nichts voneinander wußten

1174 Emmanuel Bove, Die Falle
1175 Juan Carlos Onetti, Abschiede
1176 Elisabeth Langgässer, Das Labyrinth
1177 E. M. Cioran, Syllogismen der Bitterkeit
1178 Kenzaburo Oe, Der Fang
1179 Peter Bichsel, Zur Stadt Paris
1180 Zbigniew Herbert, Der Tulpen bitterer Duft
1181 Martin Walser, Ohne einander
1182 Jean Paulhan, Der beflissene Soldat
1183 Rudyard Kipling, Die beste Geschichte der Welt
1184 Elizabeth von Arnim, Der Garten der Kindheit
1185 Marcel Proust, Eine Liebe Swanns
1186 Friedrich Cramer, Gratwanderungen
1187 Juan Goytisolo, Rückforderung des Conde don Julián
1188 Adolfo Bioy Casares, Abenteuer eines Fotografen
1189 Cees Nooteboom, Der Buddha hinter dem Bretterzaun
1190 Gesualdo Bufalino, Mit blinden Argusaugen
1191 Paul Valéry, Monsieur Teste
1192 Harry Mulisch, Das steinerne Brautbett
1193 John Cage, Silence
1194 Antonia S. Byatt, Zucker
1195 Claude Lévi-Strauss, Mythos und Bedeutung
1198 Tschingis Aitmatow, Der weiße Dampfer
1199 Gertrud Kolmar, Susanna
1201 E. M. Cioran, Gedankendämmerung
1202 Gesualdo Bufalino, Klare Verhältnisse
1203 Friedrich Dürrenmatt, Die Ehe des Herrn Mississippi
1204 Alexej Remisow, Die Geräusche der Stadt
1205 Ambrose Bierce, Mein Lieblingsmord
1206 Amos Oz, Herr Levi
1208 Wolfgang Koeppen, Ich bin gern in Venedig warum
1209 Hugo Claus, Jakobs Verlangen
1210 Abraham Sutzkever, Grünes Aquarium/Griner Akwarium
1211 Samuel Beckett, Das letzte Band/Krapp's Last Tape/La dernière bande
1213 Louis Aragon, Der Pariser Bauer
1214 Michel Foucault, Die Hoffräulein
1215 Gertrude Stein, Zarte Knöpfe/Tender Buttons
1216 Hans Mayer, Reden über Deutschland
1217 Alvaro Cunqueiro, Die Chroniken des Kantors
1218 Inger Christensen, Das gemalte Zimmer
1219 Peter Weiss, Das Gespräch der drei Gehenden
1220 Rudyard Kipling, Das neue Dschungelbuch
1222 Martin Walser, Selbstbewußtsein und Ironie
1223 Cees Nooteboom, Das Gesicht des Auges/Het gezicht van het oog
1224 Samuel Beckett, Endspiel/Fin de partie/Endgame
1225 Bernard Shaw, Die wundersame Rache
1226 Else Lasker-Schüler, Der Prinz von Theben
1227 Cesare Pavese, Die einsamen Frauen
1228 Zbigniew Herbert, Stilleben mit Kandare
1229 Marie Luise Kaschnitz, Das Haus der Kindheit

Bibliothek Suhrkamp

Alphabetisches Verzeichnis

Achmatowa: Gedichte 983
Adorno: Minima Moralia 236
– Noten zur Literatur I 47
– Über Walter Benjamin 260
Agnon: Der Verstoßene 990
Aiken: Fremder Mond 1014
Aitmatow: Der weiße Dampfer 1198
– Dshamilja 315
Ajgi: Beginn der Lichtung 1103
Alain: Das Glück ist hochherzig 949
– Die Kunst sich und andere zu erkennen 1067
– Die Pflicht glücklich zu sein 470
Alain-Fournier: Jugendbildnis 23
– Der große Meaulnes 142
Alberti: Zu Lande zu Wasser 60
Allende: Eine Rache und andere Geschichten 1099
– Geschenk für eine Braut 1144
Amado: Die Abenteuer des Kapitäns Vasco Moscoso 850
Anderson: Winesburg, Ohio 44
Anderson/Stein: Briefwechsel 874
Andrejew: Die sieben Gehenkten 1038
Apollinaire: Die sitzende Frau 1115
Aragon: Der Pariser Bauer 1213
– Libertinage 1072
Arnim, E. v.: Der Garten der Kindheit 1184
Artmann: Fleiß und Industrie 691
– Gedichte über die Liebe 473
Assis de: Dom Casmurro 699
Asturias: Legenden aus Guatemala 358
Babel: Die Reiterarmee 1151
Bachmann: Der Fall Franza 794
– Malina 534
Ball: Flametti 442
– Zur Kritik der deutschen Intelligenz 690
Bang: Die vier Teufel 1171
Barnes: Antiphon 241
– Nachtgewächs 293
Barthes: Die Lust am Text 378
Becker, Jürgen: Beispielsweise am Wannsee 1112
Becker, Jurek: Der Boxer 1045
– Jakob der Lügner 510
Beckett: Das letzte Band/Krapp's Last Tape/La dernière bande 1211
– Der Ausgestoßene 1163
– Der Verwaiser 1027
– Endspiel/Fin de partie/Endgame 1224
– Erste Liebe 277
– Erzählungen und Texte um Nichts 82
– Gesellschaft 800
– Glückliche Tage 98
– Mehr Prügel als Flügel 1000
– Warten auf Godot 1040
Benet: Der Turmbau zu Babel 1154
– Ein Grabmal/Numa 1026
Benjamin: Berliner Chronik 251
– Berliner Kindheit 966
– Einbahnstraße 27
– Sonette 876
Bernhard: Alte Meister 1120
– Amras 489
– Beton 857
– Der Ignorant und der Wahnsinnige 317
– Der Schein trügt 818
– Der Stimmenimitator 770
– Der Theatermacher 870
– Der Untergeher 899
– Die Jagdgesellschaft 376
– Die Macht der Gewohnheit 415
– Elisabeth II. 964
– Frost 1145
– Heldenplatz 997
– Holzfällen 927
– In der Höhe, Rettungsversuch, Unsinn 1058
– Ja 600
– Midland in Stilfs 272
– Verstörung 229
– Wittgensteins Neffe 788
Bichsel: Eigentlich möchte Frau Blum den Milchmann kennenlernen 1125
– Zur Stadt Paris 1179
Bierce: Mein Lieblingsmord 1205
Bioy Casares: Abenteuer eines Fotografen in La Plata 1188